闘牛のサーロインをどうぞ！
キース
ミオ
サモナーさんが行くVI

理想
フィーナ
クレヤボヤンスの呪文を実行した結果――

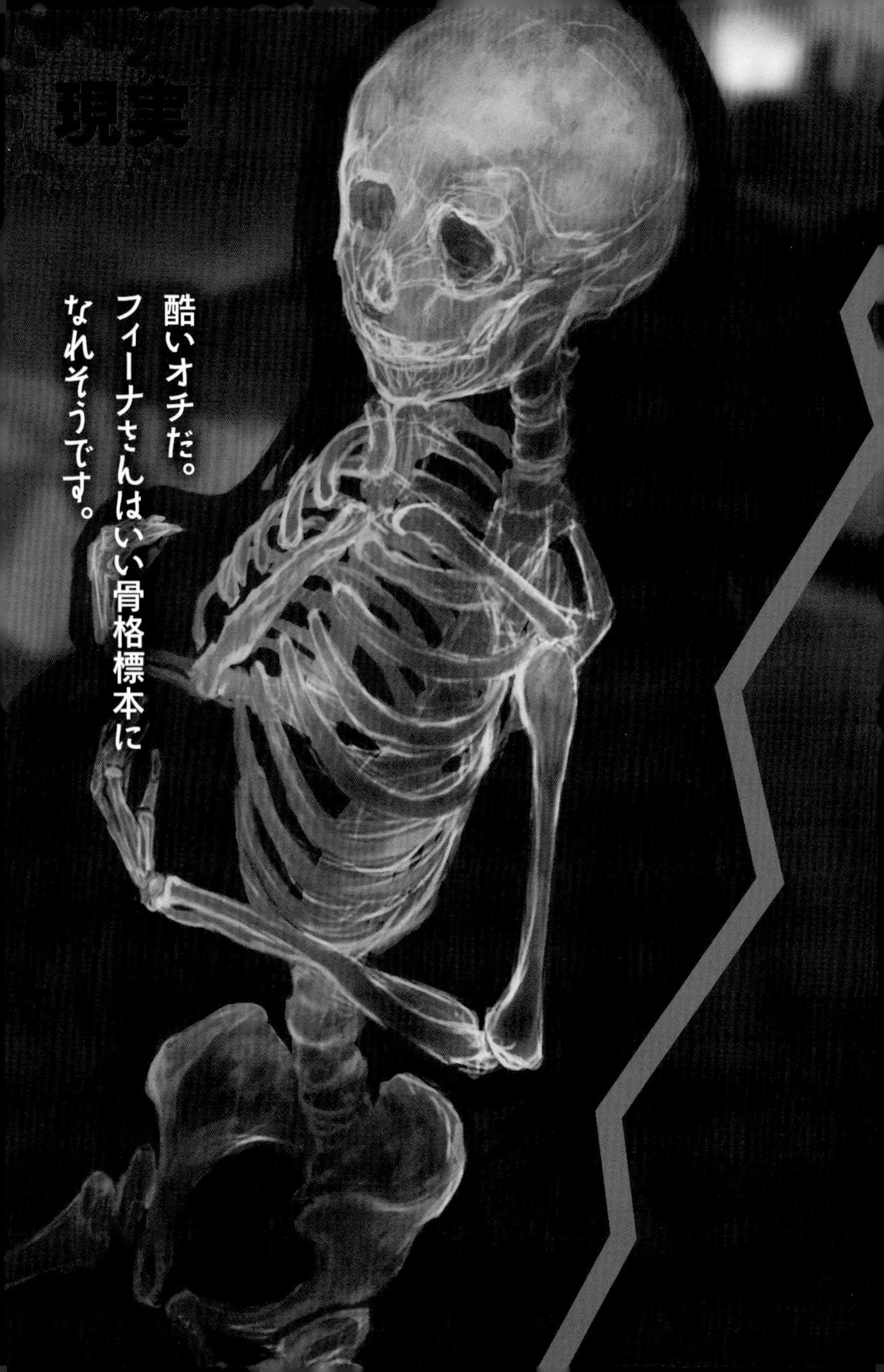
現実
酷いオチだ。
フィーナさんはいい骨格標本に
なれそうです。

「塩！」
「はい？」
「全部寄越せとは言わない。実験に使わせて！　だから塩！」

サモナーさんが行くVI

著：ロッド
イラスト：四々九

サモナーさんが行くVI

Contents

これまでのあらすじ

βテストを終え、本サービスを開始したＶＲゲーム『アナザーリンク・サーガ・オンライン』。碌《ろく》にゲームの説明も読まずにログインした青年キースが偶然選択した職業は「召喚術師」だった。召喚モンスターを使役する魔法使い系の職業だが、ゲームをプレイし始めて間もなく「召喚術師は不人気である」という事実を知ることに。このゲームにおいて召喚術師は「不遇職」「ネタプレイ」扱いされていたのだ！

不人気な職業のせいで仲間を見つけられずにいたキースはソロで攻略を進め、召喚術師オレニューに弟子入り。モンスターとの実戦で実力をつけるスパルタな修行を受けた結果、魔法使い系なのになぜか接近戦の技術がぐんぐん向上。前衛的な戦いもできる独自のプレイスタイルを確立する。

こうして実力をつけていったキースにギルド長から「見習い召喚術師が一人前になるまで指導して欲しい」という依頼が舞い込んだ。引き受けたキースが指導することになったのは、二人組の少女イリーナとアデル。キースの戦いを間近で見た二人は——

「装備が何かおかしいと思いましたけど、サモナーは召喚モンスターに戦わせるのが普通だと思います」

「変！」

とキースに物申すが、キースはお構いなしに二人の弟子を指導する。

その後もキースは、ＰＫ行為をするプレイ

ヤー・キラーを絞め落として返り討ちにしたり、モンスター召喚禁止の闘技大会をトンファーでベスト8まで勝ち抜いたり、召喚術師としては型破りの大活躍。闘技大会の第二回戦でソーサラーのリディアに決めたヒール・ホールドと股割きは、実況スレで〝恥ずかし固め〟と命名され、伝説として語られていくことになる。

ゲーム攻略を進めたキースは土霊の祠《ほこら》でイベントモンスター・ノッカーを撃破し、拠点以外でログインとログアウトができるようになるエリアポータル機能を開放。冒険は新たな局面を迎え、プレイヤーたちは各地に無数に点在するエリアポータルの開放を目標に未知のフィールドへと乗り出した。

そんなある日、W2マップのエリアポータルで廃村となっていた風霊の村を有志のプレイヤーで立て直して拠点とする「風霊の村復興プロジェクト」が始動。参加したキースは、攻略組に重要な情報をもたらし、高レベルの木魔法で作物を育てるなど、プロジェクトの展開に貢献する。

さらにキースは召喚モンスターを上位種へ変化させるクラスチェンジを経て、召喚術師としても大きく成長。かつて自分を死に戻りさせた蝶《ちょう》のモンスターのスタブバタフライを余裕で撃破し、フェアリーのヘザーを十三匹目の召喚モンスターとして仲間に加え、今日もまた冒険への準備を進めるのであった……

第一章

全体ミーティングは新しく風霊の村に来たプレイヤーが多かった事もあり、これまでのおさらいみたいだった。そんな中でも朗報が幾つかある。

　家畜の調達が行われる事、オリーブの栽培を開始する事、トウモロコシも確保、村に到着次第栽培を開始する予定である事等だ。これらはハンネスが報告していた。北の森から腐葉土を搬出、肥料に転用する事、これは与作《よさく》から報告されていた。それに昨日ログハウスが二棟、完成したそうだ。実に仕事が早い。


　オレも少しＮ１Ｗ２マップの様子について報告した。スタブバタフライの対応は、通常のパーティであれば誰かが睡眠から回復させるように配慮したら問題ない事。他にネズミ、イモ虫、妖怪がいた事。エリアポータルを開放した事。淡々と、簡潔に報告、質問にも応じたのだが、北側のマップで獲物がそう見込めない事に失望の色が見えた。与作だけは別だ。ずっと森林地帯が続いている事に興味を示していた。樵《きこり》だから当然だな。


　村の中の若木達《たち》にグロウ・プラントを掛け終えると、フィーナさんの所で幾つかアイテムを売っておいた。主に水晶球、蟻人《ぎじん》の蜜蠟《みつろう》、蟻人の蜜だ。魔石も売ろうか、と思った所で思い出した。

　宝石類だ。マルグリッドさんに原石を見せて、意見を聞いておきたい。


「フィーナさん、マルグリッドさんは？」

「まだログインしてないと思うわ。昨日ここでログアウトしてるのは間違いないわよ？」

「そうですか」

「用事があるならメッセージで送っておけば？」

「いえ、急ぎじゃないんで」

仕方ない、宝石類は後回しだ。ミオから干し肉を受け取ると、村を出た。


村の外に出ると陣容を変更、ナインテイルは帰還させてヘリックスを召喚する。残月、ヘリックス、黒曜、ヘザーの布陣だ。今日も序盤は移動を優先、ついでにフェアリーのヘザーのレベルアップを目指そう。その移動先はどうするか？　これは決めてあった。南へ向かう。理由は単純、そこに見た事がない風景があるからだ。

最初に遭遇したのはラプター、それが二頭。ヘザー抜きでもどうにか出来る相手だ。観察出来るだけの余裕は十分にあった。

さて、ヘザーの活躍はどうであったか？　最初のうちは、オレの右肩に止まったり残月の頭の上に止まってたりして、遊んでいるように見えたがそうではなかった。基本、ラプターの動きを見て相対的に有利な位置を確保していた。まだレベルが低いのだから少し安心したものだ。

そして呪文らしきものを使っている。残月のステータスを確認してみたら敏捷《びんしょう》値が底上げされてました。支援とはやるではないか！

それだけではない。ラプターの脚にウィンド・カッターの呪文のような攻撃を撃ち込んでいる。そのラプターは転がってしまい、残月が踏みつけて瀕死《ひんし》、ヘリックスが止《とど》めを刺した。

もう一頭のラプターはオレが残月で併走して攻撃し続け仕留めた。その合間にもヘザーは攻撃を加えていたのだが、至近距離だったのが気になる。自殺行為に思えたものだが、ラプターの噛《か》み付き攻撃を楽々と避けていた。攻撃を見切っているのだろうが、少々心臓に悪い。

だが、悪くない。現状、オレ配下の召喚モンスターで後衛を任せられるのは護鬼とナインテイルしかいなかった。ヘザーの加入で選択肢が多くなるのはいい事だ。

更にラプターを二頭狩ってみる。今度はヘザーに自重させた。ノーダメージで勝利、それはいいのだが、ここである事に気付いた。

ヘザーのＭＰ《マジックポイント》バーの減り方だ。攻撃手段を特殊攻撃に頼るヘザーは当然のようにＭＰを消費している。実際、最初の戦闘では半分近くまで減っていた。現在、ヘザーのＭＰバーは四割以下に減っている。これ、もう数戦で枯渇するんじゃね？


次の相手はフロートアイ一匹。普段ならヘリックスと黒曜の連続攻撃で終わる相手だが、今回は仕留めきれず反撃を許してしまった。普段のペースで挑んでしまい失敗か？

フロートアイが目を閉じ、開いた。

オレの全身に雷撃が走る。


こいつめ！

だがオレの反撃は必要なかった。ヘリックスが再度攻撃を加え、仕留めてしまった。

そしてオレのダメージはどうか？　全快近くにまで回復していた。疑う余地はない。ヘザーが回復させたのだろう。ＭＰバーが二割以下にまで減っている。

凄《すご》いな！　ナインテイルも支援面では色々と役に立ってくれているが、ヘザーも同様であるらしい。これは今後に期待が持てる。


更に南へと移動する。ここまでオレは召喚以外に呪文を使わずにいた。やや消耗していたオレのＭＰバーはすぐに全快、残月に騎乗している影響もあるのだろう。

だが、ヘザーはもっと速かった。ＭＰバーがもう六割近くまで戻っている。ヘザーのスキルには

MP回復増加［小］がある。加えて残月の頭の上で休ませていた。相乗効果なのだろうか？　回復がより速い気がする。

ラプターとフロートアイを狩りつつ南へと進む。村の北側と異なりアンガークレインが少ない。たまに見かける事はあるが、パッシブのまま逃げてしまう。ブラウンベアもいたが、距離があったので放置した。へザーがいるので無理はしない。それに今は移動が優先なのだ。

想定していた以上に早く南の川沿いに出た。対岸の岩壁には数多くの穴がある。情報によればフロートアイの巣穴らしい。刺激しないように洞窟のある場所を目指し移動する。

川の対岸に洞窟への入り口が見えてきた。浅瀬であれば残月に騎乗したまま渡れそうである。川面《かわも》は綺麗《きれい》で、川底の石もよく見えた。

そう言えばここ、石英質の石が採れるとか言ってなかったかな？　土魔法の呪文、ダウジングを使ってみる。普段は黒曜石の採集にしか使ってない呪文だ。やはり、ある。少し時間を食ったが、収穫はあった。

【素材アイテム】
黄水晶　品質B-　レア度2　重量0+
黄色の水晶。別名、シトリン。
魔法封印によく使用されている。

【素材アイテム】
サードニックス　品質C+　レア度2　重量0+
紅色と白色の縞模様がある瑪瑙。別名、紅縞瑪瑙。
ガラス光沢を持つ美しい石。魔除けによく使用される。

【素材アイテム】
プレーナイト　品質C+　レア度2　重量0+
マスカットグリーンの宝石。別名、葡萄石。
半透明で少し光沢がある。真実を見抜く力があると言われている。

【素材アイテム】
レッドジャスパー　品質C　レア度2　重量0+
不純物を多く含む赤褐色の石英。別名、赤碧玉。
不透明で他にも多くの色や模様を持つ。安定をもたらす石とされる。

試しに【鑑定】した結果はこんな感じだった。各々の石のレア度は高くないが、色々と使えそうな気がする。加工して召喚モンスター達に与えてもいいかもしれない。

川を渡ると洞窟だ。ここの入り口は川面からかなり高い場所にあった。その入り口は大きい。中の様子はどうか？　結構広いし、しっかりとした構造のようだ。

残月でも踏破出来そうな感じだが、初見の場所を騎乗して行くのもリスクが高い。ここは自重すべきだ。馬の残月と鷹《たか》のヘリックスは帰還させる。少し迷ったが、ゴーレムのジェリコとスケルトンの無明を召喚する。梟《ふくろう》の黒曜と妖精のヘザーはこのまま継続だ。ここからは慎重に進もう。

フラッシュ・ライトで照らされた洞窟の内部は見事だった。簡素にして重厚、単純だが洗練された美しさがある。放置されて所々荒れてはいるが気にならない。誰か住んでいたとしてもおかしくないだろう。

幾つかの扉を通過して奥へ進む。扉は開けっ放しだ。朽ちている訳でなく、扉はある。閉めていないだけだ。違和感が大きい。埃《ほこり》が積もっているカな場所もあれば、最近使っていたかのようにピカピカな場所もある。

その理由がオレの目の前に現れた。オークだ。五匹、いた。だが所詮はオーク、多少強い個体がいるかとも思ったが、期待は裏切られた。

オレが仕留めたのは一匹だけ、残りはジェリコと無明が片付けていてヘザーの出番はない。

つまらん。

実に、つまらん！　腕一本折って、首の骨をトンファーで砕いて終了とか脆《もろ》いだろうが！　その上アイテムも剝げないから達成感もない。

ああ、そうか。そう言えば、奥にはコボルトもいるんでしたっけ。ただのオークやゴブリンに興味はない。上位種はどんと来い！　厄介なコボルトアサシンだってこの際ウェルカムだ。

洞窟は真っ直《す》ぐ延びていたが、時間に余裕はあった。寄り道をすることにしよう。支道に入ってその奥を見てやれ。


支道はちょっと狭かったが、先刻までの洞窟に比べたらの話だ。相応に広い。ドワーフにこのサイズは要らないよな？

そんな事を考えながら先に進んでいたら黒曜がオークを見つけた。但し三匹だけ。

当然、楽勝で終わる。アイテムが剝げたらストレスも溜《た》まらないのだろうが、それもない。

そんな展開が暫《しばら》く続いた。

どうにかしてくれ。思いっきり暴れたい！　M

Ｐバーも全快になっていた。

よし、次は呪文を使おう。絶対に使おう。

ＭＰが自然回復する分が勿体《もったいな》無い！


そこはちょっとした広間のような場所だった。

オークの住処《すみか》かな？　蠢《うごめ》く魔物を【識別】したらオークリーダーもいる。

オークリーダーはいい相手だよな？

でもね、オークが多すぎる！

「ライト・エクスプロージョン！」

オーク達が殺到する前に呪文は間に合った。

光魔法の全体攻撃呪文。但しそのダメージだけでオークを屠《ほふ》れるとは思っていない。

期待したのは状態異常の混乱の方だった。だが意外にも結構、ダメージを与えている。ＨＰバーが半分、削れている奴《やつ》までいた。


いや、オークの半分以上が混乱状態に陥っているようだ。烏合《うごう》の衆ですか？

「フィジカルエンチャント・アース！」

オレ自身は生命力を底上げする。雑魚はジェリコ、黒曜、無明に任せておこう。

狙うはオークリーダーだ！

だが、期待のオークリーダーが混乱してます。

ダメじゃないか！

周囲のまともなオークに迷惑だろ？　数匹のオークがオークリーダーの攻撃を受けていた。

今もその両手にオークの頭が握られていた。そのまま振り回して壁に投げてやがる。

オークリーダーの周囲に動く存在はオレだけになる。ようやく襲い掛かってくれた。

だがこいつを相手にするのも初めてではない。

弱点は分かっている。しかも隙だらけだ。

摑《つか》もうとしてくる腕の下を潜《くぐ》って足元を狙う。

左膝に蹴りを入れて体勢を崩す。

足を絡め、頭で魔物の腋《わき》の下を押す。

絡めた足を跳ね上げた。

河津掛け。

柔道では超ド級の反則技だ。プロレスでも使われているし、相撲の決まり手でもある。

反則技という事は非常に有効である事を意味する。理由は単純、受身が難しく後頭部が地面に直撃するからだ。

技を仕掛ける方も相手の体の下に腕が挟まれる事に注意せねばならない。腕を痛めるし、相手に与えるダメージも減るからだ。

だからオークリーダーが倒れる前に体を捻《ひね》ってマウントを狙う。バグナグを手にして殴りつけようかと思っていたのだが、気絶してやがる。

情けない。

実に情けない！


両手をトンファーに持ち替えて残りのオークを片付けに行く。もうまともに戦えそうなオークが残ってないです。仕方なく混乱状態のオークに止めを刺す作業に移りました。

そう、作業だ。

戦闘ですらなかった。

《只今《ただいま》の戦闘勝利で【二刀流】がレベルアップしました！》
全滅させたら二刀流がレベルアップしてました。
結局、気絶していたオークリーダーは意識が戻らないうちに無明が止めを刺している。パワーファイターも気絶して無防備では呆気《あっけ》ない。
そして得られたアイテムは宝石のツァボライトにアイオライトが各々一個だ。満足出来る成果と言えるだろう。

広間に出た。ここには四つの支道があった。一つだけが大きく、下へと続いている。これが本道だろう。だが先へ進む前に広間を調べたい。

広間の壁側には穴が穿《うが》たれていて、小部屋が並んでいるかのようだった。扉はない。各々がオーク共の寝床になっていたようだ。酷《ひど》い臭いが籠っている。

一つだけ扉があった。普通の木の扉に見えるが、どうしても開かない。ジェリコがそのパワーで壊そうとしたがそれもダメでした。何だこれ？

センス・マジックを使い扉を見てみると魔法が掛かっている扉のようであった。ああ、つまりあれを使えという事だな？

「アンロック！」

手をかざして呪文を放つ。扉から魔力が消え失《う》せていくのが見えた。さあ、中には何が？

扉の向こう側もまた広間でした。天井が更に高い。それに空気の臭いが違う。長く空気が入れ替わっていなかったようだ。見える範囲では何も居ない。床には埃が薄く積もっていた。

オレ達が中に入ると後方で扉が自動で閉まる。その上で岩が落ちてきて地面と衝突、完全に閉じ込められてしまう。

逃がさないぞ、という事だな？

強敵の出現に期待していいよね？

だが何も現れる様子はない。

広間の隅々を黒曜が調べてくれたが、出口は広間の対面にある扉だけのようだ。これはアンロックの呪文を使っても開かなかった。

何も、起きない、のかな？

そうは思えない。

突然、オレの後ろで光が爆《は》ぜた。

何だ？

牛頭《ごず》　レベル1
妖怪　討伐対象　アクティブ
馬頭《めず》　レベル1
妖怪　討伐対象　アクティブ

振り返るとこんな奴等《やつら》がいた。

妖怪かよ！

センス・マジックはまだ有効だった。

二体の妖怪は淡い魔力を纏《まと》っている。

手にする得物にはそれ以上の魔力があった。

あれはヤバいな。

妖怪達は防具を身に着けていない。腰を布で隠してあるだけだ。筋肉を見せ付けているのか？

呪文を選択して実行しながら観察を続ける。牛頭はジェリコをやや大きくしたサイズ、闘牛に比べたらむしろスリムで得物は刺叉《さすまた》だ。


「エンチャンテッド・ウェポン！」

最初の呪文は黒曜に掛けた。

早速、二体に向けて飛び立つ。

ん？　ヘザーが黒曜の背中に貼り付いていた。

まあ任せておこう。次の呪文を選択して実行しながら観察を続ける。

馬頭、こいつは牛頭よりも身長が高い。牛頭よりもスリムな体型だが筋肉の塊のような体である事に変わりはない。

得物は錫杖《しやくじよう》かな？　何やらシャラシャラと音が聞こえていた。


「エンチャンテッド・ウェポン！」

今度は無明に呪文を掛ける。次だ。

　牛頭の歩みは遅い。馬頭が先行してオレに襲いかかろうとしていた。間に合うか？

「エンチャンテッド・ウェポン！」

　ジェリコに呪文を掛ける。ジェリコと無明が同時に前へと動き出す。間に合ったか？

　間に合ったようだ。馬頭が振り回す錫杖をジェリコが受け止め、無明が馬頭の膝に槌《つち》を叩《たた》き込んでいた。ジェリコのＨＰバーは減っているが、そう大きくはない。

　無明の攻撃で馬頭のＨＰバーは一割程度減った。微妙だが通用している。いけそうだ。

「エンチャンテッド・ウェポン！」

　オレ自身にも呪文を掛けて前に出る。

　さて、鬱憤晴らしになるかな？

　牛頭と馬頭、戦ってみた感想は？

強い。

苦戦していた。

同時に楽しんでいた。

　いや、苦戦する相手でいいのですよ！

　牛頭は典型的なパワーファイター。黒曜の攻撃を受けてもまるで気にせず突っ込んで来る。刺叉で無明の胴体を押さえ、そのまま放り投げたのにはビックリだよ！　それで大したダメージが無かった無明にもビックリですよ！

　スケルトン相手に戦った経験があるから分かる。投げ技はスケルトンにはあまり効かない。体重が極端に軽い影響もあるだろう。

　牛頭はジェリコ達に任せてオレは馬頭と戦っていた。馬頭は牛頭よりパワーで劣るだろう。ジェリコ相手にパワーで苦戦していた。だが、苦戦で済んでいるというだけだ。

オレでは馬頭相手にパワーで劣る。体格も向こうが上、しかも妖怪なのだ。首を捻ったり折ったりで息の根が止まるのか、分かったものではない。


「パラライズ！」

「ディフェンス・フォール！」

雷魔法の呪文で麻痺《まひ》を狙う。

続いて溶魔法の呪文で防御力低下を狙った。

狙いましたがどっちも不発だったようだ。

妖怪だからか？

それでも更にオレは前に出る。

低空タックルだ。

頭上を錫杖が通過する。

馬頭はまるで防御していない。

足の甲を踏んで股間を蹴り上げる。

右のトンファーを脇腹に撃ち込んで、左のトンファーで腋の下を突き上げた。


どれも人間ならば急所である。

だがこの馬頭、平気だぜ！

やはり妖怪、人間じゃない。ＨＰバーはちゃんと減っているので良しとしよう。


馬頭が錫杖を大上段から撃ち下ろしてきた。

僅かに体を捌《さば》いてギリギリで避ける。

馬頭の右手首をトンファーで押さえて右膝蹴りを右腕に叩き込んだ。

普通ならば骨が折れる。上手《うま》く当てたら肘関節を壊せる。効いたかどうか確認する暇はない。

蹴り上げた足を下ろすと同時に右のトンファーを持ったまま肘打ちを胴体に撃ち込んだ。体重が十分に乗った攻撃、手応えは十分あった。

だが馬頭の奴、オレに向けて噛み付き攻撃をしてくる！　効いているようで効いてないよ！

喉元を右のトンファーでかち上げて腰を落とす。

馬頭の懐に深く入り込むと同時に腰を跳ね上げた。

一般的なそれとはまるで違う首投げだ。形としては片手一本背負いに近い。

投げによるダメージはかなりあったようだ。馬頭のＨＰバーは半分を割っていた。

まだ半分もあるのか！

呆《あき》れたらいいのか？

まだ半分もあるのか！

まだ戦えるのを喜べばいいのか？

オレの心境は後者であった。

マウントポジションはとれなかった。首に跨《また が》ってはいるが、これは違うよな？

気にせず殴り続ける。馬頭がオレに噛み付こうとした瞬間、呪文を放った。

「スチーム・ショット！」

水蒸気の塊が口の中へと叩き込まれた。

ダメージは？　一気に二割以下にＨＰバーが減っていた。いかん、減らしすぎたか？　まあいい、トンファーで連打だ。このまま仕留めよう。

馬頭は片付いた。牛頭はどうなってる？

その様子は奇妙だった。まるで相撲です。

ジェリコと牛頭はお互いに上半身を密着させ、胴体に腕を回しているのであった。形としては右四《よ》つ、体格が同程度であればこそ出来るのだ。オレでは無理！

牛頭の得物の刺叉は地面に転がってしまっている。無防備な牛頭の頭部に黒曜が攻撃を加え続けているのだが、まるで相手にされていない。牛頭のＨＰバーは減り続けているが、遅い。

無明も腰の辺りを攻撃し続けている。先刻受けたダメージは徐々に回復していた。こちらが圧倒的に優勢と言える。だが牛頭のＨＰバーはまだ八割以上を余らせていた。このペースでは息の根を止めるのに時間が掛かりすぎる。

「フィジカルエンチャント・ファイア！」
ジェリコの筋力値を底上げしてやる。力で拮抗《きっこう》していた両者に明らかな差がついた。牛頭の胴体に回した腕が徐々に極《き》められていく。
均衡は破れた。
そしてジェリコはある技を体現している。鯖《さば》折りだ。
基本はベアハッグの体勢、上半身で体重を預けてダメージを更に加える荒技になる。
これは痛い。
だが相手は妖怪、痛みを感じているのかね？
急速に牛頭のＨＰバーが失われていく。
オレが手を下す余地はもうないな。
《只今の戦闘勝利で【杖《つえ》】がレベルアップしました！》
《【杖】武技のスペル・バイブレイトを取得しました！》
《只今の戦闘勝利で【連携】がレベルアップしました！》
《技能リンクが確立しました！　取得が可能な武器スキルに【多節棍《たせつこん》】が追加されます》
《技能リンクが確立しました！　取得が可能な武器スキルに【鞭《むち》】が追加されます》
《只今の戦闘勝利で【火魔法】がレベルアップしました！》
《只今の戦闘勝利で【溶魔法】がレベルアップしました！》
《只今の戦闘勝利で【灼《しゃく》魔法】がレベルアップしました！》
《只今の戦闘勝利で召喚モンスター『ヘザー』がレベルアップしました！》
《任意のステータス値に1ポイントを加算して下さい》

だから何故《なぜ》、一気にインフォが来るんだ？
おっと、それはそれとしてヘザーのステータスを確認しておかないと！　ステータス値で既に上昇しているのは敏捷値だった。任意の方は生命力を指定する。

ヘザー

フェアリーLv1→Lv2（↑1）

器用値　6
敏捷値　19（↑1）
知力値　20
筋力値　1
生命力　2（↑1）
精神力　22

スキル

飛翔
浮揚
魔法抵抗[中]
MP回復増加[小]
風属性

生命力を指定したのはやはり心配だったからだ。それでも貧弱な生命力。数字の感覚的には筋力値も上げておきたい所だが、意味が薄い気がする。当面は生命力に振るべきだろう。

牛頭と馬頭の死体は残らなかった。得物も消えている。特にインフォもない。

この広間の仕掛けは一種のトラップ？　確かにそこそこに強敵だったし、そうなのだろう。少なくとも牛頭と馬頭はオークリーダーより遥《はる》かに強かったのだ。

暫く広間に留《とど》まってみた。魔物は現れない。妖怪も出現しない。どうやらここは安全と考えていいのかな？

時刻は午前十一時半を過ぎていた。昼飯にしておこう。文楽が朝作った料理の余り、余分に貰《もら》ったナンに干し肉を少し削って腹に収めた。

旨《うま》いです。干し肉は味付けがやや濃いが、ナンと一緒に食べると丁度いい塩梅《あんばい》である。惜しむらくは熟成が足りない事か。

ああ、そうだ。干し肉の熟成を進めてみよう。

呪文を選択して実行してみた。

《対象を三十五日分、これに魔法効果拡大で更に約九日分を反応促進します》

《YES》《NO》

スキルがレベルアップしている効果なのか、前回よりも日数が増えているようだ。ここは最大日数で行ってみよう。

「エイジング！」

さて、味見した結果は？　旨味《うまみ》が深まっているような気がする。これはいい。先に気付いておくべきでした。

もっと食べたくなったが、ここは自重する。夕食の機会があるからな。

ジェリコは待機状態のままＨＰバーの回復をさせている。全快にはもう少し時間がかかりそうだ。無明は既にＨＰバーが全快になっていた。やはり早い。


おっと、時間を潰すついでに先刻のインフォの確認をしておこう。【杖】武技のスペル・バイブレイトって何だ？　どうやらこれ、呪文詠唱を阻害する武技のようだ。効果の持続時間が短いようだが、範囲がそこそこ広いようだし有効だろう。

魔物相手でも魔力を使う特殊能力に対して有効のようだ。但し武技には無効か。これは実戦で試すべきだろう。

そして【多節棍】と【鞭】のスキル、何がトリガーになって取得可能になったんだ？　思い当たるのは【連携】で、レベルアップした直後だったし何か関係がありそうだ。でもそれだけとも言い切れない。まあ【連携】のレベルが条件なのは確定と考えていいだろう。

そして【多節棍】は双節棍《そうせつこん》、三節棍《さんせつこん》といった武器を操る為《ため》のスキルだ。この多節棍は武器としての杖のバリエーションであるらしい。但し【杖】技能を控えに回すとスキルの恩恵は無いようだ。つまり経験値も分散するって事になる。

トンファーみたいに【杖】と【打撃】に経験値が振り分けられるって事だろう。オレが取得する場合、必要なボーナスポイントは9であった。

当然、スルーで。武器そのものがないし、ボーナスポイントも足りません。

次に【鞭】だ。これはちゃんと独立した武器技能のようだ。オレが取得する場合、必要なボーナスポイントは9である。無論、スルーで。

つか両方とも必要とするボーナスポイントが高いだろ！　いや、武器を変更するだけのメリットが感じられないのも大きいけどさ。まあどちらも今後は取得しない方向でいい。代わりに使える武器ならある。

まあそれはそれとしてだ、腹は満たした。

ジェリコはまだＨＰバーが全快ではないが、十分戦える。先に進むとしよう。そもそも後退は出来そうにない。

フラッシュ・ライトの明かりの下、広間の出口を観察する。まだセンス・マジックの効力は残っていた。魔力は感じられない。

だがその扉は普通に開いた。その先は支道と同じ風景。魔物の気配はない。黒曜も異常を感じ取っていないようだ。では先に進んでみよう。

暫くは魔物の姿を見掛けなかった。

いないのかな？　まあオレもヘザーもＭＰバーの回復が進んでいるしいいんだけどね。魔物はいつでもウェルカムです。

そして、来た。オークじゃない。コボルトでもない。妖怪でもなかった。こんな奴だ。

フロートボム　レベル２
魔物　討伐対象　アクティブ

フロートアイに通じる姿形で目玉そのものに羽があった。但し体色は真っ赤だ。目も血走っている。さあ、こいつは一体どんな奴なのかね？

だがジェリコがいる陣容では迎撃が基本になる。こいつがフロートアイと同様の魔物であるならば先制し続けたい相手だ。問題は黒曜だけで牽制《けんせい》し続けられるかどうか。今のヘザーでは荷が重いだろう。

黒曜がフロートボムに向かって飛ぶ。フロートボムが目を閉じた次の瞬間、何かに弾《はじ》かれた？

何だ？

いや、黒曜の背中にヘザーがいる。フロートボムに攻撃を仕掛けたのか？

いい支援だが、自前で飛ばないの？


精一杯の速度で魔物に迫るジェリコを追い越してオレも魔物に向かって駆ける。無明も若干遅れて続いた。黒曜の攻撃で魔物のＨＰバーは確かに減ったのだが、二割程度だ。

ヤバい。フロートアイ相手ならば半分以上削れている筈《はず》。魔物は目を閉じたままである。目を開けた瞬間、容赦ない攻撃が来るだろう。あれ、使ってみるか？


「スペル・バイブレイト！」

武技だから呪文詠唱はない。ＭＰバーは減ったが、壁呪文に相当する程度だろうか？


まあ今はどうでもいい。効果はあったのか？

フロートボムの目は開いていた。攻撃はない。効いたと考えていいのか？　考える暇はない。

黒曜の攻撃で地面スレスレに魔物が墜落していた。好機！

魔物を地面に押し付けて膝蹴りを見舞った。

何度も。

何度も！

だがこれは中々いい方法であったようだ。

魔物は目を潰されて事切れていた。

《只今の戦闘勝利で【蹴り】がレベルアップしました！》

蹴りのレベルアップはいいとして、だ。

困った。

フロートボムにスペル・バイブレイトが有効なのは分かる。だがこいつの攻撃力や厄介さがＭＰ

消費に見合うのか、そこが分からない。一撃、喰《く》らってみた方がいいんだろうか？　ＭＰは回復に回した方が効率的なのかもしれない。

【素材アイテム】

泥炭　原料　品質C-　レア度2　重量2

泥状の炭。
別名、草炭。トロピカルピートとも呼ばれる。
含水量が多く燃料としての品質は低い。

魔物からはまた奇妙な物が剝げている。説明文だけ読むと役に立ちそうもないが、持っていてもいいだろう。料理用の炭は持ち歩いているのだし、代用で使う機会もあるかもしれない。

さて、気が進まないがフロートボムの攻撃を喰らってみようか？　いずれ喰らってしまう事もあるかもしれないけどさ。

そう思ってたらいきなりこれだ。支道の曲がり角の先にフロートボムがいた。しかも七匹！

魔物が一斉に目を閉じたのを見て最初に思いついたのは逃げる事だった。少なくとも最初の攻撃は避けたい。問題はジェリコだ。どう考えても逃げ切れない。ならばどうする？

曲がり角に隠れて片目だけでフロートボムの様子を覗《のぞ》いてみた。

こっちに、来る。やはり甘くはない。

呪文を選択して実行、迎撃の用意を進める。空中にいる魔物相手にまともに戦えるのは黒曜しかいない。攻撃呪文で押し切れるとも思えない。

魔物達が角を曲がってこっちを向いていた。

当然、目を開けている。

轟炎《ごうえん》、とも言うべき攻撃が迫る！

洒落《しゃれ》になってねえ！

「ディメンション・ミラー！」

オレ達の前面に見えない壁が立ち塞がった。

炎は届かない。

目の前に炎が迫っているのに熱くもないのだ。

この壁呪文は相手の攻撃を反射する効果があった筈だ。上手くいけば魔物は自らの攻撃で自滅しているかもしれないが、主目的は最初の攻撃を凌《しの》ぐ事だ！

炎が途切れた。

数瞬の後、壁呪文の効果も消えていく。

フロートボムは健在だった。しかもどれもＨＰバーは全快のままだ。やはりダメか！

次に選択してあった呪文を放つ。

「アクア・スラッシュ！」

水の全体攻撃呪文だ！

但し効果を確認している暇はない。

次の呪文を選択して実行する。

オレの前にジェリコが壁のように立つ。

それでも次の攻撃は凌げないかもしれない。


だが、魔物の様子がおかしい。

赤いマーカーに状態異常を示す小さなマーカーが付いている。目を凝らして確認する、停滞状態らしい。その影響か、空を飛べなくなって地面近くを蠢いている。

これは好機だよな？

ジェリコが更に前に進む。

その足元にフロートボムがいる。

踏み潰した。それで終わりだ。

そのフロートボムのＨＰバーは八割以上、残っていたように思う。それを一撃か！


無明もジェリコに並ぶ。

連続で攻撃を加えていく。

そのフロートボムの目が瞬いた。

小さな炎が幾つか、無明に命中する。

だが盾に阻まれてダメージはない。

「レジスト・ファイア！」

オレ自身に選択した呪文を掛けていく。

これで火は怖くない。

怖くない、怖くないぞ！

先刻の轟炎は勘弁して欲しいけどな！

最初に迫ったフロートボムの目玉に前蹴り。

続けてトンファーを持ったまま肘打ち。

何度も。

何度も！

まるでプロレスだが効果的なようだ。そのフロートボムはクッションのようになって息絶えた。

横合いから大きな火の塊がオレを襲う。

まともに喰らった！

今のは範囲が広くて避けられない。

ダメージはそう大きくないが、無視出来る訳じゃない。そもそも熱い！

攻撃してきた奴へ反撃する。

膝を落とす。

肘も落とす。

頭突きもした。

最後は連続の蹴り、これで沈んだ。


で、次は？

もういません。

そこに獲物はいません。

フロートボムは全て死体になってました。

《只今の戦闘勝利で召喚モンスター『ジェリコ』がレベルアップしました！》

《任意のステータス値に1ポイントを加算して下さい》

ジェリコの攻撃は終始、踏み潰しに徹していたようだ。その形跡があちこちにある。

実に恐ろしい。そのジェリコがレベルアップで更に恐ろしくなっていく訳だ。

ジェリコのステータス値で既に上昇しているのは生命力だ。もう1ポイントは筋力値にしておこう。機動力はある程度、犠牲にすべきだろう。

ジェリコ

ウッドゴーレムLv5→Lv6（↑1）

器用値　5
敏捷値　5
知力値　5
筋力値　35（↑1）
生命力　35（↑1）
精神力　4

スキル

打撃
蹴り
魔法抵抗[微]
自己修復[微]
受け

しかしこれでもまだ甘い部類の筈だ。まだ先はある。師匠のストーンゴーレムは一体、どんなステータスになっているんだろうか？

怖い考えになってしまった。

ポーションで全員を全快にして、フロートボム達から泥炭を剥いでいく。こいつの弱点も判明した。対策さえ確立してしまえば怖くない。

だが思わぬ伏兵がいた。支道がクネクネと曲がっていたのだ。これは死角が増える事を意味する。

一匹だけのフロートボムに遭遇、パッシブだったが、思わず攻撃してしまった。明らかな火力過剰。MPの無駄遣いだ！

他にも大きなミスがあった。同じ場所をグルグルと二周していたのだ！

いつの間に？　そう思ったものだが、どうやらトラップであったらしい。通路の一部が一枚岩で塞がれていたようで、見落としていた。

では先に進むルートは何処《どこ》にあるのか？　左側の壁と右側の壁を注意深く観察しながら一周したが、何も見つからない。ウロウロしている間もフロートボムに何度も襲われている。ちょっと面倒な事態だ。このままではいずれＭＰが枯渇する！

普通の手段ではダメみたいだ。そこでセンス・マジックを使った状態で一周してみた。

どうやら通路に囲まれたスペースに何かある。オレはキーロックで封じられた隠し扉を見つけていた。一見すると壁にしか見えないが、ある。

さあ、何がある？

お宝とか？

アンロックの呪文を使って封印を解く。

扉があると思われる箇所を押してみるが動かない。呪文は失敗だったのか？

いや、ジリジリとだが動いている。ジェリコに押してもらうと、簡単に壁の一部が押し込まれていった。

時にはパワーも必要だな。オレは筋力値をまともに育てていない。代わりがいるから問題にならないだけだ。

ある程度押し込まれた岩が急に床の下へと落ちた。そして目の前には通路。既に戻る道はない。先に進もう。

そこは広間だった。牛頭や馬頭と戦った場所に酷似している。

違っている点もあった。部屋の中央に階段があったのだ。更に下へと続いているらしい。

早速、進もうとしたのだが、その階段の下から何かが登ってくる。何だ？

クレイゴーレム　レベル2
魔物　討伐対象　アクティブ

ゴーレムだ。

土で出来たゴーレムだ！

そいつはゆっくりとだが迫ってきている。

迷っている時間はない。

呪文を選択して実行。

先に黒曜に仕掛けさせてみた。黒曜は簡単にゴーレムの背後から頭に攻撃を加えている。

ダメージは？

まるで、ない。

ヤバいな。

強いのか？

オレとサイズが合わないのが痛い。

ヘザーにも仕掛けさせてみる。


周囲の風が逆巻いて、風の刃が魔物を襲う。

ダメージは？　そんなに多くはないが、ちゃんとダメージが通っている。こいつは物理攻撃よりも魔法の方がいいのか？


「フィジカルエンチャント・ファイア！」

最初に強化するのはジェリコだ。力押しが出来るのであればその方がいい。次の呪文を選択して実行しておき、ヘザーには攻撃を続行させる。

ジェリコが魔物と激突した。

互いの拳が胴体に撃ち込まれている。

相手のＨＰバーは？

更に減ったが、残り九割って所だ。

ジェリコのＨＰバーは？

魔物の一撃で残り八割って所だろう。

いかん、これでは不利のままだ。

「フィジカルエンチャント・アース！」

ジェリコの防御力を強化する。これで相手に対抗出来ればいいのだが、それだけでは不足だ。

オレ自身はトンファーを背負うと、雪豹《ゆきひょう》のバグナグと疾風虎の隠し爪を手にする。疾風虎の隠し爪は風属性だった筈だ。通用するかも？

「チッ！」

確かに通用する。但し、クリティカルじゃないと目に見えてＨＰバーが減ってくれない。魔物の動きは鈍く攻撃を当てるのは容易だ。但し防御力がやたらと高くダメージがなかなか通らない。

ジェリコも攻撃を続けている。だが殆《ほとん》どが受けきられていた。そのジェリコもゴーレムの攻撃を受けきっている。互いに直撃がない。

ダメージを稼ぐにはジェリコ以外でどうにかするしかない。

ヘザーのＭＰバーが枯渇寸前、これは仕方ない。ここまで最もダメージを稼いだのはヘザーだ。ここからはオレも攻撃呪文を併用しよう。出し惜しみしている場合じゃない。

「ウィンド・カッター！」

殴りながら近距離から攻撃を重ねる。

ゴーレムがオレに向けて攻撃しようと体の向きを変えた。そこにジェリコが攻撃！　ゴーレムの体の軸がズレた。これは効いたぞ！　ゴーレムのＨＰバーは一気に減ったが、まだまだ健在だ。

黒曜は地味に頭を突《つ》き続けていた。無明も脚部を槌で叩き続けていたが、無駄にならなかったようだ。頭部に、そして膝にヒビが見えた。

オレも太腿《ふともも》に攻撃を集中させる。空手で言うならば刻み突き、どれかがクリティカルになってくれたらいい。

だがゴーレムを仕留めたのはジェリコの拳だった。拳がゴーレムの腹を直撃、最後は結構呆気なかった。

《只今の戦闘勝利で召喚モンスター『黒曜』がレベルアップしました！》
《任意のステータス値に1ポイントを加算して下さい》

来た。レベル8だ。黒曜もヴォルフと同様、クラスチェンジがあるかな？

黒曜のステータス値で既に上昇しているのは敏捷値だ。任意のもう一点は筋力値を指定した。

黒曜

フクロウLv7→Lv8（↑1）

器用値	13
敏捷値	21（↑1）
知力値	20
筋力値	13（↑1）
生命力	12
精神力	18

スキル

嘴撃
無音飛翔
遠視
夜目
奇襲
危険察知
天耳

《召喚モンスター『黒曜』がクラスチェンジ条件をクリアしました！》
《クラスチェンジは別途、モンスターのステータス画面から行って下さい》
早速だがクラスチェンジさせておこう。現時点の黒曜のステータス画面をハードコピーしておく。
さあ、クラスチェンジ候補は何だ？

クラスチェンジ候補
オオフクロウ
ミスティックアイ

選択肢は二つ、各々でどう変化するのだろう？

黒曜

フクロウLv8→オオフクロウLv1

器用値	13	敏捷値	21
知力値	20	筋力値	16(↑3)
生命力	15(↑3)	精神力	18

スキル

嘴撃	無音飛翔
遠視	夜目
強襲(New!)	危険察知
天耳	

【オオフクロウ】召喚モンスター　戦闘位置:空中

大型の梟。主な攻撃手段は嘴と脚爪。
フクロウより攻撃性が強い。

《クラスチェンジしますか?》

《Yes》《No》

黒曜

フクロウLv8→ミスティックアイLv1

器用値	13	敏捷値	21
知力値	21(↑1)	筋力値	13
生命力	12	精神力	19(↑1)

スキル

嘴撃	無音飛翔
遠視	夜目
奇襲	危険察知
天耳	[ ]

【ミスティックアイ】召喚モンスター　戦闘位置:空中

魔力を宿した梟。主な攻撃手段は嘴と脚爪。
属性により様々な特殊能力を備える。冷徹な森のハンター。

《クラスチェンジしますか?》

《Yes》《No》

ミスティックアイってスキルの属性を指定出来るのか？　雰囲気的にこのミスティックアイ、クラスチェンジ先に師匠の家を守っていたマギフクロウの気配がある。一方でオオフクロウはステータスがより高まっていた。

物理攻撃重視か、魔法の支援もある方を選ぶか。ここはミスティックアイにしよう。問題は属性に何を選択するかだ　選択肢は光、闇、火、風、土、水の六択だった。

実に悩ましい。最初に選択肢から外したのは風だ。ヘザーが既に持っている。次に闇も外す。無明が持っている。そして光も外した。ナインテイルが持っている。

残るは三つ、火、土、水になる。

先刻のフロートボムとの戦闘が頭に残っていた。水にしよう。まあどれを選択してみた所で外れって事はあるまい。どこかで役に立つだろう。

黒曜

フクロウLv8→ミスティックアイLv1（New!）

器用値	13
敏捷値	21
知力値	21（↑1）
筋力値	13
生命力	12
精神力	19（↑1）

スキル

嘴撃
無音飛翔
遠視
夜目
奇襲
危険察知
天耳
水属性（New!）

改めてステータスを確認。そして黒曜の姿はどう変化したのか？　外見的にはやや白っぽくなったように見える。大きさには変化はない。荒々しくないが、精悍《せいかん》で洗練された感じがする。いいタイミングで戦力増強が出来たようだ。

下へと続く階段を降りると、傾斜の緩い下り道であった。ジェリコを前に立たせて先を急ぐ。支道は変わらず曲がりくねっていたからだ。

先に進むうちに気がついた。あの牛頭や馬頭と戦って以降、オークに遭遇していない。連中の生息領域ではないって事かな？

でも別の意味で面倒なのが続いている。フロートボムだ。オークより戦い甲斐《がい》はある。でも何か釈然としない。オレ自身が暴れる機会があまりに少ないからだ。牛頭や馬頭と戦って以降、まともに戦っていない。敢《あ》えて言うならクレイゴーレムだけだ。フロートボム相手だとウォーター・ニードルを撃ち込むだけで終わってしまう。危険なのは奇襲を受ける事だけだ。

だが、またしても先刻と同じ罠《わな》だ。通路がループしている。これはセンス・マジックが切れていたのに気がつかなかったオレの責任だ。

再度センス・マジックを使って周囲を調べていく。やはり扉があった。アンロックで封印を解いてジェリコに岩を押して貰う。中はまたしても広間か、と思ったが少し違うようだ。

正面には階段、そこから現れたのは見慣れた奴等だった。牛頭と馬頭のペアだ。やや消耗が進み過ぎた気もするが気にならない。それに見合う戦果はちゃんとあるからだ。

《只今の戦闘勝利で職業レベルがアップしました！》

《取得が可能な補助スキルに【手品】が追加されます》
《只今の戦闘勝利で【打撃】がレベルアップしました！》
《只今の戦闘勝利で【受け】がレベルアップしました！》
《只今の戦闘勝利で【闇魔法】がレベルアップしました！》
《只今の戦闘勝利で召喚モンスター『無明』がレベルアップしました！》
《任意のステータス値に1ポイントを加算して下さい》
《只今の戦闘勝利で召喚モンスター『ヘザー』がレベルアップしました！》
《任意のステータス値に1ポイントを加算して下さい》

　オレ自身のスキル、それに無明とヘザーのレベルアップがあったのだ。これらは目に見える戦果だ。当然嬉《うれ》しいのだが、牛頭と馬頭を相手にいい内容で戦えたのは大きい。特に馬頭相手に密着して関節技が使えたのが大きかった。

　それはそれとして、レベルアップだ！

　無明のステータス値で既に上昇しているのは器用値だ。任意のもう一点は知力値を指定した。ヘザーのステータス値で既に上昇しているのは精神力だった。任意のもう一点はステータスアップは生命力を指定、やっぱり極端に低いと心配だ。

無明

スケルトンLv4→Lv5（↑1）

器用値　16（↑1）	敏捷値　15
知力値　12（↑1）	筋力値　12
生命力　12	精神力　11

スキル

槌	小盾
受け	物理抵抗[微]
自己修復[中]	闇属性

ヘザー

フェアリーLv2→Lv3（↑1）

器用値　6	敏捷値　19
知力値　20	筋力値　1
生命力　3（↑1）	精神力　23（↑1）

スキル

飛翔	浮揚
魔法抵抗[中]	MP回復増加[小]
風属性	

ヘザーの成長が明らかに早い。いや、遭遇する魔物の経験値が高いと思うべきだろう。MPバー消耗も早いけどな！　では、先に進もう。こうなったら行ける所まで行ってやろうじゃないの！

今度はやや登り坂が続くようになった。出てくる魔物はフロートボムばかり、こいつは一匹だけなら問題なく倒せる。消耗も少ない。但し戦闘がつまらなかった。

延々と登り続ける。時刻はそろそろ午後六時、どこかで夕飯をゆっくりと摂《と》りたかった。そんな心境だった所で広間に到着。ここには小部屋が八つあった。そのうち二つは扉が閉じたままだ。広間の正面は出口だ。

小部屋を一つ一つ、覗いてみる。開いたままの小部屋はどれも何もない。魔物もいなかった。では閉じたままの小部屋はどうか？

二つの扉はどちらも開かない。センス・マジックを使って確認してみる。案の定、どちらも魔法で封印されていた。

アンロックで開けてみる。最初の小部屋は他のと構造が一緒だった。但し部屋の中央に箱がある。魔力は感じない。

宝箱？　いやいやいやいやいや。罠かも？

試しにジェリコに開けさせたらすんなりと箱は開いた。異常は感じられない。そして意外なアイテムが見つかった。

【素材アイテム】

アクアマリン　品質B　レア度4　重量0+

青色のベリル。
藍玉、水宝玉とも呼ばれる。
ベリルの中では希少価値は高い。
お守りとして人気がある。

【装飾アイテム：首飾り】

ミスリル銀の首飾り+　品質C+　レア度5　M･AP+12　重量1　耐久値150

ミスリル銀の鎖で作られた首飾り。
魔法発動用に強化されている。

[カスタム]

複数の真珠を嵌め込んで強化してある。
※水魔法強化[中]

アクアマリンの原石もいい品のようだが、首飾りの方が凄い。ただ残念な事にオレにはサイズが合わない。短すぎる！　それに真珠が鎖状に嵌《は》め込まれていて、これ以上の強化は望めない。

黒曜にどうだろうか？　試しに装備させてみたら今度は長すぎる。どうにか長さを調節して強引に装備させた。違和感はあるかな？　黒曜は特に嫌がる様子はない。当面はこのまま様子を見よう。


では次だ。もう一つの部屋もアンロックを使い開けてみたら目の前が真っ赤です。

敵を意味する赤いマーカーだ！

フロートボムで部屋が埋め尽くされている。

また、これかよ！

思わず扉を閉めた。

だがその扉が粉々に吹き飛んだ！

広間に次々とフロートボムが侵入する。

迷う暇などない。


呪文を選択して実行、だが魔物の攻撃が速い。

炎の弾が幾つも目の前に迫る。ヤバい！

だがその攻撃は喰らわなかった。

水の盾の前に炎が四散している。

無論、オレではない。黒曜だ。

その黒曜のＭＰバーは目に見えて減っていた。


「アクア・スラッシュ！」

水魔法の全体攻撃呪文が間に合った。

フロートボムが次々地面に落ちる。

それでも油断はできない。

大半の奴が攻撃呪文の範囲外にいるのだ！


黒曜がまだ元気な奴に向かう。

今の黒曜には水属性が備わっている。フロートボム単体が相手だと完全に任せられるのだが、どう見ても数十匹はいますよ？

いや杞憂《きゆう》でした。黒曜の次の攻撃は先刻の水の盾ではない。部屋の中にアクア・スラッシュと同様の攻撃を放っていた。空中を自在に飛んでいた魔物は一気に減り、無事な奴は二匹だけだ。黒曜はその二匹を追う。

「アクア・スラッシュ！」

既に実行済みだった呪文を地面でのたうつ魔物共に放つ。一気に魔物が減ってしまう。生き残ってはいても瀕死であった。健気《けなげ》に攻撃しようと目を瞑《つぶ》る奴に止めを刺しながら、黒曜を見る。既に一匹を仕留め、もう一匹も瀕死だ。

あれなら任せていい。ジェリコ、無明と瀕死の魔物に止めを刺して回る。楽勝だ。戦闘は一気に単純作業になってしまいました。

《只今の戦闘勝利で【識別】がレベルアップしました！》

全滅させると【識別】が上がってました。順調と言いたい所だが、大きな問題があった。フロートボムからアイテムとして泥炭が得られるのだが、これが結構重たい。一つ目の《アイテム・ボックス》が埋まってしまいそうだ。まあ運べるうちはいいか。満杯になってから捨てたらいい。

《これまでの行動経験で【解体】がレベルアップしました！》

泥炭を回収しているうちに【解体】もレベルアップだ。今後も仕事してね？

そしてフロートボムがいた小部屋なんだが、中には何もありませんでした。無念。

さて、広い場所なのだし食事にしたい。あの呪文を使ってみよう。

「インスタント・ポータル！」

広間の一角で使ってみました。その使い心地は如何《いか》に？

そこは不思議な空間であった。半透明で周囲の様子が見えるのである。何これ。魔物が襲ってこないと信じておこう。

陣容は迷ったが、ヘザーを帰還させて文楽を召喚する。再びサーロインの出番だ。あの量であれば、もう数日は楽しめるだろう。

食事をしていたら奇妙な光景が見えた。

魔物だ。

フロートボムだ。

オレの目の前を悠然と通り過ぎていく。だがマーカーは見えない。その体は半透明である。触ろうとしても出来なかった。そういう仕様らしい。

このインスタント・ポータル、空間を切り取って別空間を作っているという理解でいいのか？

ついでにログアウトできるか、試してみようか？　いや、召喚モンスター達を再度召喚しなきゃいけない筈だ。ＭＰが勿体無い。

いやいやいやいや、ここは試してみたらいいんじゃね？　オレのＭＰバーは七割近くある。悩んだら実行、それで迷いは消えるのだ。

召喚モンスター達を全て帰還させる。テントを使わなくてもログアウトの確認画面が出て来たので、そのままログアウトしてみた。

即、ログインしてみました。先刻と同じ風景のままである。まあ当たり前だ。

では再度のログアウトはどうか？　これが出来ない。連続使用不可、とは本当らしい。クーリングタイムは約五時間だが心配はしていない。リターン・ホームの呪文で風霊の村に戻れば済む。

代償はここの攻略を諦める事だけだ。

ポーションの補充を【錬金術】の短縮再現で手早く済ませる。既に夕刻であるし、夜向けの布陣で行こう。妖精のヘザーはここまでだ。

梟の黒曜、蝙蝠《こうもり》のジーン、スケルトンの無明、最後の一枠は少し悩んだが狼《おおかみ》のヴォルフにした。

では、先に進んでみよう。

《インスタント・ポータル外に全ての利用者が出ると効力を失います。宜《よろ》しいですか？》
天幕のように区切られた領域を出ようとすると、インフォがあった。但し目の前に《ＹＥＳ》と《ＮＯ》の選択肢は表示されない。この場合は行動で示すべきだろう。
そのまま区切られた領域を出た。
当然、そこにはフロートボムがいる。

フロートボム　レベル3
魔物　討伐対象　アクティブ
戦闘位置：空中　火属性

何故か【識別】結果の項目が増えている。だが再確認は出来なかった。黒曜が急襲、最初の一撃だけで終わってしまった。黒曜、クラスチェンジで強くなったのは間違いないな。


広間の先も同様の支道が続いた。現れる魔物も一緒でフロートボムだらけだ。そしてまたしても広間、だが今までのものと比べると狭い。出口がなかったので、センス・マジックの呪文を使って調べてみるが何も無い。

だが四つある小部屋のうちの一つに封じられた別の扉があった。アンロックの呪文を使って封印を解き先に進む。問題はここからだった。

オークだ。オークなのだ！　出現する魔物が弱体化してる！　そしてオークリーダーがいない。

仕方なくオークを蹴散らして進む。数も少なく格闘戦は楽しめない。

つまらん。実につまらん！

馬頭と比べたら攻撃を喰らって痛がるから、反応が確認出来るのだが、それだけだ。すぐに死んでしまう。

オーク共よ、少しは根性出せ！

そしてどいつもこいつもアイテムを残さなかった。オークから宝石類を得られる筈なのだが、これでは楽しめない。いいオークは宝石を落とすオークだけだ。


不意に開けた場所に出た。風が心地よかった。どうやら洞窟を抜け、外に出ていたらしい。星空が見え、月も確認できた。

広域マップを見て現在位置を確認、Ｓ１Ｗ２マップの中央付近に到達していた。地形は平原のようだが、夜なので風景は楽しめない。

そして大いに警戒すべきだ。どのマップでもそうだが、昼間より夜の方が戦闘は厄介なのだ。より強い魔物が出現する事もある。群れで行動する事だってある。そもそも魔物にとって夜は有利であるのだ。

だが、今のオレには召喚モンスター達がいる。現在の布陣は洞窟のような暗い場所でも活躍出来るが、夜の平原でも同様なのだ。

黒曜がある方向を見ている。オレにもどうにか見えた。月明かりの中、塔のような何かがある。

まさか、もうエリアポータル？


近くで見るとやはり塔だ。古くていつ崩れてもおかしくない。組まれた石材の表面は風化していてボロボロだ。

センス・マジックの呪文を使っておく。何が起きてもおかしくはない。

塔の入り口も崩れかけている。魔力は何も感じる事が出来ない。それでも油断出来ない。解放されていないエリアポータルの場合、大抵がこんな感じなのは経験済みだ。

塔の中の様子は？　中は空洞で内部の壁沿いに階段がある。でもその階段は半ば崩れていて登れそうにない。

塔の中央に達する。

声が塔の中に響いてくる。

やはりな！

《咎人《とがにん》よ》
《我等《われら》は断罪せし者》
《我等は救済せし者》
《我等は絶対なる判事》
《魂の休息を得る前に裁きを受けねばならぬ》
《審判を受けるが良い》

《我等が天秤《てんびん》は示す》
《汝等《なんじら》の魂と心の臓は断罪するべきや否や？》
嫌な感じのするインフォだが《ＹＥＳ》を選択してイベントを進める。とうに覚悟していた。
頭上から砂が落ちてきた。しかも大量に！
思わず後ろに下がる。
呪文は既に選択してあった。

「エンチャンテッド・ウェポン！」
最初の魔力付与はヴォルフに与えた。
すぐに次の呪文を選択して実行する。
落ちてきた砂は小山のように積もっていた。
砂が蠢いて何かの形をとりつつある。それも二体だ。何が相手になるのかな？
サンドゴーレム　レベル１
使役魔法生物　討伐対象　アクティブ

戦闘位置：地上
魔法抵抗［微］　自己修復［微］
火耐性［微］　土耐性［微］　風耐性［微］

処刑する塵《ちり》精霊ハブーヴァ　レベル3
イベントモンスター　？？？
戦闘位置：空中
塵属性　火耐性［微］　風耐性［微］

また、ゴーレムだ。そしてもう一方が精霊だ。

どちらが主力であるのか？

イベントモンスター、とあるのだから精霊だろう。ガスクラウドのような姿形をしている。

「エンチャンテッド・ウェポン！」

次はジーンに魔力を付与する。

まだ敵は動こうとしない。

黒曜が先制攻撃、水の針の束がゴーレムにたたき込まれる。ゴーレムは複数の耐性を持っていた。

だが【識別】で相手の情報を得ているから方針は自然と定まる。水魔法で押せばいい。多少は楽な戦い方が出来る筈だ。


楽？　全然、楽じゃないって！

サンドゴーレムが面倒です。確かに水魔法でダメージは与えている。でもゴーレムだけにかなりタフな相手だった。

直接攻撃は透過してしまう。砂が一瞬のうちに広がってしまうのだ。ダメージは、ある。あるのだが微々たるものなのだ。

ハブーヴァの方が簡単かと言えばそうでもない。水魔法でダメージを与えられるのは間違いないが、サンドゴーレムを上手く盾に使っていた。

そして特殊攻撃がまた面倒。恐らく塵魔法の攻撃呪文、サーマル・エクスパンションと同様の攻撃だろう。機動力のあるヴォルフに、黒曜に、ジーンにも簡単に命中してしまう。

動きが遅い無明も当然喰らっている。オレだってそうだ。これはどうにかしないと！

塵魔法の呪文、レジスト・ディグレードは全員に使ってあった。それでもダメージは積みあがるのだ。長期戦を見据えて無明以外に回復丸を与える。オレも回復丸を口にした。

戦闘開始から相応の時間が経過しただろう。ダメージの蓄積を回復魔法で賄いながらだ。回復丸を序盤で使って良かった。思っていた以上に消耗は抑えられている。

但し不測の事態もあった。無明のダメージだ。無明はスケルトンで回復丸が使えない。代わりに自己回復能力を備えるが、累積ダメージを一気に回復するには至っていない。オレがファイア・ヒールを使っても僅かな回復量に留まっていた。

闇属性なら回復する筈、そう願ってダーク・ヒールを使ってみたらちゃんと回復してくれた。ファイア・ヒールの数倍はある！　今更気付くとかどうなのよ？

おっと、こいつらをどうにかしないと。水魔法の呪文で押し切るのはどうか？　ＭＰが先に枯渇するだろう。黒曜のＭＰバーだって余裕はない。

行動パターンから分かる事は？　サンドゴーレムは人型が基本だが、時々砂塵《さじん》に変化する。人型だと攻撃力は高いが動きは鈍い。無明でも楽に攻撃を回避できる。物理攻撃は喰らってくれるが、ダメージの蓄積は芳しくない。現在、残り六割だが攻撃呪文で与えたダメージの方が多いだろう。

こいつが砂塵に変わると厄介だ。物理攻撃は全て透過する。与えられるダメージは僅かだが、より問題なのが砂塵にまみれて目を開けていられない事だ。その代わり、こっちが受けるダメージも大した事がない。

その一方で精霊のハブーヴァはＭＰバーが枯渇しそうだ。今もサンドゴーレムの後ろをコソコソと動き回るだけで攻撃は止《や》んでいる。

いや、オレに向けて接近してきた！　攻撃を受けても無視してオレに貼り付く。何をしている？

オレのＭＰバーが減っている！　ハブーヴァのＭＰバーが七割程度に回復していた。

それだけではない。オレのマーカーに状態異常を示す小さなマーカーが重なっていた。そしてオレのＭＰバーは残り三割を切った。

この代償は与えねば。

先にハブーヴァに集中砲火だ。空中から黒曜、ジーンが急襲、オレも拳で何度も攻撃を加えた。ヴォルフと無明も包囲して攻撃を重ねる。ハブーヴァはサンドゴーレムの前にいる、今しかない！

ハブーヴァがオレから離れる。入れ替わりで実体化したサンドゴーレムが来た。クソッ！　ハブーヴァのＨＰバーは僅かだったのに！

再び距離を置くハブーヴァ。ヴォルフ、黒曜、ジーンに追撃させた。サンドゴーレムが砂塵と化してハブーヴァの許《もと》に移動する。こいつは砂塵の間は攻撃が透過する筈だ。構わず、突っ込め！

サンドゴーレムが再び実体化する前にヴォルフが間に合った。ハブーヴァのＨＰバーが消える。

「グラビティ・バレット！」

まだサンドゴーレムは健在だ。実体化した所に呪文を叩き付けた。体に大穴が空く。でもダメージがない。サンドゴーレムのＨＰバーはまるで減っていなかった。呪文が直撃した箇所は吹き飛んだものの、砂塵になっただけ？

何だこれ、理不尽だろ！

移動しようとして何かに足をとられる。オレの足元に砂が大量に流れてきていた。

しまった！　一瞬、オレの動きが止まる。

サンドゴーレムの間合いにオレはいた。

その拳がオレに迫る。

恐るべき拳が振り下ろされている。


死だ。

死んだ。

これは死んだな。


だがその拳は届かなかった。

オレはその場から吹き飛ばされていた。

ヴォルフが体当たりをしていた。そのヴォルフのＨＰバーが目の前で消える。一瞬だった。


信じられない。でもヴォルフの死体は確かに目の前にある。オレの中に怒りが生じていた。

誰にぶつけたらいいのか？

その対象は目の前にいる。


「ウォーター・ニードル！」

選択して実行済みだった呪文を叩き込む。

実体化していた魔物に命中。

黒曜も水の針を撃ち込んでいく。


「ウォーター・ニードル！」

ようやくＨＰバーは二割を切った。

だがサンドゴーレムは再び砂塵と化す。


また、それか。

抑えろ。

抑えるんだ。

この状態で殴った所で効果は望めない。

待っていればいずれ実体化する筈だ。

待てばいい。


いや、待っていられるか、コノヤロウ！

「アクア・スラッシュ！」

怒りを込めて全体攻撃呪文を放った。

本当にオレはバカだ。黒曜が最初に仕掛けた攻撃が有効だった事を忘れていたのか？　エンチャンテッド・ウェポンを使って物理攻撃を続ける事に拘《こだわ》り過ぎた。今までの成功体験があるが故にオレは失敗したのだ。

その結果がヴォルフの死である。デスペナルティを受けるだけとは承知しているが、それでも責めねばなるまい。これはオレのミスだ。

ヴォルフの死体が消えていく。

でもオレの怒りは消えない。今、その怒りはオレ自身に向けられていた。

サンドゴーレムはアクア・スラッシュの攻撃呪文を受け、唯《ただ》の砂に戻ってしまう。最後は実に呆気なかった。

《咎人よ》
《我等は断罪せし者》
《我等は救済せし者》
《我等は絶対なる判事》
《汝等の罪は不問としよう》
《よくぞ試練を勝ち抜いた》
《汝等もいずれ悔い改めるであろう》
《だが更なる呵責《かしゃく》があるものと知るがよい》

《S1W2のエリアポータルを開放しました！》
《ボーナスポイントに4ポイント加算されます。合計で10ポイントになりました》
《只今の戦闘勝利で【高速詠唱】がレベルアップしました！》
イベントは終わったようだ。インフォも上の空だったように思う。達成感はない。まるでなかった。先刻までの激闘の跡もない。まるで幻のように消えていた。

生き残ってはいるが、黒曜もジーンも酷い有様だ。無明も自己修復中、ダメージから回復し切れていない。

今日はここまでだな。周辺を探索している余裕はない。仕切り直しだ。


そのままエリアポータルの外に出ると、リターン・ホームの呪文を使った。風霊の村に転移する。村の中、適当に空いた場所でテントを設営、召喚モンスター達を帰還させた。

毛布に潜り込むと、さっさとログアウトする。

明日になれば今日の事を忘れられるだろうか？

その自信はなかった。

魔法使いが呪文について語るスレ★38

1. ミリア
荒らしスルー耐性の無い方は推奨できません。
複数行の巨大 AA、長文は皆さんの迷惑になりますので禁止させていただきます。
冷静にスレを進行させましょう。
次スレは **>>950** を踏んだ方が責任を持って立てて下さい。
無理ならアンカで指定をお願いします。

過去スレ：
魔法使いが呪文について語るスレ★1-37
※格納書庫を参照のこと

――（中略）――

845. ロッティ
ようやくスレ速度も落ち着いたか。
>>950
とにかく次スレは 41 で立ててね！

846. 朱美
だから **>>900** で立てておけとあれほど・・・
スレ番修正って本当に大丈夫？

847. ニア
報告書読んでる人が多いんじゃないの？
もうちょっと早く出てたら良かったんじゃない、あれ・・・

848. 紅蓮
あんな内容でも参考になるならいいけど。
でもさすがに今回みたいな阿鼻叫喚はもうないと思いたい。
さすがに疲れた。

849. ココア
>>848
武器系技能とか武技とかの解析ヨロ

850. 周防
鬼がおるで

851.∈(-ω-)∋
やあ　∈(-ω-)∋　風魔法で空は飛べそう？

852. 空海
>>851
浮くだけならもうできるぞｗ

853.zin

でも最近のデータで時空魔法持ちは７名だっけ？
意外に早く取得できたプレイヤーがいたんだな。
サモナーさんを除くとそれでも６名か・・・

854. 茜
多いと言えば多い。
でもやっぱり少ないよね？
しかもインスタント・ポータルを使えるのってまだサモナーさんだけという地獄。

855. 駒人
>>848
乙
報告読んだ
一極集中で魔法技能を成長させてる方がダメージが高いのは事実
結構差があるように思うんだけど
継続調査・・・
>>853
今後はもっとペースが上がるんじゃない？

856. ツツミ
>>855
そうじゃないと困るよ

857. カササギ
>>848
乙乙
サモナー関連で召喚モンスターの報告はなんとかならない？
あとエルフの精霊召喚も
興味あるし

858. 紅蓮
>>855
やめれｗ
>>857
正直、暫くは攻略に集中したいってのが本音。

859. 周防
光魔法がまだ Lv.7
開始組なのに・・・
もう後続に追いつかれちゃってるよ

860. ホウライ
>>859
種族レベルで６になってない開始組ならここにいるぞ
平日に仕事あるしなあ
毎日ログインも出来てないし。
休日だって半日がせいぜい。

861. 無垢
>>860
十分じゃね？
出張先までVRギアとか持って行けないし・・・

862. 紅蓮
>>861
持ち運べるポタあるでw

863. 茜
>>862
あれ使った事あるけど微妙
ポータブルと謳ってるけど頭部だけでフィードバック補正は厳しい
どうしても違和感がある
それでも利便性は高いけど

864. カササギ
>>863
でもお高いんでしょう？

865. 堤下
>>864
今ならもう1台付けてASOも付けてお値段なんと（ry

866. 周防
やめれw

867.zin
よせw
閑話休題
そろそろ上位職あっていいんじゃね？
そこに活路を見出したいんだが

868. 紅蓮
>>867
召喚モンスターにクラスチェンジがある以上、プレイヤーにもある筈。
つかあって然るべき。
なんと言っても前衛戦闘職がファイターだけなんてあり得ない。
どの職業でもプレイ幅は広いけど、さすがに寂しいよね？

869. モコ
>>868
遅れたけど報告書乙
技能でも上位互換があるんだし、そろそろじゃない？
魔法職もソーサラー、サモナー、バードだけなんて寂しすぎる。

870. エルディ
夢がひろがりんぐ

871. ミック
そういや生産職ギルドの長に問い合わせた件は？
誰だっけ？

872. 紅蓮
>>871
前々スレの彼か？
前スレで報告あるよ。
断られて涙目。

873. カヤ
>>872
報告読み終えたぜ乙
あれ今後も出すんだよね？
中間報告だし

874. 周防
ここにも鬼がおるで

875. 堤下
>>871
あそこの姉御は敵に回したらあかんで・・・

876. 無垢
>>871
サモナーさんとあそこのプレイヤーズギルドは win-win と聞く
上客に迷惑かけるような真似はそう簡単にできないよね？

877. カサギ
レベル 10 の攻撃呪文のダメージ比較はどうする？
与えてるダメージが大きすぎて単純比較が難しい
土魔法だと落とし穴だから効果が分かり難いんだが・・・

878. 紅蓮
>>877
ピットフォールいいよなw
こっちはまだ火魔法がレベル 8 で先が長い・・・

879. エルディ
>>877
エンチャンテッド・アースはどうなのよ？

880. モコ
属性毎に弱点がどうとかまだこれからの話じゃない？
マスクデータ多すぎてどうにもならんし。

881. 茜

つスキル構成相談所その32
混乱に拍車がかかってたけど、ここでも話題に・・・
レベル10到達で上位職なしだとかキツくない？
なんか相当に先が長そうなんだけど

882. 無垢
長く楽しめるならいい
運営が放置しなきゃいいんだけどw
なんか冷たいよねー

883. ミック
運営とか、PKより怖い相手に喧嘩売るなwwwww

884. ロートシルト
出遅れた
時空狙ってるパーティメンバー支援ちうなう
なんとか頑張って欲しいけど三人ってどうなのよ

885. 堤下
レベル10の攻撃呪文にも興味あるけど
その次はやっぱレベル15？
そこまで行けばさすがにクラスチェンジだよね？

886. 紅蓮
>>885
恐らくは。
事前に呪文が判明してたら選択は楽なんだが・・・
そのあたりもプレイヤーだけで見つけろってスタンスなんだろうね。
魔法じゃないけど技能リンクも【二刀流】以外にもっとある筈・・・
ハンターあたりならもう少し何か追加があっていいと思う。

887. エルディ
それこそトレハン系が技能を取得しまくりの傾向は強いしそっちにも期待。
補助技能でもレベル10が目前のプレイヤーってそろそろいるよね？

888. モコ
それこそ補助技能は謎。
いや、役に立ってるし成長も安定しているように見える。
相変わらず【連携】だけがクローズアップされがちなんだけど・・・
他の補助技能だって良く考えたら重要なのあるし。
特に【鑑定】【識別】は重要。

889. 茜
トレハンに【解体】は効率いいとか聞くけど確定じゃないんでしょ？
やっぱり誰かに調べて欲しいんだけど（ﾁﾗｯ

890. 紅蓮
いやあああああああああああああ！

オレ、イヤだからなああああああああ！

891. ロートシルト
イヤよイヤよも好きのうち、と申しまして・・・

892. カササギ
任せた！

893. カヤ
いやあ、実績がある人に任せられるっていいよネ！
もう体が拒否できなくなってるしw

894. 周防
このスレ、鬼しかおらんで・・・
正に地獄や・・・

――（以下続く）――

サモナーが集うスレ★4

1. ムウ
ここは召喚魔術師、サモナーが集うスレです。
このスレは召喚モンスターへの愛情で出来ています。
次スレは **>>980** を踏んだ方がどうぞ。
召喚モンスターのスクショ大歓迎！
但し連続投下、大量投下はやめましょう。
画像保管庫は外部リンクを利用して下さい。
リンクの在り処は **>>2** あたりで

過去スレ：
サモナーが集うスレ★1-3
※格納書庫を参照のこと

――（中略）――

79. 堤下
で、やっぱり召喚モンスターのリストって欲しいと思うんだが
需要はあるよね？

80. 此花
それはそうだろうけど。
過去スレで出てるのを集約するだけでいいんじゃね？

81. 野々村
それが面倒という↓

82. シェーラ
↑任せた

83. 春菜
モフモフしかチェックしてないし・・・

84. イリーナ
モフモフ
ウルフ、ホース、タイガー、赤狐、ライオン（New!）
ピヨピヨ
ホーク、フクロウ
お人形さん
ウッドゴーレム、ウッドパペット、フェアリー（New!）
水陸両用？
ビッグクラブ、大亀（New!）
闇の住人
バット、鬼、スケルトン、ミスト
その他
バイパー、ビーストエイプ、スライム
基本だとこう

85. アデル
ウルフ→グレイウルフ、ホワイトウルフ、ブラックウルフ
ホース→バトルホース、ホワイトホース
今の所、クラスチェンジで分かってるのはこんな感じ
でも他に選択肢があるのかも？
ぜひあって欲しいなー

86. シェーラ
>>84
分類の仕方がｗ
書き出してみると選択肢が多いように見えないのに・・・
>>85
これを見るとコンプリートは難しそうだよね？
話は変わるけど狼で三連星はさすがにやり過ぎｗ
いや、見事なんだけどｗ

87. 春菜
>>84
ライオン！ライオン！

88. アデル
>>87
次に召喚する事は決定済みｗ

89. 野々村
>>84
フェアリーは後衛確定？

欲しいなあ・・・

90. 堤下
どこかで互いの召喚モンスターを披露するオフ会が出来ない？

91. 駿河
カニ持っていくよ！

92. 此花
私もカニ追加した！
カニいいよカニ。

93. ムウ
>>91-92
意味が違って聞こえるｗｗｗｗｗ
レベルアップする毎に脱皮するって本当？

94. 駿河
>>93
本当。
殻が消えるのは惜しい。
加工したら何かの装備に使えそうなのに。

95. シェーラ
魔物の方のカニの甲羅でネタ装備はあったみたいだけど？
派手なのは我慢だけど性能いいんじゃないんだっけ？

96. 此花
あった。
防御性能っていうよりも軽さが売り。
やっぱ敏捷性を損なわない範囲でかなり硬いってのは魅力だと思う。
でもアレを着て冒険する勇気は無かった。

97. 駿河
海辺だけで稼ぐの飽きた。

98. 堤下
海中生物の追加は何が来る？
サメ、イルカ、シャチ、人魚、サハギン・・・
まだどれにも遭遇してないと思うけど

99. 駿河
海蛇、イカ、タコ、リバイアサンとか・・・

100. ムウ
なんか凄いの交じってきてる！

101. 堤下

あとメガロドン、マンタ、カジキとか？

102. アデル
海から離れちゃってるし
そっちは任せた！

103. イリーナ
あとは昆虫系もあっていいかな？

104. シェーラ
Gとか・・・

105. アデル
いやあああああああああああああ
それだけはダメえええええええええ

106. ムウ
何？
実は凄い昆虫シリーズとかw

107. 駿河
ゴカイとか・・・
イソメとか・・・

108. 堤下
釣りエサwwwwwwwwwwww

109. 春菜
クラスチェンジが待ち遠しい・・・
まだまだ遠いなあ・・・

110. イリーナ
結構プレイヤー側でスキルデザインが出来そうなのもいい。
次はフェアリーで決定！

111. 此花
やっぱ召喚モンスターのお披露目しない？
サモナーさんも誘って。

112. アデル
モフモフ独占いい？

113. 春菜
>>111
白馬狙いかw
>>112
許すまじ

114. 堤下
>>111
やりたい
それにまだ真価が分かってない召喚モンスターもいるんだよなあ
ミストとかスッゲー気になる

115. ムウ
わりと選択肢が幅広いんだよな
精霊枠はエルフにお任せなんだけど

――（以下続く）――

【S2E1】マップ別攻略情報スレ★7【港町復興企画】

1. カヤ
※注意
マップ限定での情報収集スレは自治スレでの合意に基づき統合を進めてます。
運行などへのご意見などは自治スレにお願いします。
このスレは S2E1 マップ（廃港周辺）の攻略に関わる情報を収集しています。
総合情報スレ、その他のマップスレは **>>2** あたりで。
次スレは **>>980** あたりで。

過去スレ：
【S2E1】マップ別攻略情報スレ★1-6
※格納書庫を参照のこと

――（中略）――

77. 安原
(- 人 -)
支援ありがと
意外に物資が多くて助かった

78. グーディ
こっちも感謝を
だいぶ助かった
拠点があちこちにないとドワーフなんで大変です
ところで S3E2 辺りに大陸の港があるって本当？

79. 二郎
海運では結構稼がせて貰ったが
漁師もっと増えてくれえええええええええｗｗｗｗ
>>78
多分もっと遠い
船足で考えたら S3E4 か S3E5 あたりじゃないかと推定

80. 虚子
漁船団でも組むつもりですかｗｗｗｗ

81. リュカーン
一応だけど食料の現地調達の準備はできてる。
NPC も少ないけどここに来てるし一緒に農作業も開始した！
木魔法がまだ取得できてないけどもう少しだ・・・orz

82. ルービン
(´・ω・`) ﾂﾗﾃﾞｽﾃﾞ

83. 譲二
E2 に常駐、海を巡回してるが亡霊船がウザい
あまりにウザいものだから漁に出てるが・・・
魔物もウザい
E3 に行ったら魔物が多くて困ってる・・・
島周辺でタチウオを魔物化させた運営は・・・orz
あんな旨い魚になんて事をしやがるんだ！
あと E3 は漁船一艘、定員六名が埋まってくれないと厳しい
未だに養殖も手付かずだしな・・・
船の更新をしたせいではあるんだが

84. 二郎
闘技大会で優勝しなきゃやっぱダメなん？

85. 安原
あんたら演歌兄弟のおかげで助かってるプレイヤー多いんよ？
元気出せ
つか亡霊船イベント、あれどうやったら収束するん？

86. 駿河
>>83-84
うちのカニに熱視線を注ぐの止めてね（；´Д｀）

87. ルービン
カニ旨いよね
今度ご馳走させてねｗ

88. 虚子
カニって皆で食べてると会話が途絶えるよね？
あの雰囲気は独特だ・・・

89. リュカーン
食べる気満々なのしかいないｗｗｗｗｗｗｗ
鍋にするなら野菜も要るよね？
じゅる

90. グーディ

さすがにそんな罰当たりな事はでき・・・
カニしゃぶ？
カニすき？
でも生でもいいよね？
蒸して良し、寿司にもいい
エビもそうだけどカニってどう料理しても旨いw

91. 駿河
酷い人しかいないヽ(`Д´)ノ

92. ルービン
カニ(ﾟдﾟ)ｳﾏｰ

93.∈(-ω-)∋
やあ　∈(ﾟдﾟ)∋　カニ鍋パーティと聞いて

94. 駿河
(((((´；ω；)))))

95. 虚子
イベントの亡霊船は放置できない問題だと思うの
演歌兄弟だけで討伐しきれる規模じゃないのは明らか
どげんかせんと

96. 譲二
それは同意
漁の邪魔でしかない

97. 二郎
船がそもそも足りないし
NPC 漁師も困ってます
そんな彼らもかなーり強いんだけど

98. 安原
【水泳】はないので海岸線だけでどうにか・・・

99. ルービン
武器も欲しい
カヤさんトコが工房開くのにもう数日かかるって話だが・・・

100. カヤ
中間報告ですが工房の設備は設置済み。
試作品はもういくつかありますが・・・
素材がまだ足りませんので。
響音の槌は鍛冶師に行き渡るかどうかって所ですが、増やす予定アリ。
もう少しお待ちを。

101. 譲二

あとは交易船 NPC の話も確認しとかないと
S5 あたりに人がいる港町があるって事だが
まあ S3E1 は海流が激しいらしいから大型船じゃないと
オレらの船じゃ突破は無理
陸上部隊に期待したい

——（以下続く）——

第二章

ログインした時刻は午前六時、少しは冷静になれたかな？　ヴォルフが死に戻ってから九時間、頭を冷やすにはそれ位の時間が要るだろう。

先に人形の文楽だけを召喚して肉だけを渡しておいた。野菜を調達しに行こう。


「ああ、キースさん、おはようございます！」

「おはようございます」

机の前で品出ししていたのはハンネスだった。農夫だけど商人のお手伝い？　並べているのは自分で育てた野菜だからだろう。

机の向こう側で不動《ふどう》が目礼してくる。こっちも目礼で返した。

「ああ、もう好きなの持っていっていいですから」

「ありがとうございます」

「いえ、昨日も樹木にクロウ・プラントを使って貰《もら》っていたのは承知してますし」

「はあ」

「後で畑の方に来て頂けたら助かります。牧草地で少し手が欲しかった所でして」

人の縁があると断れない。まあ、そう手間じゃないしここは協力しておくべきだろうな。


結局、品出ししてた全種の野菜を多めに持たされてしまいました。田舎の実家に行った時とか、帰りに色々と持たされた記憶が蘇《よみがえ》る。

フィーナさんもマルグリッドさんもまだログインしてないそうなので出直す事に。まあ文楽に料理をさせているのだし待つ事にしよう。

ついでに召喚しておこう。馬の残月は確定だ。

そして狼《おおかみ》のヴォルフなのだが、デスペナルティはまだ続いている。召喚したいが、出来ない。
《デスペナルティ継続中で召喚できません》
このインフォが流れるだけだ。仕方ない、鷹《たか》のヘリックスと狐《きつね》のナインテイルを召喚する。そしてオレのやる事がなくなった。

「おはよー！」

「おはようございます、キースさん」

アデルとイリーナが来た。どうやらログインしたばかりのようだ。時間的に普段より遅い。


「昨日はどちらへ？」

「ここから南のＳ１Ｗ２マップだ。エリアポータルはもう開放した」

「すご！」

「でもヴォルフが死に戻ってね」

二人がなんとも言えない顔になる。確かにいい話題じゃない。

「私も二度ありましたね。デスペナは丸一日召喚出来ないので困りました」

「うん、私も一度あったけどあれは悲しい。でも死に戻った後は愛着も増したよ！」

「そうか」

二人とも召喚モンスターの死に戻りは経験済みか。慰められてる感じがして何か恥ずかしい。

それはそれとしてだ、アデルはいつものようにナインテイルを愛《め》でている。これはまあいい。

イリーナの挙動が明らかにおかしい。


「今日は妖精さんは？」

「召喚してないよ」

「ああん、残念！」

あれ？　普段と態度が違いすぎる。いや、こっちが素なのか？

「おお、そう言えば昨日は黒曜がクラスチェンジしたな」

「マジ？」

「梟《ふくろう》のクラスチェンジですね？」

雑談が続く。いつの間にかしんみりとした空気は吹き飛んでいた。


ユニオンを組んでクラスチェンジ談義をしている間に朝飯が出来ていた。オレの隣に文楽が来ている。アデルとイリーナも同席させて朝飯はおごりだ。昼飯の分がなくなるけどまた作らせたらいい。雑談という名の情報収集を続けた。

その中で気になる事を耳にした。フィーナさんの所にオレに関する問い合わせがあったらしい。正確に言えばインスタント・ポータルの呪文に関する問い合わせで、その数は百件を超えていたそうです。フィーナさんに迷惑掛けちゃった？

「今、装備したまま帰還しませんでした？」

「ああ、いずれサモナーなら出来るようになるさ」

「それ、レベル幾つなんです？」

「レベル12、かな？」

文楽を帰還させた所でイリーナが気付いた。やはり目敏《めざと》い。アデルは絶句している。

おっと、妖精のヘザーを召喚しておこう。ナインテイルと共に二人の相手をさせよう。それにアデルもイリーナも各々の召喚モンスターを呼び出しているから異様な光景になっている。

どこのファンタジー世界かな？　特に白馬の残月がいい雰囲気を醸し出していた。

「おはようございます」

「あら、いらっしゃい」

「色々と問い合わせがあったと聞きましたが」

「いいのよ。掲示板に情報を上げて貰ってるだけで進歩してると思うし」

いつもの場所にフィーナさんはいた。サキさんもレイナもいる。そしてマルグリッドさんだ！

これはまとめて相談出来るかな？


「新しい装備はもうちょっとかかるわよ？」

「ええ、アデルとイリーナからさっき聞きました」

「じゃあ他に相談？　買い取りなら出来るわ。七時からミーティングがあるから、その後でどう？」

「ええ。そっちの方がいいですかね。それにマルグリッドさんにも依頼がありまして」

「私？」

「はい。召喚モンスター達《たち》の強化に宝石の加工をお願いしたいんですが」

「貴方《あなた》じゃなくて召喚モンスターに？」

「ええ」

「それ、面白そうね」

話が弾んでしまった。結局、マルグリッドさんとの雑談はミーティング開始時まで続いた。いや、依頼が終わってしまっていた。


「皆さん、ミーティングの時間です！」

大規模なユニオンが組まれて情報交換が行われた。無論、既に聞き及んでいる情報も多いが、気になる情報もある。中でも攻略組が試した事例は興味深い。Ｗ３マップで遭遇した闘牛がＷ２マップまで追い掛けてくるかどうかを試していた。どうも半分以上の確率で越えていたそうだ。別マップに逃げ込むのが安全とは限らないって事になる。

これは注意せねばならない。

N1W2マップ、アントマン相手の夜間戦、それも森林戦が面白かった。この報告は与作《よさく》からだった。四つのパーティでユニオンを組み、殲滅《せんめつ》戦を行ったらしい。全員無事に乗り切ったそうである。夜のアントマンはかなり活発化していて数も多いようだ。経験値稼ぎにいい環境だな！

南の洞窟にはオレ以外にもいくつかのパーティが挑んでいたようだ。南の洞窟の支道は広域に亘《わた》っているのが確実であるらしい。幾つかのパーティは先に進むのを断念したようだが、気になった。オレが進んだ経路以外にもコボルトが出る支道、ゴブリンが出る支道があるようなのだ。牛頭《ごず》と馬頭《めず》、それにフロートボムの話は出て来なかった。

オレも報告する事にした。支道の先で出会った魔物達、仕掛けの数々。S1W2マップのエリアポータル開放も併せて報告する。今更だがエリアポータルの名前は『断罪の塔』になっていた。唸《うな》り声が聞こえた気がするけど無視した。

生産職からの報告は進捗だけであった。順調、で終わる話なのだが、注目すべきなのは鍛冶師達が大挙して到着する事だろう。風霊の村では本格的に工房の建設が進んでいる。一大拠点になりそうな予感がした。

最後にイベント情報だ。昨日の夕刻、冒険者ギルドがようやく調査依頼を出したようだ。依頼を受けるにはレムトの町に行く必要があり、レギアスの村ではダメらしい。

戻って依頼を受けるのもいいかな？　だがその前に南の洞窟の別の支道に行くのもいいかな？　洞窟で牛頭と馬頭と戦うのもいい。それに宝箱が他にあるかも？

そんな事を考えていたらミーティングは終了していた。プレイヤー達が各々散っていく。

広場に残っている者も相当数いて対戦らしき事をしている。大半は見物人だ。

そう言えば対戦は初めて見た。普段は見ないエフェクトがあって派手だ。

「あれは対戦ですよね？」

「ああ、あれね。彼等《かれら》は対戦だけ済ませてすぐにログアウトするパーティだよ」

「すぐにログアウト？」

リックによると、対戦で得られる経験値は結構大きいらしい。しかも勝ち負け関係なしにだ。その為《ため》、時間がなく探索も攻略もしないプレイヤー同士が示し合わせて対戦をやるそうだ。この後、長時間ログアウト予定なのでＨＰもＭＰ《マジックポイント》も全快になるから思いっきり戦える訳だ。機会があればオレもやってみたいものだ。


「また宝石が増えちゃったわね」

「作製出来ますか？」

「断るなんてとんでもない！　でも依頼内容が少し高度なのよね」

マルグリッドさんはそう言いながらも興味津々だ。手持ちの宝石は全部出してある。

モルガナイト、アイオライト、ブルースピネル、サードニックス、プレーナイト、レッドジャスパー。本命のツァボライトが二個、大本命のアクアマリンが一個。加工は保留であろう紫水晶、紅水晶、黄水晶。それに琥珀《こはく》が複数ある。

依頼内容は宝石を今まで通り、台座に嵌《は》め込んだ形にする事だ。問題なのは召喚モンスターそれぞれにどうやって装備させるかだ。これが悩ましいようである。

マルグリッドさんの目の前に妖精のヘザーがいる。一番の問題はこいつだ。オレが装備している白銀の首飾りから宝石を外して持たせてみたが、へザーでは持ち上がらない。当然、飛べない。貧弱と言えばそれまでだが、そもそもサイズ的に無理がある。

そんなへザーを色んな角度から愛でているイリーナの様子が異様だった。彼女だけじゃない。フィーナさんの所のメンバーにへザーは大人気だった。ここって女性陣が多いからな。

「宝石の入れ替えが出来るように工夫するわ。当面この妖精さんにはレッドジャスパーを削って軽くしてみるけど、いい？」

「お任せします」

そうするしかない。オレにその辺りの機微は分からないですから！

水晶類は当面保留。琥珀はお試しで一個、加工を依頼してみる。魔石も余分に渡しておく。加工費は後日相談になった。

最後にサイズ測定だ。ヴォルフは召喚出来ないので、アデルのうーちゃんに代理になって貰う。へリックス、黒曜、ジーン、ナインテイル、へザーのサイズ測定は問題なし。召喚したオレのMPが消耗した程度だ。

そんな中、マルグリッドさんには黒曜が装備している首飾りに目を付けられた。

「これ、何？」

「戦利品でして」

「これ、凄《すご》い！　ちょっと見ていい？」

外して見せると言葉を失ったようですが、大丈夫？　すぐに返して頂きましたが、何やら考え込む様子だ。

「ラピダリーがもう一名、ここに来る予定があるけど手伝わせていい？」

「お任せします」

「了解。また連絡するわ」

「はい」

これでいい。レムトの町に戻る事も考えたが、装備が出来上がるまでこの周辺で粘ってみた方がいい。今日は南の洞窟に行こう。


「フィーナさん、別件で相談がありまして」

「あら、何かしら？」

「内密にしたいんですが」

ミオの視線が痛い。

ナンパしてる訳じゃないぞ？

「じゃあウィスパーでいいかしら？」

「はい」

「私からユニオン申請を出すわ。ミオ、今日は燻《くん》製《せい》作業があるんじゃなかったかしら？」

「むう」

スゴスゴと引き下がるミオなのであった。


フィーナさんに色々と吐露出来たのは良かった。肩の荷が下りた、と言うべきだな。より一層、呆《あき》れられたけどね。

称号の呪文目録が呪文辞書へ。【高速詠唱】にしていないけど【魔法効果拡大】【魔法範囲拡大】の取得。取得は【多節棍《たせつこん》】【鞭《むち》】の取得が可能になってる事。まあ色々あった。

『もうなんか今更なんだけど、相当な時間をゲームに費やしてて現実の方は大丈夫？』

「まあなんとか」

『私も半分、廃人みたいなものだけどねえ』

彼女からは非難めいた感じはしない。何故《なぜ》か納得しているような感じがする。

『多分だけど【高速詠唱】【魔法効果拡大】【魔法

範囲拡大】は多くの技能を取得する不利を埋める技能じゃないかしら？』

「え？」

『興味深い報告をしているプレイヤーがいるのよ。メッセで送っておくわ』

「はあ」

『技能の件を掲示板に載せる載せないは貴方に任せるわ』

「迷惑じゃないですか？」

『それも今更。それよりも、いい？』

急に近寄って囁《ささや》かれた。何だ？　怖い感じはしない。それでも緊張はしてしまう。

『クレヤボヤンスの呪文、使ってみた？』

「いえ」

『女性に向けて使ってないわよね？』

「まあ当然ですが使ってません」

『私に使ってみない？』

「はい？」

思考停止。

オレの耳元で、悪魔が囁く。

本能に忠実であれ。

「何故です？」

『インスタント・ポータルの呪文はいいのよ。でもクレヤボヤンスの呪文にも問い合わせがあったりするの。確認は必要でしょ？』

「別にフィーナさんじゃなくても」

『確認よ確認。私だって興味あるし』

クレヤボヤンスの呪文。その効果は、透視。

女性に向けて使えば何が起きるのか？

裸が見放題？

これって役得？

待て！　悪行を重ねたらカルマに影響して闇落ちするぞ！

「大丈夫、ですかね？」

『合意があるなら大した事ないと思うけど？』

「いや、それでも怖いですから！」

『それとも私が相手じゃ、嫌？』

急にフィーナさんが艶《なまめ》かしく見えた。

オレにどうしろと？

ああもう、面倒だ。

再び、思考停止。

クレヤボヤンスの呪文を選択して実行。

もうどうとでもなれ！


えっと。

酷《ひど》いオチだ。

フィーナさんはいい骨格標本になれそうです。


フィーナさんの所を辞去、樹木ゾーンでグロウ・プラントの呪文を一通り使うと村の外へ、そこは田畑が広がっている。ハンネスの指示に従いここでもグロウ・プラントの呪文を使う。植物が目の前で一気に生長する様子はある意味不気味だ。

《フレンド登録者からメッセージがあります》

風霊の村を出発する直前でインフォが来ていた。ラムダくんからメッセージだ。何かな？

『あれから十五名を裸絞めで仕留めましたが、三名は即死させてしまいました。まだまだ未熟です』

うん、その数なら十分じゃね？

数をこなせばいずれは熟達する筈《はず》だ。

『ダーク・ヒールを覚えました。強制回復させて苦しめる時間を延ばすやり方は模倣させて貰ってます』

着実に強くなってるじゃないの。【闇魔法】の呪文、ダーク・ヒールはいいぞ！　楽しめる時間が増えてくれる。

『今夜からＰＫ職狩りをＰＫＫ職でパーティを組んで実施します。良い報告が出来るようがんばります！』

まあ、あれだ。ＰＫ職も大変だ。ラムダくんのような存在に狙われ続けるのはある意味同情してしまう。割に合わないんじゃないかね？

今日、目指すのは南の洞窟だ。現在の陣容は馬の残月、鷹のヘリックス、梟の黒曜、狐のナインテイルで移動優先だ。ナインテイルは残月に便乗している。移動中もラプターとアンガークレインを狩るのを忘れない。これも普段通りだ。

昨日はヴォルフが死に戻りした。その原因はオレにある。リスク承知で前に出て戦うからああなるのだ。オレは後衛に位置して召喚モンスターの支援に徹する方がいいのか？

いや、大きく変える必要はない。成功体験に埋没して考えるのを止《や》める方がマズイ。それにゲームは楽しまなければ本末転倒だ。

洞窟に向かおう。今日は支道に入らず、メインの洞窟を一旦踏破してみたい。他の支道はそれから攻略する事にしよう。

洞窟の入り口に到着、早速だが残月とヘリックスは帰還させる。蝙蝠《こうもり》のジーンと大猿の戦鬼を召喚した。現在パーティに組み込める召喚モンスターは四匹までだ。早く五匹にならないかな？　成長させたい召喚モンスターは数多い。

洞窟の主要路を進む。とは言ってもまたオークだらけだ。だが、たまに妙なのがいる。

オークソルジャー　レベル2
魔物　討伐対象　アクティブ
戦闘位置：地上

外見だけならちょっとだけ立派な体格のオークだ。でもオークリーダー程の強さはない。戦鬼には簡単に潰されてしまう。

オーク達から宝石が剝げるかと期待していたが、思ったように得られていない。現時点でアイオライト一個だけだ。

時刻は午前十時、様相が変わった。いや、洞窟そのものは変わっていない。オークじゃなくてコボルトが出てきてます。確かミーティングでそんな話もありましたっけ。

コボルト　レベル6
魔物　討伐対象　アクティブ
戦闘位置：地上

やはりコボルトだ。先刻までオークと戦っていたから比較が容易だった。

オレにはコボルトの方が戦い難《にく》い。嚙《か》み付き攻撃があるからだ。距離を置いて戦うのであれば気にならないだろうけど、接近戦をするオレの場合は要注意だ。反面、戦い甲斐《がい》がある。面白い！

戦鬼は相手が何であっても戦い方が変わらなかった。蹂躙《じゅうりん》するだけだ。

《只今《ただいま》の戦闘勝利で【回避】がレベルアップしました！》
《技能リンクにより武技のカウンターを取得しました！》

幾つかの戦闘を経て新たな武技が使えるようになった。カウンター？　果たして使う機会があるのかどうか、疑わしい。武技は一部を除くと使っていない。そもそもカウンター攻撃の場合、自分でタイミングを合わせるのがいいのであって、オートで決まってしまうなんて面白くない。これから先、使わないような気がする。

コボルトの群れからは幾つかの梅の実を得ている。梅の実はもう十分な気もするが、まあ貰っておこう。

出口が見えていた。広域マップでもS1W2マップになっている。エリアポータルの断罪の塔はここからだと南南東の方角になる。結構遠い。

今日はこの洞窟の探索がメインだ。再び洞窟を戻って他の支道を進む予定だ。位置関係を確認するだけで十分だろう。

ここまで、支道は七つあった。一番手前にあった支道は昨夜進んだルートになる。残るは六つ、今度はこっち側から見て最初にある支道を探索してみたい。

で、早速支道に入ってみたのですが。少し進むと広間でした。今までにも見た構成ではある。

問題は？　目の前に魔物はいないのに黒曜もジーンもナインテイルも警戒を強めているのだ。

グレムリン　レベル5

魔物　討伐対象　アクティブ

戦闘位置：空中

答えは天井にあった。

初見の魔物だ！　それは強いのか弱いのか、分からないって事でもある。問題なのはその数、天井がマーカーで真っ赤に染まってます！

またかよ。

モンスターハウスと呼ばれる罠《わな》だ。雑談で仕入れた情報によると、最初に足を踏み入れたダンジョンではよくあるらしい。

呪文を選択して実行、同時に迫る魔物をロッドで迎撃。ナインテイルは戦鬼の背中に移動させた。ジーンが先行して宙を舞う。黒曜も続く。

部屋の中に盛大にシャワーが降り注ぐ。

黒曜の攻撃だ。

だが魔物共の半分近くが避けていやがる！

その反面、命中した魔物は息絶えている。

オレが薙《な》ぎ払った奴《やつ》もそれだけで瀕死《ひんし》だ。

極端な奴！

こいつは戦鬼と相性が悪そうだ。振り回す拳で何匹かを屠《ほふ》っているが、空回りも多い。グレムリンは高速で空中を飛んでいるし、その本体はゴブリンよりも小さいのだ。仕方ない。

「ストーム・ウェーブ！」

魔物が何匹いたのかは分からない。面倒なので風魔法の全体攻撃呪文を使ってみたのだが、全滅していた。全滅だ。弱すぎじゃね？

ストーム・ウェーブの呪文は攻撃範囲が広い。だからこそ選択したのだが、ダメージを強いる程度で全滅は想定外だった。空中位置の魔物には風魔法の攻撃呪文が効果的とかあるのか？　今後も使い続けたら分かる事だろう。


グレムリンからは何が剝ぎ取れるのか？

石ころ。

またしても石ころ。

お前もか！

当たりは琥珀なので微妙である。大量のグレムリンの死体から剝ぎ取り作業をする意欲が急速に失《う》せてしまった。

この広間に繋《つな》がる小部屋は四つ、いずれも魔法で封印されていない。そして中には何もなかった。

残念。次だ次！　広間の先に支道の続きがあるようだ。先に進んでみよう。

支道の先に広間はない。代わりに例の罠があった。帰り道が岩で塞がれ、支道がループしている。センス・マジックを使って隠し扉を探す。今回は意外にも、外側の壁にも扉があった。そして内側にもある。どっちから？

外からにしよう。

アンロックで封印を解いた先は小部屋だ。中は狭い。オレ達が入るには十分だが、戦闘をするには明らかに狭い。ワンルームマンション？

だが中にある宝箱は見逃せない。センス・マジックの掛かっているオレの目には魔法は掛かっていないように見える。開けようとするが、ナインテイルの反応がおかしい。嫌がっている。

それどころかオレの気を引こうと耳を甘噛みしている。舌を耳の穴の中に入れるな！　ゾックゾクするじゃないの！

ここは慎重に動こう。黒曜やジーンでも感知出来ない何かがあるのか？

天井を見る。支道と変わりない。壁も同様だ。床はどうだ？　何か違和感がある。

一旦、小部屋の外に出て比べてみるが、明らかに床に使われている石材の大きさが違う。小部屋の中の床目が、細かい。

思い当たる罠は落とし穴。釣り天井はなさそうだ。小部屋の壁にも仕掛けはなさそうである。

決め手は宝箱そのものだ。重たい。戦鬼でも動かせないのだ。

これは罠、と見るべきだな。後回しにしよう。

今度は内側への扉をアンロックで開けると、中へ進んだ。こっちは広間だ。但し先へと進む道は見当たらない。

そして魔物がいる。あの牛頭と馬頭だ！

牛頭　レベル3
妖怪　討伐対象　アクティブ
戦闘位置：地上　火属性

馬頭　レベル3
妖怪　討伐対象　アクティブ
戦闘位置：地上　火属性

何だ？　お前さん達、属性持ちだったのか？


牛頭は戦鬼達に任せておく。オレは突っ込んでくる馬頭に真正面から挑む。そのままぶつかるつもりはない。

馬頭が錫杖《しやくじよう》を大上段から振り下ろしてくる。

僅かに体を捌《さば》いて避けた。

あっぶねえ。

これまでの馬頭よりも速い！


馬頭の腕を取って引き込んだ。

自ら地面に倒れ込む。

巴《ともえ》投げだ。

無論、これで決着ではない。

投げ飛ばされた馬頭に呪文を放つ。


「ブランチ・バインド！」

起き上がろうとした馬頭に木の枝が絡む。

すぐには起き上がれない。

オレも追撃しようとして気付いた。

木の枝が邪魔でマウント位置がとれない！

オレはバカか？


すぐに目標を変える。

錫杖を持つ右手首の関節を捻《ひね》りあげた。

やはり痛みを感じていない。

構わず腕挫《うでひしぎ》十字固めへ。

どうせ痛みは感じていないのだ。

一気に、折る。

無論それで終わる訳じゃない。

露出した首を狙う。

マウントがとれない以上、使う技が限られる。

首を極めるなら腕ではパワー不足だ。

なら、足だ。形だけなら足を使った裸絞めだ。

欲を言えば裏三角絞めにしたかったけど、これで十分。問題は馬頭の左腕だ。木の枝が絡んでいるが、いつ外されるか分からない。決着を急いだ。

目の前にある頭を集中して殴る。

無論、呪文だって使う。


「ディフェンス・フォール！」

これで防御力が下がる筈だ。

すぐに次の呪文を選択して実行。

掌底で殴る手応えは変わらない。

馬頭のＨＰバーは呪文の効果で減っている。

まだまだ！


馬頭のＨＰバーは七割以上残っている。

馬頭の左腕が自由になった。

胴体に絡みつく枝を外し始めている。

普通に知恵が回るじゃないか！

木の枝が外れた。

オレの体の上で馬頭が体を反転しようとする。

ロックしてあるのに強引極まりない。

足を緩める。

オレに噛み付こうとする馬頭。

再度、足で馬頭の首を極めた。

今度は三角絞めだ。

それでも馬頭は首と腕で攻撃しようとする。

噛み付きだけはさせない。

首は右手で挫《くじ》いたままだ。問題ない。

馬頭の左手は？　オレの左手で肘関節をガードしてある。軽く小突く事は出来るだろうが、無視していい。ようこそ蟻《あり》地獄《じごく》へ！

馬頭はそのまま仕留めた。牛頭はどうだ？

まだ、やっている。一方的な展開で攻め続けているが、相手の牛頭がタフなのだ。

いや、牛頭の様子がおかしい。ＨＰバーが目に見えて回復している。またこのパターンか！

戦鬼はスピードで翻弄している。でもパワーでは分が悪いようだ。あのジェリコでようやく五分の相手なのだし仕方ない。累積ダメージは少ないようだ。ナインテイルが回復させているからだろう。そのナインテイルは戦鬼の後方でちゃっかり戦況を見ている。

「フィジカルエンチャント・ファイア！」

戦鬼を強化しておいてオレも戦列に加わる。牛頭のＨＰバーはまだ六割もあるのだ。勝敗は決しつつあるが、まだ終わっていない。

《只今の戦闘勝利で【投げ技】がレベルアップしました！》

《只今の戦闘勝利で【関節技】がレベルアップしました！》

《只今の戦闘勝利で【魔法効果拡大】がレベルアップしました！》

《只今の戦闘勝利で【魔法範囲拡大】がレベルアップしました！》

《只今の戦闘勝利で召喚モンスター『ジーン』がレベルアップしました！》

《任意のステータス値に1ポイントを加算して下さい》

来た。予感はしてました。昨日から立て続けに強敵を相手にしているからな。ジーンのステータス値で既に上昇しているのは敏捷《びんしょう》値だ。もう一点のステータスアップは生命力を指定しておく。

ジーン

バットLv7→Lv8（↑1）
器用値　15
敏捷値　20（↑1）
知力値　12
筋力値　12
生命力　12（↑1）
精神力　12
スキル
噛み付き
飛翔
反響定位
回避
奇襲
吸血

《召喚モンスター『ジーン』がクラスチェンジ条件をクリアしました！》

《クラスチェンジは別途、モンスターのステータス画面から行って下さい》

さあ、進化先に何があるのかな？

いや待て、インスタント・ポータルを使おう。時刻はまだ午前十一時にもなってないが、昼飯にするのもいい。少し、時間をかけていいんじゃないかな？

インスタント・ポータルを使うとナインテイルは帰還、文楽を召喚する。腿肉《もも》に野菜、小麦粉と鍋一杯の水を渡して昼飯を頼んでおいた。

さて、ジーンもヘリックスより先にクラスチェンジになった訳だ。この所、洞窟内と夜間の戦闘が多かったから仕方あるまい。

ジーンのステータス画面のハードコピーを残しておく。さあ、クラスチェンジ候補は何だ？

クラスチェンジ候補
ポイズナスバット
ブラックバット

名前だけでなんとなく分かる凶悪さ。選択肢は二つ、どう変化するのか確認しておこう。

ジーン

バットLv8→ポイズナスバットLv1（New!）

器用値	15	敏捷値	21（↑1）
知力値	12	筋力値	13（↑1）
生命力	13（↑1）	精神力	12

スキル

噛み付き	飛翔
反響定位	回避
奇襲	吸血
毒（New!）	

【ポイズナスバット】召喚モンスター　戦闘位置：空中

毒を持つ蝙蝠。主な攻撃手段は噛み付き。
攻撃性が高く吸血と同時に毒を与える。
毒は生物にのみ有効。魔法ではないため解毒が困難。

《クラスチェンジしますか?》

《Yes》《No》

ジーン

バットLv8→ブラックバットLv1（New!）

器用値	16（↑1）	敏捷値	20
知力値	14（↑2）	筋力値	12
生命力	12	精神力	14（↑2）

スキル

噛み付き	飛翔
反響定位	回避
奇襲	吸血
闇属性（New!）	

【ブラックバット】召喚モンスター　戦闘位置：空中

漆黒の蝙蝠。主な攻撃手段は噛み付き、闇属性の特殊能力。
暗闇への適応が進み、闇属性をも備える。

《クラスチェンジしますか?》

《Yes》《No》

ポイズナスバットはその名前の通りスキルに毒が加わる。生物にしか効かないようだが、解毒が困難という所が素晴らしい。

ブラックバットは闇属性が備わる。ステータス値の伸びはこっちの方が好みではある。

さて、どっちにする？　悩ましい所だが、とりあえず両方のステータス画面をハードコピーしてから悩もう。

オレ配下の召喚モンスターで闇属性を持つのはスケルトンの無明だ。但し魔法を使った例《ため》しがない。召喚モンスターによってスキルをどう発揮させるかは、違うようなのだ。

決めた。ブラックバットにしよう。闇の住人らしくていいじゃないか！

クラスチェンジしたジーンの姿は黒がより濃くなったようです。大きさは変わっていない。但しその姿からは凶悪さが滲《にじ》み出ていた。


文楽の料理が出来上がったようなので頂くことに。メニューはパンに串焼きにスープだ。腹を満たすと片付けを文楽にさせておく。

少し時間があるな。フィーナさんからメッセージで送られていた報告書でも読んでおこう。


いかん、いつのまにか読みふけってしまった。既に片付けは終わっていて召喚モンスター達が暇そうに佇《たたず》んでいる。

報告書は興味深かった。一通り速読しただけだが、幾つか気になる点がある。オレの事が出過ぎじゃね？

まあいい、先に進もう。文楽は帰還させて、ナインテイルを召喚する。広間に牛頭と馬頭がまた現れてくれないものかと期待していたのだが、いません。そこに魔物はいません。少し、残念。

《これまでの行動経験で【光魔法】がレベルアップしました！》

インスタント・ポータルを出た所でフラッシュ・ライトが切れそうになっていた。継ぎ足しておくとレベルアップしてました。

何気に魔法技能のレベルが揃《そろ》いつつある。召喚魔法が飛びぬけて高く、時空魔法もやや外れてはいるが、揃って成長しているならそのうち新たな呪文も使えるようになるだろう。

気付けば魔法技能のレベル合計は九十を超えてました。称号の取得は、三十で呪文目録、八十で呪文辞書だった。次にあるとしたら百三十辺りかな？　そんな気がする。

先は長い。次に何かがあるとしたら？　予想も出来ない。でも何が起きるか分からないって事も何故かワクワクするものなのであった。

小部屋から支道に戻るとフロートボムだらけだった。オークとコボルトはどうした？　まあいい。大した数ではないし、黒曜とジーンだけで排除可能だ。それでもオレは前に出た。戦鬼も同様、但しナインテイルは逃げるだけだ。こいつは支援をしてくれているのでこれでいい。

クラスチェンジしたジーンの様子は？　正直、よく分かりません。いずれその真価が分かる事もあるだろう。

さて、これからどうする？　問題は小部屋にあった宝箱だ。罠としか思えない。だがあれ以外に先へと進む手掛かりはない。開けるしかない。

ではどうやって開ける？　罠に関する技能はない。ラムダくんにはあった。罠に掛かる前提で開けるか？　それも嫌だ。

色々と考えた結果、宝箱にロープを固定して引っ張る事にしました。蓋に取っ手があったので、そこに括《くく》り付けておく。

引っ張ってみた。大きな音をたてて床材が崩れ落ちていく。真下に、ではない。斜め下に、である。中をフラッシュ・ライトで照らすのだが、埃《ほこり》が酷くてよく見えない。

「エアカレント・コントロール！」

埃があるなら吸い上げればいいじゃない！　呪文を使って埃を吸い出していく。空気は通っているらしく、吸い出し難い事はなかった。

埃が無くなった所で状況を確認する。斜め下へと続く階段が出現していた。所々に先刻まで床材だったであろう石塊《いしころ》が散乱している。

宝箱もあった。中身はない。階段出現のためのトリガーであるのと同時に罠だった訳か。

だが、もう一つの罠に引っ掛かっていた。

モンスターハウス、今度はスケルトンだ！

スケルトン・ソルジャー　レベル2
魔物　討伐対象　アクティブ
戦闘位置：地上　闇属性

スケルトンの中にこんな奴がいた。他は普通のスケルトン。こんな所で遭いたくなかった！

だがこの密集度、逆手に取れそうだ。オレはトンファーを両手に持ち前衛に出る。戦鬼と並んで階段を確保した。

降りる事はしない。スケルトンの集団に囲まれて攻撃される事はない。

「グラベル・ブラスト！」

土魔法の全体攻撃呪文を使った。目の前にいたスケルトン達が吹き飛ばされる。半分以上が即死か？　いや、スケルトンはアンデッドだから最初から死んでいる。まあ、どうでもいいか。

動いている連中も戦鬼が叩《たた》き潰している。ジーンと黒曜も攻撃しているがダメージは稼げていない。それでもスケルトンの動きが止まるから牽制《けんせい》になっている。ナインテイルからも光の塊が撃ち込まれていた。これなら勝てそうだ。


「ファイア・ストーム！」

次も全体攻撃呪文だ。但し今度は火魔法だがどうか？　ちゃんと効いてるようだ。

いや、効き過ぎた。目の前にいたスケルトンが随分と減っている。弱いぞ！

更にもう一発追加した所でほぼ掃討は終わってしまう。残るはスケルトン・ソルジャーだ。そのＨＰバーは風前《ふうぜん》の灯《ともしび》のように見えたが、急速に回復している。そうはさせるか！

一気に魔物の懐に入った。

手に持っていた剣を叩き落とす。

頭蓋骨にもトンファーを叩き込む。

頭蓋骨が割れた！

トンファーを突き入れ人魂《ひとだま》を散らす。

次はもう一つの人魂だ。

肋骨《ろっこつ》の間にトンファーを突き入れる。

梃子《てこ》の要領で肋骨を次々と折った。

心臓の辺りに位置する人魂を散らす。

それで終了であった。

《只今の戦闘勝利で召喚モンスター『ナインテイル』がレベルアップしました！》
《任意のステータス値に1ポイントを加算して下さい》
もうレベルアップか。ナインテイルがオレの見ていない所で活躍していたのはＭＰバーの減りで分かる。支援役だと目立たないからな。ナインテイルのステータス値で既に上昇しているのは知力値だ。任意のもう一点は精神力を指定した。

ナインテイル

赤狐Lv3→Lv4(↑1)
器用値　9
敏捷値　20
知力値　20(↑1)
筋力値　9
生命力　9
精神力　19(↑1)

スキル
噛み付き
回避
疾駆
危険予知
MP回復増加[微]
光属性

順調、かな？

但し数字が揃わないのが難点だ。

例によってスケルトンの死体は残らないが、魔石が三つ残っている。スケルトンの群れの規模にしては少なかった。【解体】が効いているのかも不明だが、信じるしかない。


さて、先へと進もうか。

スケルトンが大量にいたこの広間には小部屋が四つあった。大きな扉もあるが封印されている。出入り口？　これは後回しで。

小部屋の扉を順に開けて中を確認する。ナインテイルも騒がない以上、リスクは少ないだろう。その予想通り全ての小部屋の中は何もなかった。

小部屋に仕掛けはないようなので、あの大きな扉に向かう。さて、何が出るかな？

アンロックを使って封印を解く。扉を戦鬼に開けさせてみると、流れ込む空気の臭いが違う。何かが燃えているようだ。先を急いだ。

扉の先は上への階段だ。黒曜とジーンを先行させて、オレと戦鬼もその後を追う。ナインテイルは戦鬼の肩に止まったままだ。疲れたのか？

そこには大量のグレムリンの死体が散乱していた。僅かに残っていたグレムリンも蝙蝠に屠られている。ジーンではない。別の召喚モンスターだ。

頭上に緑色のマーカーが見えた。

そこは広間で中央には見知ったプレイヤー達がいた。アデルとイリーナだ。

「あれえ？」

「なんでキースさんがここに？」

「奇遇だな」

ユニオンを組んでここまで来ているようだ。

あれ？　床が抜けるトラップはもしかして何度も復活するのか？　話を聞いてみたら違った。別のルートからこの広間に辿《たど》り着いていたらしい。

アデルとイリーナとはユニオンを組んで探索を続ける事にした。オレが進んできたルートを戻る形だ。ウィスパーで会話をしながら進んだ。主な話題は蝙蝠のジーンのクラスチェンジだった。

『やっぱり毒で！』

『属性持ちも捨て難いわよ？』

『イリーナちゃんは蛇がいるからでしょ！』

喧嘩《けんか》にまではなっていないが、お互いに好みの違いが明確だった。まあオレだって悩んだけどね。どちらにしてもハズレではあるまい。

『キースさん、次のクラスチェンジはどの子？』

「多分、鷹のヘリックスだな」

『ここじゃ活躍し難いよねー』

雑談をしながら進んでいたらスケルトンがいた広間に到着した。魔物が復活し始めている！

それは一匹のスケルトン。あっという間に戦鬼に潰された。無残。

トラップは復活していなかった。そのまま階段を進んでいく。期待していた牛頭・馬頭の復活はない。これは面白くない！

例の一枚岩で支道を塞ぐ仕掛けは解除されていたようだ。そのまま進んでいく。グレムリンの襲来はあるものの、数は少ない。

全く問題ない。黒曜、ジーンに加えて、アデルとイリーナ配下の梟と蝙蝠だっているのだ。オレの出番はない。任せて安心でした。

「牛頭と馬頭とは戦ったか？」

『はい』

『強かったー』

イリーナの傍《そば》にはウッドゴーレムがいる。その首には蛇が巻きついていた。アデルの傍には狼が二匹いる。壁役がいるなら彼女達だけでもどうにか出来るだろう。各個撃破出来れば後は数の暴力で勝てそうだ。彼女達の戦いぶりも見てみたかったが、結局、メインの洞窟に戻るまで強敵らしい相手は現れなかった。


大きな洞窟に出た。ここならパーティ三つが並んで戦えるだろう。でも探索に主眼を置けば効率的じゃない。アデルとイリーナはオレとは別の道に入る事にした。オレが今日入った入り口からW2マップ寄りの支道である。そこは十字路のようになっている。オレは西へ、アデルとイリーナは東へ向かう。

「では、ここから別行動だな」

「競争？　競争？」

「アデルちゃん、そういう勝負じゃないでしょ？」

「まあいずれ村で会えるさ」

そう、それだけは確実だろう。


ここからは少し陣容を変えた。蝙蝠のジーンを帰還させて鬼の護鬼を召喚する。護鬼と戦鬼のペアは有効だ。狐のナインテイルも帰還させスライムのリグを召喚する。牛頭と馬頭を相手にする場合、どうしても片方は戦鬼に相手をして貰う事になる。護鬼とリグにはその支援を任せたい。梟の黒曜には継続して頑張って貰おう。

「ゲヘッ」

「ギシシ」

護鬼と戦鬼が何やら嬉《うれ》しそうに鳴いていた。相変わらず不気味だ。リグはゆっくりと戦鬼の背中を這《は》い上がっていた。

オレの入った支道で出現するのはコボルトであった。しかも数が多め。戦鬼にはリグも付いているので、好きなように暴れさせている。放流だ。いや、節度はあるものと信じたい。護鬼とのコンビは非常に良好だ。黒曜は変わらず空中から牽制メインで戦わせている。探索は順調だった。

いや、またあのループする通路だ。経験則で分かる。牛頭と馬頭のペアと戦うんでしょ？

いつものようにセンス・マジックで扉を探し当ててアンロックで封印解除、扉を開ける。中は広間だ。そこに小部屋はない。但しかなり広い。そして例の連中がやっぱりいた。

牛頭　レベル4
妖怪　討伐対象　アクティブ

戦闘位置：地上　火属性
馬頭　レベル4
妖怪　討伐対象　アクティブ
戦闘位置：地上　火属性

気のせいじゃない。強くなっているよね？

レベルが上がっていた。


「フィジカルエンチャント・ファイア！」

戦鬼に呪文を掛けてオレも前に出る。呪文詠唱は途切らせない。接近戦も魔法戦闘もする。それがオレの出した答えだ！


「フィジカルエンチャント・ファイア！」

護鬼の筋力も強化する。相手は強敵、レベルも上がっている。やれる事を、やる。そう決めていたのが良かった。迷いはない。


「ギギギィ」

「ゲヘ」

あのペアが奇声を上げながら戦っている。

楽しそうだな！

一方でオレは馬頭相手に色々と試してみた。武技のカウンターはどうか？　普通に使える。だが武技を使うまでもない。自前でやった方がいい。

馬頭は錫杖を奪ってしまえばどうとでも捌く事が出来る。カウンターで殴ってよし、引き込んで関節技を仕掛けてよし。転がすのもいい。だがパワーがあるからミスをしたら酷い目に遭うぞ！

だからこそ試す価値がある。トンファーは左手だけで構え、右手は素手だ。投げを仕掛けるのはこれでどうにか出来る。馬頭の動きは単純だから技が掛け易《やす》い。少し崩すだけでいい。それにはトンファーが役に立った。

だが悪いクセが。

そう、悪いクセが出てきている。

楽しくなっていた！

馬頭の繰り出す拳をダッキングで避けた。

カウンターで腹に肘を撃ち込む。

蹴り足を持ち上げて地面に投げ落とした。

起き上がろうとする所に蹴りを見舞う。

やりたい放題だ。

その割に馬頭のＨＰバーが減らない！


「ヴォルカニック・シュート！」

ダメージを与えているのは攻撃呪文だろう。

戦うからには勝つ。

だからこそ楽しい時間はいずれ終わる。

フィジカルエンチャント系で強化し尽くしたオレに対しオフェンス・フォールとディフェンス・フォールでステータスが低下している馬頭。

それでも地力では馬頭が上だろう。オレがダメージを一方的に与えているのは経験でしかない。


いや、馬頭の戦い方が酷いとも言える。

戦鬼達は？　牛頭はもう倒されてしまっているようだ。死体の上に腰を下ろし観戦している。

お気楽だな。

まあいいさ。

参戦されたらオレが楽しめない！

止《とど》めを刺したのは果たしてどちらであったのか？　腹に撃ち込んだ肘か。同時に放ったストーン・バレットか。まあどっちでもいい。

《只今の戦闘勝利で【風魔法】がレベルアップしました！》
いい戦いだった。そして牛頭と馬頭の死体は残らず消えてしまう。錫杖《さすまた》も刺叉も消えていった。
護鬼が手にしようとしていた刺叉が消えてしまい、ちょっと慌てている。もう、お馬鹿さん。
いや、今回は何かが残されているようだぞ？

【素材アイテム】
地獄の閂　部材　品質C+　レア度5　重量4
地獄の門の閂。
特性はアカガシに似ている。
木材としては非常に堅くて耐久性に富む。
地獄の炎の中で成長した地獄樹で出来ている。

《これまでの行動経験で【鑑定】がレベルアップしました！》

何だこれ。
もう一度言おう。
何だこれ！
これは保留だな。探索を進めよう。
広間には何も仕掛けがなかった。ここは行き止まりか？　仕方ない、戻るとしよう。

メインの洞窟に戻った。正面にはアデルとイリーナが向かった支道が見える。これとは別の支道を進もう。まだ未探索の支道が二つある筈だ。
イリーナの話によればW２マップ側から二番目の支道に入ったらしい。それとも別の支道を進もうと思ったのだが、再び十字路になっている。西方向の支道を進んだ。何故なら東方向の支道に入っていくパーティの姿が見えたからだ。被《かぶ》るのは避けたい。

さて、今度の支道は何がいる？　ゴブリンだ。ミーティングで報告があった場所か？　そうであるなら探索済みって事になるが進んでみよう。時間ならある。

そこから支道はクネクネと下へと向かっている。向かう場所は地下？　多分、そうだろう。途中で広間らしき場所も通過したが、モンスターハウスのような罠はない。小規模なゴブリンの群れに何度か遭遇している程度だ。常時センス・マジックを使っているのだが、隠し扉もない。牛頭と馬頭も出てこない。ハズレか？

いや、次の広間では例のペアがいた。

牛頭と馬頭だ！

牛頭　レベル1
妖怪　討伐対象　アクティブ
戦闘位置：地上　火属性

馬頭　レベル1
妖怪　討伐対象　アクティブ
戦闘位置：地上　火属性

おい、今度はレベルが低いぞ！
このペアの出現パターンが分からん！
それでもこのペアは強敵だろう。どう戦えばいいのか、もう分かっていた。オレのＭＰバーも十分にある。油断さえしなければいい。

《只今の戦闘勝利で召喚モンスター『戦鬼』がレベルアップしました！》
《任意のステータス値に1ポイントを加算して下さい》

牛頭も馬頭もレベル相応に弱かった。それでもオークリーダーと比べたら遥《はる》かに強い。オレもダメージを喰《く》らったが、凌《しの》げる範疇《はんちゅう》に収まった。問題ない。

何よりもここまで活躍を続けている戦鬼がレベルアップだ。多少、ダメージを喰らってはいるが、リグがいるので心配はしていない。

戦鬼のステータス値で既に上昇しているのは精神力だ。珍しく一番低い所が上がった！　任意のもう一点のステータスアップは器用値を指定する。筋力値に振りたい所だが、投げ技をスキルで覚えている。器用値を上げておきたい。

戦鬼

ビーストエイプLv6→Lv7（↑1）

器用値　11（↑1）
敏捷値　20
知力値　6
筋力値　25
生命力　25
精神力　6（↑1）

スキル

打撃
蹴り
投擲
受け
回避
登攀
投げ技

これで戦鬼もクラスチェンジ目前かな？　今後の楽しみが増えたのはいい事だ。

次の広間は例のループ通路の先にあった。またしても同じ罠だが、もう慌てる事はない。むしろ期待が高まっていた。牛頭と馬頭のペアについて気付いた事がある。徐々に強くなっている！

それがレベル1に戻った理由は何か？　違っている点はアイテムを拾った事だろう。想像だけど、アイテムを拾ったら次からレベル1に戻るとか？　もしそうであるならアイテムが出なければ連戦するうちにどんどん強くなっていってしまう。

我ながら突飛な発想ではある。もし想像が正しければ？　次の牛頭と馬頭はレベル2になっている筈である。さて、どうなる？

牛頭　レベル2
妖怪　討伐対象　アクティブ
戦闘位置：地上　火属性

馬頭　レベル2
妖怪　討伐対象　アクティブ
戦闘位置：地上　火属性

どうやら当たりか？　戦鬼がリグを伴って牛頭に向かう。オレも馬頭を相手にする。またしても楽しい時間が始まった。

《只今の戦闘勝利で【木魔法】がレベルアップしました！》
《【木魔法】呪文のソーン・フェンスを取得しました！》
《【木魔法】呪文のアイヴィー・ウィップを取得しました！》

《只今の戦闘勝利で【掴《つか》み】がレベルアップしました！》

サクッと勝利だ。スキルのレベルアップに新たな呪文の取得もあったしいいのだが、気になる。

戦鬼があの牛頭を相手に投げを決めていた。これまで様々な魔物を力技で投げていたが、牛頭相手には上手《うま》くいかなかった。それを、投げた。力だけで成功したとは思えない。投げって力だけじゃないのですよ！

オレも馬頭相手に新しい技を編み出していた。首背負い投げ、とでも言えばいいのか？　一本背負いは相手の腕を掴んで投げる技だが、首背負い投げは首を掴んで背負う。

馬頭相手にしか使えないじゃねえか！

【素材アイテム】

獄卒の鼻輪　部材　品質C　レア度2　重量0+

獄卒の鼻輪。
何かの金属製、特性は銅や銀に似ている。
地獄の炎で鍛えられた代物とも言われている。

で、今回はこんな物を残していた。またしても謎アイテム。意味が分からん。まあ装身具らしいからマルグリッドさんに見せたらいい。

呪文も二種を取得、【木魔法】の壁呪文と全体攻撃呪文になる。ショートカットのリストは編集しておいた。試しにどこかで使ってみよう。


更に先へと進む。今度はフロートボムも出始めた。護鬼は弓矢で対抗する。問題は空中にいる魔物だったのだが、黒曜がまとめて撃ち落してくれていた。但しその黒曜のＭＰバーが減りつつある。オレも牛頭と馬頭を相手に呪文をかなり使っていてＭＰバーは残り三割程度と余裕がない。そろそろ潮時かもしれない。牛頭と馬頭とはもう二戦、出来るかどうかって所だろう。

そんな事を考えながら先を進んでいくとまた広間だ。ここで選択を迫られる事になっていた。


明らかに今までにない構成の広間だ。小部屋はない。その代わりに立派な扉が目の前にある。

その扉に魔法が掛かっているのは分かるのだが、問題なのはその両脇にある石像だ。間違いなく番人、だよな？　身長二メートル程度の像の姿には見覚えがある。金剛仁王像だ。

阿《あ》形《ぎょう》と吽《うん》形《ぎょう》。

逞《たくま》しい体つきをしてやがるぜ。

思わず唾を飲み込んだ。


暫《しば》し悩んだ。オレの出した結論は撤退である。

ここは退《ひ》くべきだ。勘だがオレのＭＰバーがせめて半分、残ってないと厳しい。ここは戻ろう。


メインの洞窟に戻る。探索は続けるが、既に行った所はパスする。かと言って、他のパーティの後追いは面白くない。

では、Ｓ１Ｗ２マップに行ってみよう。今のオレ達でシュトルムティーガー相手にどこまで戦えるか、試すのもいい。他にも魔物がいるだろう。時刻はまだ午後三時、行くなら明るいうちだ。

メイン洞窟のオークがもう面倒！　数がいるのは経験値的にいいし、宝石のアイオライトも入手出来たし、いいんだけどさ！　先を急ぎたい時に限って大量に出現するのは如何《いかが》なものか？

どうにかＳ１Ｗ２マップに出る。ここからだとエリアポータルの断罪の塔はやや遠い。

戦鬼、護鬼を帰還させる。馬の残月と鷹のヘリックスを召喚した。リグも帰還させて狐のナインテイルを召喚する。本当はヴォルフを召喚したい所だが、まだデスペナルティは継続中だ。

ヴォルフが死に戻ったのは昨日の夕刻過ぎ、召喚出来るのは今夜辺りからだろう。

草原を行く。一応、エリアポータルも断罪の塔を目指した。さあシュトルムティーガーよ来い！

クレストビー　レベル４
魔物　討伐対象　アクティブ
戦闘位置：空中

違った、蜂が来た。

結構、デカいんですけど。

それに多いんですけど！

目の前が魔物の赤いマーカーで埋まる事態は何度かあった。今回はそんなに酷くない。でも相手が相手だ。蜂ですよ蜂！

巣はどこだよ？

蜂蜜寄越せよ！

好きなんだよ！

アントマンの蜜はいらない！

おっと、今は死地にいるのだ。真面目に戦おう。

空中にいる魔物に先制するには？　風魔法が有効だ。攻撃範囲が広い全体攻撃呪文のストーム・ウェーブを選択した。間違っていた、とは思えない。

目算が外れていたのは蜂共の行動であった。地面に降りて隊列を組み、翅《はね》を震わせて威嚇するグループ。その上でホバリングしてこっちを警戒するグループ。そして特攻屋が必ず一匹！

その特攻をトンファーで捌きながら呪文詠唱は進む。残月の頭に座るナインテイルから光の塊が撃ち出された。続けてオレも呪文を放つ。

「ストーム・ウェーブ！」

黒曜からも水の針がまるで幕のように降り注ぐ。上空にいるヘリックスが急降下攻撃を始めるだろう。

さあ、どんな戦いになる？

殆《ほとん》どの蜂が地面に落ちて蠢《うごめ》いている。翅をやられてまともに飛べないらしい。地面にいる蜂は残月が次々と踏み潰していく。まだ飛んでいる蜂はヘリックスと黒曜の獲物になった。

既に残敵掃討になってしまっている。

つまらん。

オレの暴れる時間がなかった。

呪文を使うだけで楽でいいけどさ。

【素材アイテム】
紋章蜂の針　原料　品質C　レア度2　重量0+
クレストビーの針。
弱い毒がある。先端が鋭く非常に軽い。

残念ながら蜂蜜は持っていなかった。その代わりにこんな物が剝げてます。結構な数だが、重たくはない。束ねて《アイテム・ボックス》に放り込んでいく。新しい矢尻の素材になるかな？

蜂の巣は？　どうやら地面に空いた穴が巣への通路らしい。人間では通れないサイズだ。諦めるしかない。

次の相手は強敵だった。ヘリックスがシュトルムティーガーの姿を捉えていた。しかもこの虎、断罪の塔の手前にいる。では虎退治だ！

以前、戦った時は大苦戦だった。それだけに今度は確実に倒したい。数では圧倒出来るが、あの全体攻撃は脅威だ。油断してはいけない。

シュトルムティーガー　レベル6
魔物　討伐対象　アクティブ
戦闘位置：地上　風属性

予想通り、風属性持ちだ。こっちも戦いの準備は完了、全員にレジスト・ウィンドは掛けてある。スピード勝負なら負けない。自信はあった。
だが想定外、戦闘の途中で虎がもう一匹、追加になってます！
もうすぐ夕方だ。魔物の行動パターンが変化する時間になってる？
一匹を相手にするなら優位だったが、二匹だと拮抗《きっこう》している。基本、馬の残月の方が速い。だからこそ仕掛けたスピード勝負だ。そして虎の特殊攻撃は対抗呪文でかなり低減しているが、ダメージは皆無じゃない。何発喰らったか、もう覚えていない。一匹目はもうMPバーが枯渇しかかっているが、二匹目はまだ十分にある。
ナインテイルの放った光塊《こうかい》が一匹目を屠る。これでようやく優勢になった。二匹目は集中攻撃でどうにか倒しきった。だが、激戦の代償としてカヤのロッドが破壊された。折れたのではなく、ズタズタになっている。今まで酷使していたし、虎の特殊攻撃を繰り返し喰らったのがいけなかったようだ。これはもう使えそうにない。
《只今の戦闘勝利で【馬術】がレベルアップしました！》
《只今の戦闘勝利で【精密操作】がレベルアップしました！》
《只今の戦闘勝利で召喚モンスター『ヘリックス』がレベルアップしました！》
《任意のステータス値に1ポイントを加算して下さい》
戦果は十分にあった。ヘリックスのレベルアップ、クラスチェンジに期待していい。
来るか？
来るよな？
ステータス値で既に上昇しているのは知力値

だった。任意のもう一点は敏捷値を指定する。

ヘリックス

ホークLv7→Lv8（↑1）

器用値　12
敏捷値　25（↑1）
知力値　22（↑1）
筋力値　12
生命力　12
精神力　12

スキル

嘴撃
飛翔
遠視
広域探査
奇襲
危険察知
空中機動

《召喚モンスター『ヘリックス』がクラスチェンジ条件をクリアしました！》
《クラスチェンジは別途、モンスターのステータス画面から行って下さい》
ではエリアポータルに行こう。夕飯のついでにヘリックスのクラスチェンジをしたい。
おっと、虎の死体も始末しないと！　この二匹からは新しいアイテムが剝げていた。

【素材アイテム】
疾風虎の牙　原料　品質C+　レア度4　重量0+
シュトルムティーガーの牙。
肉を嚙み千切る恐ろしい代物。

【素材アイテム】
疾風虎の皮　原料　品質C+　レア度4　重量4
シュトルムティーガーの皮。
縞模様が美しく観賞用にも人気。

牙が二つ、皮は一つだ。牙はまた武器か道具に加工するか？　皮の方はセレブレティがよく暖炉の前の床に置いてあったりする奴だ。確かに観賞するにはいいと思う。

　まあこれらも後回しだ。残月を駆って夕焼けの草原を行く。気分は上々、ヴォルフが死に戻った昨日とはまるで違う。現金な奴だな、オレって。


　エリアポータルの断罪の塔に到着。でも少しおかしい。高くなってる？

　いや、あれが本来の姿だったのだろう。古めかしい雰囲気は変わっていないが、塔に壊れた様子は見えない。一日も経過していないのに修復したのか？　それはそれで恐ろしい事だ。

　塔の周囲はかなりの範囲がエリアポータルの領域になっているようだ。まるでお花畑のようになっていた。その境目がハッキリと分かる。


グロウ・プラントの呪文を誰か使った？

塔の中も違っている。完全に修復されていた。備品も石造りの机や椅子まである。素晴らしい仕事だな！

馬の残月は帰還させ人形の文楽を召喚、夕飯の準備を進めさせておく。オレには食事とはまた別のお楽しみがあった。

ヘリックスはオレの肩を止まり木にして休んでいる。ステータス画面のハードコピーを保存すると、クラスチェンジ候補を確認した。

クラスチェンジ候補
ファイティングファルコン
バトルホーク

どちらも勇ましい名前だ。いや、どちらもどこかで聞いた事がある名前のようだが？　気にしたら負けだ。クラスチェンジ先のステータスとスキルの変化を確認してしまおう。

ヘリックス

ホークLv8→ファイティングファルコンLv1(New!)

器用値　12　　敏捷値　26(↑1)
知力値　23(↑1)　　筋力値　12
生命力　12　　精神力　13(↑1)

スキル

嘴撃　　飛翔
遠視　　広域探査
奇襲　　危険察知
空中機動　　風属性(New!)

【ファイティングファルコン】召喚モンスター　戦闘位置:空中

機動力の高い隼。主な攻撃手段は嘴と脚爪。
風の魔力を備えている。

《クラスチェンジしますか?》

《Yes》《No》

ヘリックス

ホークLv8→バトルホークLv1(New!)

器用値　13(↑1)　　敏捷値　25
知力値　22　　筋力値　14(↑2)
生命力　14(↑2)　　精神力　12

スキル

嘴撃　　飛翔
遠視　　広域探査
奇襲　　危険察知
空中機動　　火耐性(New!)

【バトルホーク】召喚モンスター　戦闘位置:空中

より攻撃性を増した鷹。主な攻撃手段は嘴と脚爪。
力強さと防御力が向上している。

《クラスチェンジしますか?》

《Yes》《No》

ファイティングファルコンには風属性が付くのか。これ、いいんじゃないの？　バトルホークには火耐性が付き、ステータス値の伸びはこっちの方がいい。さあ、どうする？

少し悩んでファイティングファルコンにしました。思い出した。ファイティングファルコンもバトルホークも戦闘機の愛称だったかな？

ヘリックスをクラスチェンジさせたが、外見はそう変わっていない。そもそも鷹も隼《はやぶさ》も猛禽《もうきん》類だしオレにはその差を見抜く知識などなかった。

ただ、元々精悍《せいかん》だった姿がより先鋭化している印象を受ける。ちょっと痩せた？

夕食のメニューはお好み焼きだった。暴れキンケイの卵も使ってある。

なぜだ？

なぜ、お好み焼きソースがないのだ？

出来るならメーカーも指定したい。それでも美味《おい》しく頂きました。

食事は摂《と》り終えた。今日はこれからどうしようか？　オレのＭＰは多少回復したが、この周囲で戦闘を継続出来る程ではない。ポーションも地味に消費しているから作製してもいいが、それよりも優先すべき事がある。

ロッドがない。

幸運にも代替品に出来そうな材料は入手している。試してみたい。

材料は地獄の閂《かんぬき》だ。見た目は普通の角材だが、あの太さから切り出したらロッドを作れるだろう。

だが作業開始直後、問題が発生した。

鋸《のこぎり》の歯が立たない。まさか、と思いつつも確認してみたらやっぱりだ。センス・マジックを使ってみたら、この地獄の門には魔法が掛かっていた。

クソッ！　諦めてなるものか！

エンチャンテッド・ウェポンで鋸を強化して作業を進める。ＭＰが消耗するけど仕方ない。

エリアポータルでＭＰの回復？

なんですか、それ？


文楽に手伝って貰いながら角材を切る。元の角材の長さは百二十インチ程度、つまり三メートルって所だ。四インチ角、つまり十センチメートル角程度で、ここからロッドに必要な分を切り出せばいいだけだ。その筈だ。

結構大変です。オレが普段使っているロッドのサイズは直径一インチ、長さ五十インチ、単純な丸棒なんだけど！　一旦作ってしまえば錬金術の短縮再現で作れるのだ。最初だけ頑張ればいい。

地味な作業が続く。結局、ロッドを仕上げるまで想定外の時間を費やす事になった。

《これまでの行動経験で【木工】がレベルアップしました！》
《これまでの行動経験で召喚モンスター『文楽』がレベルアップしました！》
《任意のステータス値に1ポイントを加算して下さい》
ようやくロッドを一本、仕上げた所で文楽がレベルアップしていた。確かに生産作業でも召喚モンスターに経験値が入るのは合理的だ。どこまで稼げているのかは謎だけどね。
文楽のステータス値で既に上昇しているのは精神力だった。任意のもう1ポイント分のステータスアップは敏捷値を指定しておいた。
出来上がったロッドの鑑定結果も表示しておこう。外見だけならただの丸い棒だがその性能はどうなってるかな？

文楽

ウッドパペットLv4→Lv5(↑1)

器用値	26	敏捷値	10(↑1)
知力値	19	筋力値	12
生命力	12	精神力	9(↑1)

スキル

弓	料理
魔法抵抗[微]	自己修復[微]

【武器アイテム:杖】

呵責の杖　品質B-　レア度5　AP+13　M·AP+0　破壊力3+　重量1　耐久値180　魔力付与品　属性なし

獄卒が使う殴打武器。
魔法発動にはほぼ寄与しない。
地獄由来の魔力を秘めている。
改心しない者に苦痛を与えるという。

文楽のステータスはまあいい。

問題は呵責《かしゃく》の杖だ。これ、獄卒が使うべき武器じゃないかな？

こうなったら引き続き武器作製だ。素材となる地獄の門はまだある。時間もある。文楽にも手伝わせてもう一組、武器の作製を進める。普段使っているアレだとどうなる？

【武器アイテム：杖、打撃】

呵責のトンファー　品質C+　レア度5　AP+11　M･AP+0　破壊力3+　重量0+　耐久値150　魔力付与品　属性なし

獄卒が使う殴打武器。

魔法発動にはほぼ寄与しない。

地獄由来の魔力を秘めている。

改心しない者に苦痛を与えるという。
※【受け】スキル+2判定

説明文が杖と変わっていない。

いや、トンファーの場合は攻撃力と耐久性で杖より劣るが、受け技能にボーナスがある。

まあそれはいい。かなり強化出来たか？

木工作業が面白くなってきた。角材の長さを目一杯使って棒状にしてみよう。

【武器アイテム：杖、槍】

呵責の捕物棒　品質C+　レア度5　AP+14　M・AP+0　破壊力3+　重量2　耐久値200　魔力付与品　属性なし
獄卒が使う殴打武器。
魔法発動にはほぼ寄与しない。
地獄由来の魔力を秘めている。
亡者の逃亡を許さない長い間合いを持つ。

もう笑うしかない。オレの職業はサモナーの筈だ。これらの武器を装備したら獄卒に転職ですか？　それ、鬼って言いませんかね？

まあいい、装備が強化出来たのは良かった。メイン武器は更新だ。それよりも木工作業でオレのＭＰバーは枯渇寸前です！

時刻は午後十時半、例の報告書を再度読み直して時間を潰しつつ、ＭＰの回復を図った。リターン・ホームの呪文が使えるだけのＭＰが稼げたらいい。

ＭＰが少し回復した時点で断罪の塔の領域を出てリターン・ホームを使い風霊の村へ跳ぶ。

今日は戦果が多かった。だが、忘れてはいけない事もある。死に戻ったヴォルフを召喚出来るか、確かめておこう。

第二章

ログインしたらすぐに狼《おおかみ》のヴォルフを召喚出来るか、確認した。ちゃんと召喚出来ました！

今日は出来るだけ一緒に過ごそう。頭を撫《な》でてやるとじゃれついてくるヴォルフ。少しだけアデルの気持ちが分かる気がした。

続けて馬の残月、隼《はやぶさ》のヘリックス、人形の文楽を召喚する。朝食の用意を文楽にさせておこう。

肉ならまだある。野菜はハンネスから貰《もら》えるだろう。料理を待つ時間も無駄にせず、木工作業をやっておきたい。材料は紋章蜂の針だ。これを使って矢を作製してみたい。

【武器アイテム:矢】

紋章蜂の矢+　品質C+　レア度3　AP11　破壊力0+　重量0+　耐久値30　射程+25%　継続ダメージ[小]

紋章蜂の針を矢尻に利用した矢。
貫通力を高めて出血ダメージを狙ったもの。
毒の効果で傷口が塞がり難くなっている。

まあまあ、いい出来かな？　矢羽に金鶏の極彩翼の羽根を使ったから射程も長い。邪蟻《じやぎ》の矢の上位互換になるだろう。これは量産すべきだ。弓矢を使う護鬼と文楽の分は揃《そろ》えておきたい。

素材を揃えて短縮再現を使う。思っていた以上にＭＰ《マジックポイント》バーが減らない。出来もそんなに悪くなかった。射程はやや短くなるが、威力は変わらない。評価も品質Ｃで収まっている。

文楽の料理が出来たようだ。どうやらニョッキだ。ソースはトマトベースかな？　実に旨《うま》そうである。いや、旨いに違いない。

実際、旨かったです。

文楽の矢筒に新たな矢を補充すると帰還させた。妖精のヘザーを召喚する。戦力は早めに底上げしたいが、同時召喚枠が四匹では足りない。いや、五匹であっても不足しているように感じるだろう。召喚モンスターが増えて成長させるのは楽しみだが、経験値が分散するから大変だ。それもまた、サモナー職を選択した者の宿命だろう。

『こちらフィーナ、定例ミーティングを始めます。発言のある方は挙手をお願いします』

午前七時からの定例ミーティングにも参加した。ユニオン状態を維持しながら他のプレイヤーの報告を聞いておいた。今日も目新しい情報が幾つかあった。

例の牛頭《ごず》と馬頭《めず》についてもイリーナから報告があった。それに鉄鉱石が採掘出来るポイントもあるらしい。鍛冶師の一団から歓声が起きていた。

オレもクレストビーについて報告した。その針を使って紋章蜂の矢が出来る事もだ。

例の金剛仁王像については伏せておく。真っ先に戦ってみたいし、邪魔されたくない。当然、今日は挑むつもりでいる。

アレは、オレの獲物だ。


「おはよー！」

「おはようございます」

アデルとイリーナだ。彼女達《たち》の視線の先にはヘリックスがいる。どうやら気付いたか？

「クラスチェンジ？　いいなー」

「アデルちゃん、今日は時間がないわよ？」

「でも、いいなー」

時間がない？

「あ、今日は野暮用があるので対戦済ませたらログアウトです」

「負けないよ！」

「もちろん、こっちもそのつもりで戦うわよ？」


「もしかして、二人で対戦をやるのか？」

「「はい！」」

それは見てみたいな。だが待て、金剛仁王像がオレを呼んでいる。今すぐ、戦いたい！


「がんばれよ」

「もっちろん！」

「はい」

二人は早速、広場の中央に陣取った。対戦を始めるようだが、オレは昨日得たアイテムを売り払っておきたい。

商人のリックにアイテムを売って村を出ようとしたのだが、広場を通りかかると人で賑《にぎ》わっていた。全部、プレイヤーだ。フィーナさん達もいる。

どうやらアデル対イリーナの対戦を見物しているらしい。

対戦は円形のフィールドで行われていて、闘技大会の試合場より広い。対戦は四対四、いや、召喚モンスターの三対三の戦いが繰り広げられていた。互いの主人を守りつつ、相手を牽制《けんせい》しあっているのだ。

アデルもイリーナも、壁呪文を駆使している。それに空中位置の召喚モンスターがいないから、お互い後衛にいる召喚主に攻撃が届かない。エフェクトが派手になってるから見応えもある。だが、決着には相当時間が掛かるだろう。アデルとイリーナには悪いけど先を急いだ。

風霊の村からは残月に騎乗して草原を駆け続けた。無論、ヴォルフと一緒にだ。やっぱりこうでなくちゃいけない。ラプターの襲撃もこれまでになく楽に勝っている。呵責《かしやく》の杖《つえ》が凄《すご》いのだ。殴った感触だけでも違いが大きい。あのラプターがたった一撃でＨＰバーを半分、失っている。攻撃力が向上しているのも大きいが、破壊力が増している効果も大きい。それでいて手に持った感触、特に重さが変わらないのだ。

これはヤバいな。戦闘が楽になり過ぎると困る。単純作業になりかねない。

呵責の捕物棒も試してみたんだが、こいつはまるで馬上槍《やり》です。残月に騎乗している影響もあるのだろうが、突くだけでラプターが吹っ飛んで瀕《ひん》死《し》になる。これも凄い。

オレに槍技能はないし、今の所は取得する気もないが、これって便利だ。取り回しにやや難があるが、それを差し引いても強力な武器だろう。

まあ元々オレの好みの長さではないから、これは別の形で流用する事にしたい。メインとサブの得物は呵責の杖と呵責のトンファー、これらを使い分けよう。

洞窟の入り口に到着、ここからは布陣が変更になる。狼のヴォルフは確定、それにレベルアップ狙いで妖精のヘザーも確定だ。前衛のメイン、壁役は大猿の戦鬼かゴーレムのジェリコか、それとも両方か？　いや、空中位置からの支援役はいて欲しいからそれはダメだ。実に悩ましい。

結局、ジェリコを召喚する事にした。そして最後の四匹目の枠は梟《ふくろう》の黒曜にする。これで挑もう。

メインの洞窟ではゴブリンと遭遇した。例の十字路がある場所まではゴブリンだらけで他の魔物と遭遇しない。不服であった。これでは呵責のトンファーの真価が分からない！

これでは比較にならない。カヤのトンファーと交互に使っているのだが、どちらでも一撃死だ。せめて相手がオークだったら良かったのに！

今度は支道に突入する。昨日はゴブリンの巣窟だったが、これは変わらなかった。つまり呵責のトンファーの真価が分からないままだ。

だが、遂《つい》にその真価を問われる時が来た！

牛頭　レベル1
妖怪　討伐対象　アクティブ
戦闘位置：地上　火属性

馬頭　レベル1
妖怪　討伐対象　アクティブ
戦闘位置：地上　火属性

広間で待ち構えているのは例の妖怪コンビだ。

そうそう、こうでなくちゃ！　無論、フィジカルエンチャント系の呪文で強化して戦いを挑む。勝つ事が最優先、そこは変わらない。召喚モンスター達は牛頭に当たらせる。四対一だしこれは任せていい。

オレの相手は馬頭、さあ来なさい！

結論から先に言えば呵責のトンファーは実にいい武器だった。これは使える。

重さはカヤのトンファーと変わらない。それでいて与えているダメージはより大きい。一発で馬頭のＨＰバーを一割も削れていないのだが、それでも格段の進歩と言える。何よりも相手の動きを余裕を持って見ていられる。だから攻撃にもいい影響がある。全てがいい方向に回っていたと思う。

蹴りは勿論《もちろん》、これまでそんなに使っていなかった攻撃も試す事が出来ている。頭突きや肩を使ったタックルだ。馬頭はオレよりも体格が大きいし、パワーも上だから大したダメージにならない。それでも次の攻撃への繋《つな》ぎには十分だ。連続攻撃の中に組み込む事で呵責のトンファーを使った突きや肘打ちがいい感じで決まる。

呵責のトンファーを叩き込んだ後、隙を衝《つ》いて馬頭の足を引っ掛けて転ばせる事も出来た。簡単に転ぶものだから本当に驚いたよ！

最初に戦った馬頭と同じレベルとは思えなかった。それ程の違いがある。

牛頭はどうなっていたのか？　既に倒されていた。召喚モンスター達は観戦モードに突入している。待ってなさい。すぐ片付けますから！

慎重に馬頭の動きを観察しながら攻撃を継続する。結果、関節技にも投げ技にも頼らず倒しきった。完勝だ。ダメージも少ない。この先、いい感じで戦えそうである。

そしてこのペアは何も残さなかった。次は少し強い相手になるものと思われる。

いいぞ。実に、いい。

支道を更に進んだ。あの金剛仁王像まで、もう一つ広間を通過しなければならない。ここで試したい事が出来た。

馬頭相手には十分戦えた。レベル２以降でも戦えるイメージが出来ていた。では牛頭相手ならどうだ？　実に、興味深い。

牛頭　レベル2
妖怪　討伐対象　アクティブ
戦闘位置：地上　火属性

馬頭　レベル2
妖怪　討伐対象　アクティブ
戦闘位置：地上　火属性

では、やってみよう。馬頭は召喚モンスター達に任せた！　オレは牛頭に向かう。フィジカルエンチャント系の呪文で強化していても牛頭のパワーには及ばない筈《はず》。体格は圧倒的に不利。それだけに挑む価値がある！

長期戦になる事は分かっていた。牛頭は馬頭よりも動きは鈍いがタフだ。ダメージを稼ぐのに馬頭の倍近くの手数が必要だった。牛頭の得物は刺《さす》叉《また》だが序盤に叩き落としてあったからリスクは低い。但し、捕まらなければの話だ。

牛頭の突進は迫力満点、大抵は単に避けるだけだが、転ばせる事も出来る。タイミングを外す訳にいかない。気が抜けない相手だ！

馬頭は既に仕留められている。ヴォルフ達を待たせてもいけない。今度は集中攻撃を試した。トンファーで執拗《しつよう》に肘を狙う。妖怪の牛頭は痛みを感じていないが、破壊された箇所はちゃんと機能不全に陥る。時間を掛けて左肘は破壊した。次は右肘を破壊する。それでいて牛頭のＨＰバーには余裕があった。

両腕が使えない牛頭は頭突きを使う。オレが次に狙ったのは膝だ。牛頭は突進する事も出来なくなった。攻撃の手を全て封じた事になる。

もう、いいかな？　後はヴォルフ達に任せてみる。牛頭は無抵抗のまま屠《ほふ》られてしまった。

《只今《ただいま》の戦闘勝利で召喚モンスター『ヘザー』がレベルアップしました！》

《任意のステータス値に1ポイントを加算して下さい》

戦闘では余裕を見せていたヘザーがレベルアップ？　いや、オレが見てない所で活躍していたのだろう。その証拠にヘザーのＭＰバーはちゃんと減っていた。ヘザーのステータス値で既に上昇しているのは敏捷《びんしょう》値だ。任意のステータスアップは生命力を指定しようとしたのだが、出来ない！

《生命力はこの種族の成長上限に達しています。他のステータスを指定して下さい！》

上限値があるのですか？　それは困った。そういう仕様であるなら仕方ない。

筋力値を指定した。フェアリーに筋力が必要か？　この場合、筋力値を上げる意味がある。

ヘザー

フェアリーLv3→Lv4（↑1）
器用値　6
敏捷値　20（↑1）
知力値　20
筋力値　2（↑1）
生命力　3
精神力　23

スキル
飛翔
浮揚
魔法抵抗[中]
MP回復増加[小]
風属性

次に筋力値を上げたら生命力と数が揃う。その後から他のステータスに振れば数字が美しく並ぶだろう。これでいい。

今回、牛頭と馬頭は何も残さなかった。まあそれでもいい。本命は他にあるのだ。


例の金剛仁王像のある広間にオレ達はいた。戦う準備は事前にしておいた。

センス・マジック。

フィジカルエンチャント系の呪文各種。

そしてオレの手には呵責のトンファー。

どうせ、両隣の金剛仁王像は動くんだろ？

今は魔力をまるで感じないけどな！

目の前の扉からは魔力を感じ取れる。封印されているのだ。トリガーは恐らく封印の解除。まあ先に進もうとしたらどうせ分かるさ！

「アンロック！」

アンロックの呪文を使った。

同時に両隣の像から魔力が生じる。

さあ来た！

来ましたよ？

金剛力士・阿形《あぎょう》　レベル2

天将　討伐対象　アクティブ

戦闘位置：地上　火属性

金剛力士・吽形《うんぎょう》　レベル2

天将　討伐対象　アクティブ

戦闘位置：地上　土属性

金剛仁王じゃなくて金剛力士？

それに天将？

今はどうでもいい。体格は動かない時と変わらない筈だが、より大きく感じる。威圧感が加わっているからだ。

馬頭と比べると頭一つ大きい。体つきは牛頭にも劣らない。強いだろうな。

それにしてもインフォがない。

イベントモンスターじゃないのかな？

《亡者であれば十王の審理を経よ》

《生者であれば立ち去れ》

《経典を望むならば証《あかし》を見せよ》

《経典を盗まんとするならば滅するのみ》

《力を見せるや？》

《立ち去るや？》

《返答は如何《いか》に》

ちゃんとインフォがありました。

それにこちらの返答は必要なかった。

いきなり襲ってきた！

阿形は召喚モンスター達に任せる。

オレの相手は吽形だ。

こいつは馬頭よりも頭一つ、大きいだけだ。

だがその頭一つがまたデカい。

もっと大きく感じる。

体格差は僅かであっても侮れない。


「ディフェンス・フォール！」

先に阿形の防御力を下げる。

頭上のマーカーに小さなマーカーが重なった。

どうやら効いたか？

オレの目の前には吽形。

その攻撃は？

スピードがある。

パワーもあるだろう。

だが驚くべきはその武器だ。

独鈷杵《とっこしょ》、というのは分かる。短い柄《つか》の両端に槍状の刃があった。その片方が長く伸びて直剣状になっていた。

その刃が黒光りしている。まるで黒曜石のように。それに強烈な魔力が刃から迸《ほとばし》っていた。


「ディフェンス・フォール！」

吽形の攻撃を避けつつ呪文を使う。

こいつにも呪文は効いたようだ。

次の呪文を選択して実行する。

今現在、ヤバい状況なのは？

ジェリコだ！

既にＨＰバーが三割減っていた。

一旦、ジェリコを後退させた。


「レジスト・ファイア！」

ヘザーからもジェリコに向け魔力が迸る。

ジェリコが更に速く動くようになっていた。

いい支援だ！

叶形が独鈷杵を横に薙《な》ぐ。

頭を下げて避けた。

足の甲にトンファーを叩き付けた。

続けて膝の皿を割りに行く。

普通の相手なら片足の自由を完全に奪える筈。

だが相手が普通じゃない。

平気で歩いていやがる！


「ファイア・ヒール！」

ゴーレムのジェリコは回復魔法が効き難《にく》い傾向にある。ポーションに至ってはまるで効果がないし、そもそも飲めない。だからこそ回復呪文をかけておく必要がある。壁役をこなしてきたジェリコがここまでＨＰバーを削られるのも久々だ！

阿形の方も独鈷杵を持っているが振り回していない。ジェリコが拳を摑《つか》んで振らせないようにしているからだ。阿形の独鈷杵からは炎が噴き出ていた。


ジェリコが阿形の動きを止めている間にヴォルフと黒曜が攻撃を加え続けている。それでいい。


「ディレイ！」

阿形に呪文を使う。

ヘザーがオレの肩に止まった。

そして魔力が注《そそ》ぎ込まれる。

体が少し軽くなった気がした。

よし、目の前にいる叶形に集中しよう。

オレの攻撃はちゃんと効いていた。

叶形のＨＰバーは一割近く減っている。

たった一割？　だがそれで十分。

減っているならいずれ倒せる！


叶形が独鈷杵を突いてきた。

直剣であれば最も警戒すべき攻撃だ。

同時に好機でもある。

独鈷杵を持つ腕をトンファーで払う。

そのままもう一方のトンファーで股間を痛打。
懐に入った所で足を払った。
だが動かない。
足の甲にダメージを与えていてこれか。
手強《てごわ》い！
今度は大きく振りかぶる吽形。
オレは体を横へ捌《さば》く。
独鈷杵を持つ手首をトンファーで撃つ。
だが簡単に手離してくれない。

「オフェンス・フォール！」
この呪文も効いた。
吽形は再び独鈷杵を突く。
まただ！
上段からの斬撃、横へ薙ぐ、そして突く。
攻撃パターンはこれだけだ。
もっと工夫しないのか？

再び手首をトンファーで痛打。
続けて膝蹴りを当てに行く。
同時に肘打ちを放つ。
交差法で手首は完全に砕かれた。
吽形の手から独鈷杵が落ちる。
やっとか。独鈷杵を蹴って遠くへ転がす。
吽形と正対、さあここからが本番だ！

「ディレイ！」
この呪文も効いたようだ。
順調か？
だが吽形の動きが妙だ。
四股《しこ》を踏んだ。
繰り返す。四股を繰り返す。
まるで相撲取りのように！

オレの方から吽形に迫る。
吽形もそれに応じた。

腰を落として突っ込んでくる。

まるで相撲の立会いだ！

オレは先制で足を飛ばす。蹴手繰りだ。

勢いがあった分、見事に決まった。

だがこの吽形、重たい！

蹴りを放った足が痺《しび》れてやがる！

相撲ならば転がった所で決着だが生憎《あいにく》とそうはならない。吽形のＨＰバーはたっぷり残っている。まだまだ楽しめそうだ。

阿形はジェリコとパワー勝負で拮抗《きっこう》している。

今の戦況であれば問題ない。

ヴォルフと黒曜が攻撃を積み重ね続けたらいずれ詰む。実際、阿形のＨＰバーは既に半分になっていた。

ではこの吽形はどうか？　そこはオレ次第だろう。当たり前だけどな！

それにこの吽形、どう戦ってもいい相手だ。

何を使ってもいい。武器も、呪文も、この肉体の持つ全ての技を。そう思うと楽しくなる。

きっと、オレは笑っているに違いない。

嫌な笑い方をしているに違いない。

それはケダモノのような笑い方に違いない。

笑いながら吽形と戦っているだろう。

吽形は善戦したと思う。両手首は破壊されていた筈だが、腕そのものを叩き付けていた。最後の方は頭からのぶちかましだけで勝負を挑んでいたのだ。無論、正面から受ける勇気などない。避けるだけだ。いや、カウンターで横からトンファーを頭に叩き込んでたりしたけどさ！

倒れた金剛力士達はそのまま消えた。

いや、元の像の姿に戻った。扉の両脇に立像として金剛力士は存在していた。まるで先刻の戦闘が無かったかのようにだ。

《亡者に告ぐ、ここに救いはない》
《生者に告ぐ、ここには欲しかない》
《罪を貪る者であれば六道輪廻《りんね》のいずれにも進む道は無し》
《再び我等《われら》は罪を問う》
《再び我等は法を説く》
《再び我等は問いかけるであろう》
ようやく終わったか？　終わったようだ。
疲れた。だが心地よい疲れでもある。
《只今の戦闘勝利で【召喚魔法】がレベルアップしました！》
《只今の戦闘勝利で【土魔法】がレベルアップしました！》
《只今の戦闘勝利で【水魔法】がレベルアップしました！》
《只今の戦闘勝利で【二刀流】がレベルアップしました！》
《只今の戦闘勝利で【身体強化】がレベルアップしました！》
《只今の戦闘勝利で【魔法効果拡大】がレベルアップしました！》
《只今の戦闘勝利で【魔法範囲拡大】がレベルアップしました！》
《只今の戦闘勝利で種族レベルがアップしました！　任意のステータス値に1ポイントを加算して下さい》
《ボーナスポイントに2ポイント加算されます。合計で12ポイントになりました》
《只今の戦闘勝利で召喚モンスター『ジェリコ』がレベルアップしました！》
《任意のステータス値に1ポイントを加算して下さい》
今回の戦いで一番の功労者はジェリコだったと

思う。オレ自身のレベルアップも当然嬉《うれ》しいが、ジェリコがより強くなってくれる事もまた嬉しかった。今後も助けられる場面があると思う。

オレ自身のステータス値は知力値を上げる事にした。次は精神力になるだろう。8の倍数で数字が揃うまでもう少しかな？

ジェリコのステータス値で既に上昇しているのは精神力だった。珍しいな。任意のもう1ポイントは敏捷値にしておく。

これらの操作をしつつ思う事がある。金剛力士達なんだが、奇妙な物を残しているぞ？

ステータス

器用値　16	敏捷値　16
知力値　22（↑1）	筋力値　16
生命力　16	精神力　21

ジェリコ

ウッドゴーレムLv6→Lv7（↑1）

器用値　5	敏捷値　6（↑1）
知力値　5	筋力値　35
生命力　35	精神力　5（↑1）

スキル

打撃	蹴り
魔法抵抗[微]	自己修復[微]
受け	

【素材アイテム】

変性岩塩（聖）　品質C　レア度3　重量0+

清めの儀式を経ている聖なる岩塩。
普通の塩としても使える。

イベントモンスターでもアイテムを残す魔物は過去にいた。期待して当然だ。

今回、残したのが塩か。

最後まで相撲ネタか！

戦闘終了後、ＨＰバーが減っていたのはジェリコとオレだけだった。オレはポーションで全快出来た。特に問題ない。ジェリコは回復呪文二回で全快になってくれた。戦闘中にヘザーが回復させてくれていても、これだ。相対的に他の召喚モンスター達が攻撃に専念出来ていたと思う。

戦闘の序盤だけでジェリコに大ダメージを喰《く》らわせるとか、あの独鈷杵が欲しいです。思い返してみたらとんでもない相手だった。再戦を匂わせるインフォもあったから期待していいのか？　但し、正直に言って連戦は避けたい相手だ。

扉を開けて先の様子を窺《うかが》う。またしても広間だ。同じ構造が続いている。こっちの広間の方が色々と古めかしい印象があった。簡素だが装飾があり特別な場所であると感じる。

広間の正面にはまたしても扉があった。

その扉の両隣に見覚えのある石像。

連戦は避けたいって相手、だよね？

確かに言いましたよね？

いや、言葉にした訳じゃないけどさ！

心の中で叫んでましたよ？

運営め、罠《わな》にも程があるぞ！

踵《きびす》を返して戻ろうとしたが遅かった。背後の扉はもう閉まっている。開けようとしても開かない。魔力で封印されていないのに、開かない。

ジェリコでも無理だった。扉の内側には取っ手もない。確か、ここに入る時には押して扉を開けた筈。引こうにも摑めるところがない。押してみたけど、やっぱり無理！

罠に嵌《は》められたか。こうなったら先に進むか、リターン・ホームの呪文で戻るかだ。

いや、待て。広間の左右にも扉がある。そしてその両隣にも石像が見えた。どちらの像も金剛力士ではない。

左側の扉の両脇に控えるのは獣の像だ。神社でよく見かける狛犬《こまいぬ》だ。

左右でその姿は微妙に異なる。左の奴《やつ》は口を開けており、全身の毛の量が多かった。右の奴は正反対で口を閉じ、全身の毛の量は少なめ、額に小さな角がある。間違いなく門番だ。

右側の扉の両脇にも獣の像が控えている。こっちは両方とも虎だ。これも阿形と吽形のように、右の奴だけ口が開いている。鞍馬寺《くらまでら》で見た事があるから知っている。虎は毘沙門天《びしゃもんてん》の神使だ。

そう、ここから先はどう進むにしても阿吽《あうん》一対の門番が待ち受けている形だ。通り抜けたければ、戦って勝てという事か？

そうだな、金剛力士のペア相手ならもう一戦出来るかな？　他の二つのペアはどれ程の力量なのか、分かったものじゃない。金剛力士より強い可能性だってある。金剛力士だってレベルが高くなっている可能性があるのだ。

迷いは当然だけどあった。でも今はＭＰバーに余裕があって、十分戦える自信もあった。

戦ってやろうじゃないの。ところで、どのペアを相手にしようか？

暫《しば》し悩んだ。広間の中央に向かいながら三つの扉を観察する。センス・マジックの呪文の効果は継続していた。フィジカルエンチャント系、レジスト系の呪文も少しだけ有効時間が残っていた。エンチャンテッド・ウェポンも同様だ。また掛け直しておくべきかな？

考え事をしながら進んでいると、いきなりヴォルフに袖を引っ張られた。

おっと、何かあるのか？


だがそこから一歩、歩いてしまった。

それがトリガーになったらしい。

やっちまった！

《宝物は罪あるが故に望まれるもの》
《宝物は欲あるが故に価値を見出《みいだ》す》
《救いは罪あるが故にあるもの》
《救いは欲あるが故に困難を伴う》
《汝等《なんじら》の心に問え》
《その相克《そうこく》の果てに経典を求めよ》
不気味な音が響く。何が動いている？
音は左側から聞こえていた。
そうか、狛犬が相手か！

獅子《しし》・阿形　レベル3
神使　討伐対象　アクティブ
戦闘位置：地上　火属性

狛犬・吽形　レベル3
神使　討伐対象　アクティブ
戦闘位置：地上　闇属性

雰囲気は上々。いや、ヤバそうな予感。

背中がゾクゾクする感覚を楽しんだ。

今度は敢《あ》えて迎撃を選ばなかった。呪文の効力は残り少ない。外見だけでの判断だが、金剛力士と違いスピードのある相手と思った。ジェリコには追撃役に徹して貰う。他の面々でこの二体の動きを抑え込むべきだ。

予感は的中した。
速い。
動きも速いのだが、反射速度が凄い。
黒曜の牽制攻撃が軽々と避けられている。
狛犬・吽形はヴォルフに任せた。
オレは獅子・阿形に向かう。

「グラゥァ！」
ヴォルフが、吠《ほ》えていた。
威嚇、いや、警告か？
一瞬だが獅子も狛犬も動きが止まる。
黒曜が放つ水の針が獅子に突き刺さった。
ヘザーから生じた風の刃が狛犬を襲う。
ダメージは、あった。
通じている、よな？

「パラライズ！」
狛犬に向けて呪文を放つ。

効果は、あった。
動きを止めた狛犬にヴォルフが嚙《か》み付く。
そのまま決着とはいかなかった。
すぐにパラライズの効力が消え失《う》せていた。
もうレジストされてしまったらしい。
だが先制攻撃でヴォルフが肉薄している。
それで十分、かな？
狛犬がヴォルフに嚙み付こうと暴れ始めた。

「ディレイ！」
これも狛犬に放つ。
効果は、やはりあった。
だがこれだっていつまで効くか分からない。
ジェリコが間に合えばいい。
今は時間稼ぎで精一杯だ！
獅子がオレに肉薄していた。
その目からは炎が噴出しているかのようだ。

「ディフェンス・フォール！」

至近距離から、呪文を放つ。

獅子に呪文が命中、同時に蹴りを放つ。

ちょうど首元に爪先が食い込んだ。

重たい感触。

効いたか？

効いていた。でも致命傷には程遠い。


跳び上がってオレの喉元を狙う獅子。

トンファーで頬を直撃したが、怯《ひる》まない。

攻撃、効いているよね？

かなり自信ない。

でも獅子のＨＰバーはちゃんと減っている。


獅子が動きを止めた。何かやる気だ。

やらせるか！

だが黒曜はオレより速かった。

再び水の針が獅子を襲う。


獅子は避けようともしない。

命中、そしてダメージはあった。

獅子のＨＰバーは半分以下になった。

だがその姿に変化が生じている。

全身から炎を噴き上げていたのだ。

焼身自殺？　そんな訳ないか。

ヤバい雰囲気だな！


「オフェンス・フォール！」

まさに焼け石に水か？

保険にもなっていない気がする。

既に選択して実行済みの呪文だ、仕方ない。


再び跳び上がってオレを攻撃する獅子。

オレは膝蹴りで迎撃、顎に直撃。

そして左右のトンファーで頭部を連打。

効果を確認している余裕はない。

炎がオレの体を掠《かす》っただけなのに、かなりのダメージを喰らっていた。

いや、熱いって！

「レジスト・ファイア！」

呪文を惜しむ余裕は無い。

やれる事はやっておこう。

火への対抗呪文が効いたか？

これ以降はダメージがかなり減っていた。

与えるダメージも着実に積み上がる。攻撃する度にこっちもダメージを喰らうけどな！

黒曜の放った水の針が止《とど》めになった。

さて、ヴォルフはどうなった？

健在でした。ジェリコが押さえ込んでいる狛犬に噛み付いたままです。

いや、ヴォルフが状態異常に陥っている。暗闇だ。状態異常を喰らってなお、噛み付いたままでいたらしい。初志貫徹、お見事！


オレと黒曜、ヘザーも攻撃に加わる。

イジメにも似た構図だが仕方ない。

狛犬さんゴメンナサイ！

《汝等は宝物を望む》
《汝等は救いを望む》
《自らを律し自らを疑え》
《自らを解き自らを問え》
《望む者に解脱への道は閉ざされると知れ》
《只今の戦闘勝利で【氷魔法】がレベルアップしました！》
《【氷魔法】呪文のアイス・ウォールを取得しました！》
《【氷魔法】呪文のフリージング・ブラストを取得しました！》
《只今の戦闘勝利で【耐暑】がレベルアップしました！》

インフォは終わった？
終わりでいいよね？
よし、終わった！
うん、終わった！
お疲れ！

ジェリコにはまるでダメージがなかったが、ヴォルフは結構喰らっている。ポーションと回復呪文で全快にしておく。暗闇の状態異常からも徐々に回復しているようだ。

ヘザーのＭＰバーは四割まで減っていた。攻撃と支援を続けていた結果なのだろう。恐らく狛犬も獅子と変わらない強さだった筈だ。

さて、獅子と狛犬のペアは扉の両脇に鎮座して像に戻っているのだが、どうする？

油断ならない。より深く罠に嵌《はま》っている気がするが、こうなったら進むしかないだろう。

扉は簡単に開いた。そのまま閉じるような真似《まね》はしない。反対側にも取っ手はあった。

完全に疑心暗鬼になっているではないか！

一旦部屋に入ってから元の広間に戻ってみたりする。それでも完全に疑いは晴れない。

ここの扉には仕掛けは無いらしい。

では部屋の中はどうか？

明かりが点《つ》いていた。壁も様子が違っていて、岩盤が剝《む》き出しになっている。その表面のあちこちが輝いている。燐光《りんこう》のようだ。

で、他に異変は？

魔物がいるか？

罠が待っているか？

いいえ、こんな所で泉が湧いてます。

しかも熱気も感じる。

温泉っぽい雰囲気があった。

鍋を《アイテム・ボックス》から取り出し、柄《ひ》

杓《しゃく》でサンプリングする。どうせ酸とか毒とか、そういうオチに違いない。

おかしい、特に変わった様子はない。

サンプリングしたお湯の温度はそう高くない。入浴するには温《ぬる》すぎる。

そのまま【鑑定】しても普通の水だ。

ポーションの空き瓶に移してから【鑑定】しても水だ。

ヴォルフと黒曜の様子にも異変はない。何か危険を感じたら緊張する筈だ。

魔物の出現もない。

そうだな、ここで少し休憩としよう。最初に現状を確認だ。時刻は午前十一時。そう、まだ午前十一時！　気分はもう夕方になってます。

全員、ＨＰバーは全快だ。オレのＭＰバーは残り五割程度になっている。先刻の獅子と狛犬のペアとの戦闘ではそんなに消耗していない。金剛力士との戦闘で使った呪文の効力が残っていたからだ。少し得した気分になる。

黒曜のＭＰバーは残り三割、ヘザーのＭＰバーも残り三割、もう一度金剛力士のペアと戦うには厳しい。せめて四割は欲しい。他の召喚モンスターと交代すべきか？

まあ、いい。

肝心のオレ自身のＭＰバーがもう少し回復してくれないとお話にならない。腰を下ろして休む事にした。取得したばかりの呪文をショートカットリストに加えておく。また壁呪文と全体攻撃呪文が増えた。今後、どこまで増えるのかね？

ここはエリアポータルではない。文楽を召喚して料理をさせるのは止《よ》そう。久々に携帯食と水だけで腹を満たした。普段の食事が恋しくなる。

これだけでは終わらない。もう少し時間を潰すついでに矢を作製した。木の端材を削り、翼から羽根を採取し、針を嵌《は》め込む。邪蟻の矢をメインに使ってきた護鬼と文楽だが、新しい紋章蜂の矢は完全に上位置換だ。多めに作っていい。

手持ちの紋章蜂の針がなくなるまで矢の作製は続いた。矢に使えそうな端材も少なくなっている。これも補充が必要だ。

時刻は午後一時、オレのＭＰバーは六割を超えていた。黒曜は五割、ヘザーに至っては六割を大きく超えている。ある程度余裕は出来た。では行ってみよう。

戦闘になるのは大前提だ。エンチャント系の呪文は事前に使っておく。この事前準備だけでオレのＭＰバーが一気に減る訳だが、こうやって戦力を底上げしなければ危険な相手だ。戦闘がなく無駄になるとしても保険と考えたらいい。

部屋の中央に再び立つ。

今度はどれが相手だ？

《是非もなし》

《我等と戦うべし》

インフォはそれだけで終わった。

石像が動き出す。

どの像が？

金剛力士が動き出していた。

金剛力士・阿形　レベル２
天将　討伐対象　アクティブ
戦闘位置：地上　風属性

金剛力士・吽形　レベル２
天将　討伐対象　アクティブ
戦闘位置：地上　水属性

今度はこっちか。

呪文を選択して実行しつつ思う。

苦戦は必至だ。
でも何故《なぜ》か、楽しいのであった。

《是非もなし》
《進むが良い》
《只今の戦闘勝利で職業レベルがアップしました！》
《只今の戦闘勝利で【溶魔法】がレベルアップしました！》
《【溶魔法】呪文のマグマ・スクリーンを取得しました！》
《【溶魔法】呪文のヴォルカニック・ブラストを取得しました！》
《只今の戦闘勝利で【精神強化】がレベルアップしました！》
《只今の戦闘勝利で召喚モンスター『ヴォルフ』がレベルアップしました！》
《任意のステータス値に1ポイントを加算して下さい》

ヴォルフ

グレイウルフLv2→Lv3(↑1)

器用値	12
敏捷値	30
知力値	12
筋力値	16(↑1)
生命力	21(↑1)
精神力	12

スキル

噛み付き
疾駆
威嚇
天耳
危険察知
追跡
夜目
気配遮断

戦闘終了のインフォも簡単に済んだ。今回も激戦だったのだが、落差が激しい。

まあ、いい。ヴォルフは死に戻り復帰後の初レベルアップだ。感慨深いものがある。ヴォルフのステータス値で既に上昇しているのは筋力値だ。任意のもう一点は生命力を指定した。

それにしても金剛力士達は強い。今回の阿形は風属性を備え、その動きが比較的速かった。得物の独鈷杵からは風の刃が生じていて、その間合いが長く手間取った。それに加え、この阿形の格闘スタイルは相撲ではなかった。キックボクシングだったのだ！　体格が異なる相手、間合いが遠い上に動きも速いから懐に飛び込む機会がなかなか見出せなかった。ディレイの呪文で動きは鈍っていた筈だが、それでもオレより速かった。

攻撃を当てられるのは迎撃の時だけ、カウンターを狙った。間合いが遠いから足を引っ掛ける事が出来ずにいたのも痛い。

パワーはどの金剛力士もオレより上だろう。この阿形の繰り出す軽いジャブ程度でもオレには渾《こん》身《しん》のストレートに感じられる。攻防共に隙を見出すのが大変だった。
どうにか拮抗出来ていたのは攻撃呪文も併用していたからだろう。ＭＰが勿体無《もったいな》いとか言っていられない。攻撃呪文の中でもヴォルカニック・シュートには助けられた。運良く継続ダメージが入っていたからだ。
今回の吽形は召喚モンスター達に任せっぱなしになってしまった。しかも途中からオレと阿形の戦いを観戦、待たせてしまっている。阿形とオレの戦いに参加させなかったのは、勝てる自信があったからだ。いや、本当に待たせてしまい申し訳ない。最初の金剛力士の倍近く、時間を掛けたんじゃないかな？
金剛力士達は石像へと姿を変えていた。このままあの狛虎《こまとら》と戦う気にはなれない。先に扉を開けて中を確認しておこう。
扉の向こうは狭い道が続いていた。少し進むと別の広間になっている。ここに石像はない。
正直、助かった？　いや、待て。
別の罠があるかもよ？
いや、広間の中央に例の人魂《ひとだま》がある。
またか。でも好奇心には勝てなかった。広間へ更に一歩、進んでしまっていた。
《放浪する者達よ》
《放浪の果てに夢を追う者達よ》
《ここに新たな糧はある》
《だが油断はならぬ》
《広き門を通るのも審判は厳しいものと知れ》
《伏魔鉱山の中継ポータルを開放しました！》
《ボーナスポイント5点が加算されます。合計で

17ポイントになりました》
戦闘、ありませんでした。
ボーナスポイント、頂きました。
正直、気が抜けちゃいました。

よし、落ち着こうか。

まずここの広場を調べておこう。中継ポータルとなれば安全は確保出来ると思えるが、インフォの指摘する通り油断ならない。

この広間は壁沿いにも例の人魂があった。光源としては十分だ。排水溝は四隅にあり水はない。扉は入ってきた扉とは別に二つの通路があった。扉はなく、各々に鳥居があった。

気付かなかった。最初はなかったよな？

いつ出現したんだ？　問題はその鳥居には各々に一対の像が鎮座していた事だろう。

獅子と狛犬。また阿吽の石像だ。

どうしても警戒してしまうが、ヴォルフも黒曜も警戒する様子はない。大丈夫か？

狛犬の頭を一通り撫でてみた。問題ない、ただの石像のようだ。

要するにここって合計四体の石像に守られた安全地帯か？　エリアポータルに比べたら狭いが使えそうです。それにこれ、この先も長いぞと言われているようなものだ。

オレ自身、ＭＰバーの回復を図らないとこの先の攻略は出来ない。本音を言えば帰りたい。準備を整えてから挑むべきだ。

風霊の村に戻ろう。


目の前に風霊の村が見える。リターン・ホームの呪文を使うのにも苦労した。中継ポータル近辺では使えなかったのだ！　石像の門番達を刺激しないよう移動するのに緊張を強いられた。

それにしてもだ、先刻までの出来事がまるで夢であったかのよう。でもあの戦闘の数々は確かにあった筈。オレ達のＨＰバーは全快しているが、ＭＰバーはボロボロだ。ＭＰ回復が早いヘザーですら三割ない。村の周囲で狩りをする選択肢もあるが、今は少し落ち着きたい。

村の中に入ると冒険者の姿は非常に少ない。狩りに行ってる連中はいなくて当たり前、現在の時刻は午後二時半だ。現実では深夜になる。昼間に仕事や学校のある人間なら寝ているだろう。それでも生産職はいる。暇潰しのついでに顔を出したら店番のリックがいた。

残念ながらフィーナさんはログアウト中、サキさんとマルグリッドさんは各々の工房で作業中、他の面々もログアウトしてたり、探索に行ってたり、作業をしているそうだ。目新しい情報は、原木栽培のキノコの初収穫があった事だ。進捗してたのか！

リックの許《もと》を辞去すると木材置き場で端材を漁《あさ》った。矢の材料になりそうな端材は確保したが、レイナに捉《つか》まってしまった。

「ありゃ？　ここで会うとは珍しいね！」

「ども。矢の材料を貰いますけどいいですか？」

「いいって！　ここのは端材だしね！」

彼女のマシンガントークの前でオレは完全に聞き役になってしまった。いや、完全に守勢になってしまっていた。援護もなく攻勢に転じる事は最後まで出来なかった。話の流れでオレは彼女のお手伝いをする事になっていたのだった。

レイナ曰《いわ》く、机、椅子、それに家具といった木工製品はどれも不足しているそうだ。彼女が今、手掛けているのは机である。椅子ならオレだけでも作れる。たまには生産活動に没頭するのも悪くない。ＭＰバーは少なかったが、ゴーレムのジェリコを帰還させて人形の文楽を召喚する。無論、手伝って貰うのだ。狼のヴォルフ、梟の黒曜、妖精のヘザーには癒し要員としての任務を命じる。言い換えるならば、休憩してて良し、だ。

今から、オレは日曜大工の鬼と化す。本職には及ばずとも立派な品を作り上げてみせよう。


「おつかれさま！」

「お、おう」

結局、夕方まで椅子だけじゃなく机も作っていたオレでした。しかもレイナの作り上げる机には品質面で完全に敵《かな》わず涙目だった。文楽にも手伝って貰っていてこれだ。いや、彼女は木工作業が本職のウッドワーカーだから当然だが、目の当たりにするとやはり凹《へこ》む。

「うーん、旨い！」

作業を終えオレはレイナと共に夕食を摂《と》った。文楽の作った料理はうどんだ。肉うどんだ。実に旨い。

彼女から食事代は貰えない。端材も融通して貰っているし、お互い様だろう。作業の手伝いだって善意でやっている事だ。カルマに影響するとは思えない。また機会があれば木工作業の手伝いをする約束をして彼女と別れた。

時刻は午後七時に迫っていた。オレにはまだやるべき事がある。今日は【召喚魔法】がレベルアップしていて、新たな召喚モンスターを追加出来るのだ。ついでに風霊の村周辺で狩りをしたい。

まずはヘザーを帰還させた。ホーンテッドミストを相手にするには相性が悪いからだ。相性がいい無明を召喚する。人形の文楽も帰還させた。狼のヴォルフ、梟の黒曜はそのままだ。

もう一匹は新しい召喚モンスターだ。何にしよう？　サモン・モンスターの呪文を選択して実行、最後の行に目を凝らしてリストを呼び出した。

ウルフ
ホース
ホーク
フクロウ
ウッドパペット
バット
ウッドゴーレム
ビーストエイプ
鬼
赤狐《あかぎつね》
タイガー
バイパー
スケルトン
スライム
ミスト
ライオン
大亀
フェアリー

ギガントビー

また、増えている。
ギガントビーって何？

【ギガントビー】召喚モンスター
戦闘位置：空中
巨大蜂。
主な攻撃手段は腹の先にある針。
体格は中型の猛禽《もうきん》類にも匹敵する。
機動性が非常に高く好戦的な蜂。

空中位置のモンスターは昼夜を通じて不足を感じていない。ここはパスしてもいいかな？
改めてリストからまだ召喚していないものだけを抽出してみる。

タイガー

バイパー
ミスト
ライオン
大亀
ギガントビー

今回は前衛にしよう。タイガーを選択した。そして現れたのがこいつだ！

ティグリス
タイガーLv1（New!）
器用値　8
敏捷値　16
知力値　10
筋力値　18
生命力　18
精神力　10

スキル
噛み付き
威嚇
危険察知
夜目
気配遮断

ティグリスは確かギリシア語で虎を意味する言葉だったと思う。ステータスも虎らしく攻撃能力に秀でた印象が強い。まさに前衛だ。

「グルルルルルッ！」

「ガルルルルルッ！」

ティグリスとヴォルフが互いに唸《うな》り始めた。

おいおい、仲良くしてくれよ？

今度は値踏みするかのように無言で睨《にら》み合って互いの匂いを嗅ぎ始めた。舐《な》めたかと思えば甘噛みまでしている。

仲良くなるのが早い。この先も上手《うま》くやっていけるだろう。

放っておいたらじゃれあって地面を転がり回ってます。互いに上の位置をとろうとしているらしい。あの、そろそろ出発したいんですけど、いいですか？

一瞬にして、整列。

宜《よろ》しい。では夜の狩りに行こう。

最初にやるべきはティグリスの戦闘力の確認だ。

それはスケルトンラプターで済ませた。

概《おおむ》ね、予想通り。アデル配下のタイガーで散々見て知っている訳だが、再確認は必要だ。

やはりスピードでは狼に一歩も二歩も及ばないが、その攻撃は実に力強い。スケルトンラプターの肋骨《ろっこつ》を噛み砕いていました。恐ろしい子！

メインの獲物はホーンテッドミストだ。全員にエンチャンテッド・ウェポンの呪文を使って戦闘に備える。コール・モンスターで呼び寄せた。

今日は獲物の数が多い。オイシイか？

狩りは順調だ。ヴォルフとティグリスはペアで行動していた。取り付こうとする魔物に噛み付き、

体当たりをし、前脚で薙《な》ぎ払う。お互いをフォロー出来ている。無明は着実に、淡々と目の前にいる魔物を片付けていた。相変わらずホーンテッドミストと相性がいい。接触されてもMPバーを吸い取られる心配がないから安心だ。黒曜は低空から突っ込んで攻撃を続けている。

オレも負けていられない。物干し竿《ざお》のような呵責の捕物棒を振り回して群れの中へ突っ込んだ。

この場合、呵責の杖よりも長い呵責の捕物棒の方が都合がいい。適当に振り回すだけで広範囲を攻撃出来る。中々の効率でホーンテッドミストを屠っていく。但し、手応えはない。ただ呵責の捕物棒を何も考えずに振り回すだけなのだ。

そこに技はない。

そこに業《わざ》もない。

使い勝手は杖というより槍に近い。ただオレは槍術《そうじゅつ》を本格的にやった事がなく囓《かじ》っただけ、見知っているだけの杖術《じょうじゅつ》より多少マシな程度だ。

槍は扱い易《やす》い武器で調練も比較的楽だ。それに手にしただけで強くなった気分になれる。長いから自分が安全な距離から相手を攻撃出来るという優位な感覚がそうさせるのだ。

槍は昔から重要な位置付けを持っていた。武士の修める武術は何を優先すべきであるのか？

弓術に馬術、そして槍術だ。敢えて加えるなら鉄砲術だろうか？

剣術はどうか。そこに触れてはいけない。

武芸者という言葉があるが、これはある意味蔑称なのだ。芸として武を見世物にするが故に武芸者。実戦とは重みが違う。

剣術が重要視されたのは、江戸時代になってからだ。無論、それまでに剣術がなかった訳ではないけどね。

つまり槍は武器の中でも重要な存在であり、同時に竹槍のように、身近でもあった。オレのようにそう扱ったことの無い奴でも有効に使える。

杖術で扱えるのは六尺棒あたりまでだろう。この長さでも杖の技が使えるだろうが、やはり長すぎる。

《只今の戦闘勝利で【塵魔法《ちり》】がレベルアップしました！》
《【塵魔法】呪文のディグレード・カーテンを取得しました！》
《【塵魔法】呪文のサーマル・エクステンションを取得しました！》
《只今の戦闘勝利で【火魔法】がレベルアップしました！》

ホーンテッドミストの群れを幾つ狩っただろうか？　風霊の村の周囲の魔物が減ってしまい、かなり離れた場所にまで達していた。

無論、フロートアイも狩っている。スケルトンラプターも問題ない。強敵のホーリーレイスも遭遇したが、どうにか勝てた。

収穫は魔石十個に水晶球二つ、まあまあかな？

時刻は午後十一時半を過ぎていた。最後にかなり大きな規模のホーンテッドミストの群れを仕留めた。最後と決めていたからＭＰも気にせず呪文もかなり使ってしまった。

その甲斐《かい》はあったか？　魔法技能もレベルアップしてくれている。新たに得た呪文は壁呪文と全体攻撃呪文だ。

また、増えてしまった。これは仕方ない。まあ今日は新たな仲間を追加出来た。それだけでも良しとしよう。村に帰ってログアウトしたい。

第四章

ログインしたら今日は小雨模様でした。すぐに止《や》んだけど、今日は天気に注意したい。風霊の村の南にある洞窟の攻略がメインだし影響は軽微だろうけど、移動があるからな！

最初に文楽を召喚、朝食の準備を進めさせておいて、食材の調達に向かう。肉はあるけど野菜が足りない。

ハンネスの所に顔を出したらキノコをお勧めされた。原木栽培ってもうそこまで進んでいるのかと思ったが、どうやらグロウ・プラントの呪文が効くらしい。キノコって植物でしたっけ？

それはまあいい。椎茸《しいたけ》と舞茸《まいたけ》、他にも野菜類を貰《もら》った。その代償はグロウ・プラントの呪文を使っておく事だ。無論、否はない。

「やあ、おはよう」
「おはよっ！」

「おはようございます。朝食はどうします？」

「もう食べたからいい。ところで昨日の対戦はどっちが勝ったんだ？」
「朝はイリーナちゃんの勝ち、昼は私の勝ち！」
「痛み分けでしたね」

朝食を摂《と》り終え、屋台に来てみたらまだ焼肉祭りが続いている。料理人のミオと優香《ゆうか》は調理に没頭中、アデルとイリーナは売り子の手伝いをしていた。

「その子、変わってます、よね？」
「まあな」
「そのうちにお話、聞かせて下さい」
「ああ」

朝食を摂った後だった事もあるが、屋台は盛況だったので早々に辞去する事にした。短い時間だった筈《はず》だが、イリーナは鷹《たか》のヘリックスがクラスチェンジしている事に気付いたようだ。いや、今は隼《はやぶさ》のヘリックス？　まあどっちでもいいか。


「やっぱり西でしょ？　今は余裕があるからいいけど、肉の確保が出来るか確かめないと」

「でもね、フィーナ。北では木材、その先で繊維材料よ？　やっぱり魅力あるじゃない？」

「いずれ行く事になるでしょ？」

「レイナはまだいいけど、レン＝レン達《たち》服飾組が勿体無《もったいな》いって」


ログハウスの前でフィーナさんとサキさんが口論？　行き先をどうするかで揉《も》めてるようだ。険悪じゃないし、気を回さなくてもいいだろう。

それよりもマルグリッドさんがいる。依頼していた装備品の作製、進捗はどうなっているかな？


「どうも。おはようございます」

「いらっしゃい。一つは渡せるわよ」

「アレはいいんですよね？」

「放っておいて大丈夫よ」


そう言うと彼女は何かを取り出した。

指輪にしては大きい。

腕輪にしては小さい。

ベルト部分は台座だろう。そこに宝石が嵌《は》めてあり、細い鎖が台座と繋《つな》がっている。持ってみるとかなり軽い。


「あの妖精さんにどうぞ」

「ありがとうございます」

「他のはまだ時間がかかるわ」

「了解です」

【装飾アイテム：ベルト】

白銀の腕飾り+　品質C+　レア度2　M·AP+1　重量0+　耐久値60

銀の細鎖で作られた腕飾り。

非常に軽いが、耐久性は低い。

魔法発動用にも使える。

［カスタム］

レッドジャスパーで強化。
※回避判定+1

「腕飾りになってると思うけど、妖精さんのベルトで間違ってないわ」

「サイズの問題ですか？」

「そうね」

早速、装備させよう。人形の文楽は帰還させて妖精のヘザーを召喚する。その腰に装備させた。

宝石のレッドジャスパーがいい味を出している。これ、何かを連想させるんだよな。

ああ、あれだ。変身ヒーロー？　ヘザーも得意気に見える。

だがその時間は短い。すぐに帰還させる。

そして虎のティグリスを召喚した。


「すみませんが追加をお願い出来ますか？」

「新しい召喚モンスター？」

「ええ。これで当面、追加依頼はないかと」

「いいわよ、こっちだって色々と楽しんでいるもの」

早速、サイズ測定である。やはり狼《おおかみ》のヴォルフよりも首回りが太いようだ。サイズ調整は鎖の方でやり易《やす》くしてくれるそうで助かります。

マルグリッドさんには獄卒の鼻輪も見せた。彼女も首を傾《かし》げるばかりであったが調べてみるとの事である。結局、預けることにした。オレでは用途を見出《みいだ》せないし、彼女なら別のアイデアがあるかもしれない。

恒例の早朝ミーティングが始まった。これも規模が大きくなってしまっている。もう誰が誰だか、訳が分からない。新たに風霊の村に来ているプレイヤーは増え続けている。

各プレイヤーの報告事項は色々あったが、昨日のような驚きはない。アデルとイリーナが見つけた鉱脈は途中で落盤があり通れなくなっているという残念な報告があった程度だ。

だからこそオレは報告しておいた。

伏魔鉱山、その中継ポータル。

名前だけでも期待が高まるというものだ。生産職達からは歓声が生じていた。

そこに付け加えるべき情報は？　そう、あの門番達だ。金剛力士のペアは牛頭《ごず》と馬頭《めず》よりも強い相手でしかも複数いるのだ。歓声が唸《うな》り声に変わる。

それにまだ一箇所、門番が残っている。狛虎《こまとら》のペアだ。これには今日挑んでみたい。

ミーティングを終えた広場ではまたしても対戦が始まっていた。少し興味もあったが、洞窟の探索が優先だ。待っていなさい、狛虎達よ。今日、君達に会いに行きます。

風霊の村の外れに立つ。オレが使ったグロウ・プラントの呪文でまた一つ、麦畑が収穫を迎えていた。ハンネスも満足そうに見える。晴れていたら麦穂が実る麦畑は黄金色に輝いて美しく見えたに違いない。そこが残念だ。

では出発前に布陣を確定させよう。勿体無い気もするけど虎のティグリスは帰還させた。

召喚するのは蝙蝠《こうもり》のジーン、日中が苦手なのは我慢して欲しい。実際、ジーンはオレの肩に止まったまま飛ぼうとはしない。他の面々は馬の残月、隼のヘリックス、梟《ふくろう》の黒曜だ。南にある洞窟までは移動がメイン、戦闘は出来るだけ避けよう。

残月を駆る。

今日は周囲にアクティブな魔物が少ない。

特にフロートアイはおとなしかった。

遭遇して近くに寄ってもパッシブなままである事が多い。

ヘリックスと黒曜の連続攻撃ですぐに片付けるのだから、どちらにしても問題ない。

ラプターも同様にパッシブだらけだ。

さすがに攻撃を仕掛けまくる事はしなかった。

少しでも時間をロスしたくない。

つまり。

心はとうに洞窟の奥に向けられてしまっていたのであった。

洞窟に到着。途中で何度かフロートアイに襲われたがヘリックスと黒曜に任せてしまった。アイテム剝ぎも行っていない。

到着早々、残月とヘリックスは帰還させた。召喚するのは大猿の戦鬼と鬼の護鬼だ。

あの狛虎のペアは素早いように思えた。ゴーレムのジェリコでは対応しきれない可能性がある。

戦鬼と組ませるなら護鬼がいい。護鬼には作り溜《た》めてあった紋章蜂の矢も与えておく。

それに狛虎のペアの前に片付けないといけない相手がいる。牛頭と馬頭のペアだ。勿論《もちろん》、忘れていませんよ？


今日のメイン洞窟の担当らしいグレムリンを軽く全滅させて支道に入る。牛頭と馬頭のいるであろう地点はもうすぐだ。そしてオレは【解体】スキルを控えに回した。初めての体験になる。

牛頭と馬頭のペアは中継ポータルまでの間に二組いる筈だ。他にも確かめたい事がある。今日は色々と楽しめそうだ。

牛頭　レベル3
妖怪　討伐対象　アクティブ
戦闘位置：地上　火属性
馬頭　レベル3
妖怪　討伐対象　アクティブ
戦闘位置：地上　火属性

昨日、最後に戦った牛頭と馬頭のペアは確かレベル2であった筈だ。引き続いてカウントされてるのか？　まあそれはいいか。

出現は予想していた。召喚モンスター達にエンチャンテッド・ウェポンの呪文は使ってある。戦鬼にはフィジカルエンチャント・ファイアの呪文も追加してあった。万全に近いだろう。

但し、オレにだけはエンチャンテッド・ウェポンの呪文を使っていない。

呵責《かしゃく》のトンファー、こいつは魔力付与品だ。

エンチャンテッド・ウェポンなしでどこまでダメージを与えられるか、確かめておこう。

「グラァ！」

「ギヒィ！」

威嚇なのか奇声なのか、訳の分からない声を上げて戦鬼と護鬼が牛頭に迫る。黒曜とジーンもいるし、なんとかなるだろう。

オレの相手は馬頭だ。

手強《てごわ》い。その筈だ。


「ッ！」

攻撃を撃ち込んですぐに分かった。

呵責のトンファーによる攻撃でダメージは確実に通っている。エンチャンテッド・ウェポンは省略出来そう？

いや、そうでもない。蹴りのダメージは当然通らないから昨日と明らかに勝手が違う。だからエンチャンテッド・ウェポンは使う事にした。

戦闘は楽しめた。錫杖《しゃくじょう》を手放させたら格闘戦、投げや関節技も交えて殴る蹴るの繰り返しだ。

時間はかかる。相手の攻撃も貰う。それが気にならない程に楽しい。

でもどうしてだろう？

楽しい時間は過ぎ去るのが早い。

牛頭と馬頭のペアは倒れた。目論見《もくろみ》通りアイテムは残さない。次はレベル４に期待したい。

牛頭　レベル４
妖怪　討伐対象　アクティブ
戦闘位置：地上　火属性
馬頭　レベル４
妖怪　討伐対象　アクティブ
戦闘位置：地上　火属性

期待通りだ。予想が確信になりつつある。連戦する事で徐々にレベルが上がっているようだ。

ここで【解体】をセットしてから倒せば地獄の閂《かんぬき》ゲットの可能性が上がるのか？

多分そうだろうが、ここは我慢だ。


再び召喚モンスター達に牛頭を任せて、オレは馬頭の相手をする。これでもう何戦目だ？　馬頭の怖さは変わらない。

だが慣れとは恐ろしいものだ。倒すまでの組立ては既に出来上がっている。油断こそ、敵だ！

《只今《ただいま》の戦闘勝利で【雷魔法】がレベルアップしました！》
《【雷魔法】呪文のライトニング・シールドを取得しました！》
《【雷魔法】呪文のサンダー・シャワーを取得しました！》
《只今の戦闘勝利で【時空魔法】がレベルアップしました！》

想定通りに倒し、実入りも大きかった。上々だろう。新たに壁呪文と全体攻撃呪文を入手出来たようだ。でも今日の目的は別にあってレベルアップはそのついでなのだ。

さあ、狛虎に会いに行こうか。


だがその前に金剛力士の石像にも会う訳だが、興味があったので触ってみた。

《金剛力士像に挑みますか？》
《ＹＥＳ》《ＮＯ》

慌ててＮＯを選択して手を引っ込めた。このペアとも再戦出来るのか！　恐ろしい仕様だ。

広間に入ってからも油断出来ない。中央は通らないようにして壁伝いに進む。

獅子《しし》と狛犬《こまいぬ》の像も触ってみた。このペアにも再戦を挑めるようである。そして広間にあるもう一組の金剛力士像にも触ってみた。これも再戦可能だ。無論、戦う選択はしない。飽くまでもメインは狛虎のペアなのだ。

ハンネスには感謝したい。ここは腰を据えて挑むべき場所と見た。食料は十分にある。肉に関しては十分過ぎるほどある。野菜もオレだけで食うには困る程、貰っていた。

ここには中間ポータルもあるし、ログアウト可能だから都合がいい。風霊の村へ戻るのにリターン・ホームの呪文が使えなくなるだけだ。暫《しばら》くここを拠点にするのもいいだろう。

中間ポータルに入ると一旦休憩とした。装備を確認、ショートカット、呪文リストを確認、陣容も確認した。では行こうか。

広間の中央に向かう前に呪文で強化を済ませておく。出し惜しみなしだ。ＭＰ《マジックポイント》は枯渇寸前まで使っても中間ポータルがすぐ傍《そば》にあるのだから心配ないさ！

広間の中央へ到達。

そしてインフォが始まった。

《知恵とは何か》
《知識とは何か》
《経典は謂《い》わば文字の羅列に過ぎぬ》
《真理はその文字の羅列の中にもある》
《そして我等《われら》は書を守りし者》
《真理に至りたくばその資格を求めよ》

像が動き出していた。

どれが？　それにはもう確信がある。

さあ、来るぞ！

狛虎・阿形《あぎょう》　レベル3
神使　討伐対象　アクティブ
戦闘位置：地上　土属性

狛虎・吽形《うんぎょう》　レベル3
神使　討伐対象　アクティブ
戦闘位置：地上　風属性

来た！
召喚モンスター達は吽形に殺到する。
オレの相手は阿形だ。
既に呪文を選択して実行している。
両手には呵責のトンファー。
待つなんてとんでもない、攻めの一手だ！

吽形が実体化、そこを戦鬼が襲う。
体格では圧倒的に戦鬼の方が有利だ。
恐らく、素早さでは吽形が上だろう。
その吽形に呪文を放つ。

「ディレイ！」

すぐに次の呪文を選択して実行。
オレも阿形に襲い掛かる。
前脚を踏み頬に突きを入れる。
像から実体化した直後、阿形の反応は鈍い。
まともに入る。
そしてこいつの硬さを知る。
無茶苦茶、硬い！

「ディレイ！」
阿形にも呪文を放つ。
次はどうする？
もう呪文を使う組み立てはしてあった。
だが順番は変えた。
呪文を選択して実行、阿形の噛《か》み付きを避けつつ腹に肘打ちを喰《く》らわせる。
直後、跳ね上がりオレの頭に噛み付いてきた。
いきなり反応が早い！
だが迎撃出来なくはない。

それに昨夜の獅子と狛犬で体験済みだ。

カウンターのタイミングを合わせるだけでいいからダメージも楽に与えられる。

吽形に向けて放つ。

「ディフェンス・フォール！」

吽形は？　マーカーが表示され、少しだけ安心する。

吽形は？　首と胴体を戦鬼に抱え込まれている。

その頭に黒曜とジーンが交互に攻撃を加え続けていた。

護鬼は？　鉈《なた》で脚を攻撃、機動力を奪いつつある。吽形が死に体になるのもすぐだろう。

阿形は元気だ。

頬に横から肘打ちを当てて、腹には膝蹴り。

着地した所で更に腹へ前蹴り。

跳び上がってくる所をカウンターで突き。

大体そのパターンが続く。捌《さば》くのは難しくないが、パワーもスピードもあるから油断出来ない。

「ディフェンス・フォール！」

防御力を下げた所で攻撃を加える。

腹に向けて前蹴りだ。さっきより感触がいい？

それでも重たい！

阿形の動きが止まった。

岩だ。岩の塊が宙に浮いている。

あの亀の魔物と同じ攻撃？

いや、岩塊は小さい。

但し、数が多いし、速い！

トンファーで全てを受けきれなかった。

後方に跳んで岩塊の嵐を避ける。

だがその岩塊が阿形の周囲を回り始めた。

幾つかの岩塊がこちらに撃ち込まれる。

ああ、もう！

面倒な奴《やつ》め！

「スチーム・ショット！」

これは効いた。

だが岩塊を撃ち込み続けてやがる！

援軍が来た。ジーンだ。

阿形に向けてダイブ、眉間に張り付いた！

浮いていた岩塊が全て地に落ちる。好機！

距離を、詰める。

黒曜もジーンに加勢する。

護鬼からは矢が放たれた。

阿形が隙だらけになった！

左腕を首に回す。

阿形の首を脇に抱え込んだ。

体重を掛けて動きを封じようとするが、当然暴れやがる！

右手に持つトンファーで側頭部を細かく突きまくった。HPバーはまだ四割、残っていた。

戦鬼が間に合った。下半身に蹴りを入れると、後脚を踏みつけ始める。雑だが効果的だ。

阿形のHPバーはすぐに消滅した。

《知恵を求めよ》
《知識を求めよ》
《されど悪意に染まるなかれ》
《無能であるよりも悪人となる事を恐れよ》
《我等は書を守りし者》
《書に真理を求めよ》
《只今の戦闘勝利で【灼《しゃく》魔法】がレベルアップしました！》
《【灼魔法】呪文のスチーム・ブラインドを取得しました！》
《【灼魔法】呪文のアシッド・シャワーを取得しました！》
《只今の戦闘勝利で【高速詠唱】がレベルアップしました！》
終わった？
終わったよな？
どうにか終わったみたいです。

扉を開け先に進んでみると、そこは小部屋だ。

中央に仏像が立っている。三叉戟《さんさげき》を片手に持ち、もう片手に宝塔を持っていた。足元には邪鬼を踏みつけている。

この姿は見た事があった。毘沙門天《びしゃもんてん》、別名多聞天。四天王の一角でもある。それでこの部屋の門番が狛虎なのか。彼等は毘沙門天の使いでもある。鞍馬寺《くらまでら》でもそうなっていた筈だ。

それにしてもここに書物はない。無論、経典なんてない。出入り口らしきものも見えない。センス・マジックの呪文も使ってみるが、像にすら魔力を感じない。

だが門番はいたのだ。何かがあると思わねばなるまい。例えば、罠《わな》とか？

《書とは何か》

《文字に非《あら》ず》

《言葉に非ず》

《我、即《すなわ》ち雛形《ひながた》に過ぎぬ》

《称号【中庸を知る者】を得ました！》

あれ？　称号？

称号って何に効いているのだろう？

目を凝らしてみても何も分からない。

そしてここではもう何も起きなかった。

仕方ない、戻ろう。

広間に戻り、その中央に立つ。もう何も起きない。改めて狛虎の像に触ってみたが、やはりこのペアとも対戦が出来るみたいだ。今は戦わずにスルーした。

さあ、どうする？　戦闘直後でもあるし、中継ポータルで一休みしておこう。

戦鬼はポーションだけで全快になった。オレ自身には回復呪文を使ってしまい、ＭＰバーの消耗が進んでしまったが、全体の収支は良好と言えるだろう。オレのＭＰバーはまだ七割残っている。

ではこの中継ポータルから先に進もうか？　金剛力士像のペアが二つ、獅子と狛犬のペア、狛虎のペアのどれに戦いを挑んでもいい。

もっと気になる事がある。牛頭と馬頭だ。

あのペア、どこまでレベルが上がるんだ？

ちょっと興味があります。

手近な所から、攻めよう。今日は一日、洞窟探索三昧になりそうだ。


鉱山への支道と思われる経路は二つあり、その両方に鳥居がある。大きな支道の方を進んでみた。

その先はどうなっているのか？　また今までとは様相が違っていた。壁に掘った跡がある。岩盤が剝《む》き出しだ。所々で天井と壁に補強があった。

これは坑道だな。空気も湿っているように感じたから水が出ている可能性もあるだろう。

坑道は続く。この坑道からは幾つか、細い坑道が枝葉のように延びていた。そのうちの一つに入ってみたが、行き止まりだ。そして何も出現してくれない。

でもオレは知りたい。ここではどんなヤツが現れるのか？　普通に魔物？　妖怪？

何でもいい。退屈でなければいいのだ。

タンブルルート　レベル３
魔物　討伐対象　アクティブ
戦闘位置：地上　木属性

これって魔物？　外見は木の根が絡んで塊になっているかのようだ。楽勝？

ところが地の利は魔物の方にありました。転がる。転がり続ける！

尖《とが》った根の先を突き立てる！

そのスピードが尋常じゃない。

少なくともオレよりも速い！

壁や天井も利用するし、跳ねもする。空中にいる梟の黒曜や蝙蝠のジーンに対しても攻撃を仕掛ける！　正直、捕捉するのが面倒だ。

迎撃でどうにかしました。近寄ってきた所でファイア・シュートの呪文を撃ち込んで燃やしました。後は焼けるのを待つだけ。そう、これだけで勝ててしまった。脆《もろ》過ぎ？

いや、軽く考えてはいけない。ここは鉱山、爆発の可能性を考えた方が良くないか？

そしてこの魔物は何も残さなかった。元々は木の根ですよ？　最初から期待はしてません！

こいつを相手にするには呵責の杖《つえ》は有効じゃないだろう。戦鬼が足止め、護鬼には鉈を使わせよう。オレと黒曜、それにジーンは牽制《けんせい》に徹していたらいいのだ。

牛頭　レベル5
妖怪　討伐対象　アクティブ
戦闘位置：地上　火属性

馬頭　レベル5
妖怪　討伐対象　アクティブ
戦闘位置：地上　火属性

来た！　タンブルルートとの連戦で飽き飽きしてた所だったんだ！

でも大丈夫か？　ここは結構、狭いのだ。

「ディフェンス・フォール！」

条件は一緒だ。牛頭も馬頭も得物を振り回すには狭い。牛頭に呪文を使い戦鬼に向かわせた。護鬼、黒曜、ジーンも続く。オレはいつものように馬頭の相手だ！


レベル相応に強いのか？　確かに、強い。

だが強過ぎはしない。

金剛力士に比べたら格段に温《ぬる》いと言っていい。

だからこそいい勝ち方をしたい！

思う様に技を揮《ふる》ったつもりだ。今、馬頭の両目は機能していない。オレが潰したのだ。

人様に使ってはいけない技を久々に使ったからだ。妖怪の馬頭相手なら気軽に反則技が使える。

これまでにも股間を何度、蹴り上げたっけ？　覚えていない。馬頭は痛がる素振りも見せなかった。

ただ目潰しの影響は大きかった。こっちを見ていない。適当に暴れるばかりだ。だからこそ、素手で相手をした。今のオレには心強い武器がある。

壁だ。

壁を使うのだ！

馬頭が突進する勢いを利用して壁に突っ込ませるだけでいい。力はそう必要としない。体勢を崩すだけでいいのだ。

足を引っ掛ける。

腕を引く。

殴る蹴るもしてはいるが、これらは牽制に過ぎない。壁にぶつけた方が手っ取り早い。今も頭から壁に勢い良く突っ込んでしまう。そのダメージは呵責のトンファーで殴るよりも大きかった。

これを何度も繰り返していたら馬頭のＨＰバーは消滅していた。ここの地形はいいぞ！

牛頭はまだ片付いていない。既に虫の息だったがオレも参戦する。多人数で殴るのって素敵だ。

但しオレの攻撃機会は一度だけでした！

《只今の戦闘勝利で【打撃】がレベルアップしま

した！》
《只今の戦闘勝利で【蹴り】がレベルアップしました！》
《称号【格闘師範】を得ました！》
《共通武技の練気法を取得しました！》
うん、スキルのレベルアップはいいんだ。
新しく称号を得てますけど？
ついでに新たな武技の練気法って何？
そんな便利な技、達人クラスじゃね？
慌てて説明文を読んだ。この武技は全ステータスを一時的に上昇させる効果があるようだ。
何それ、万能フィジカルエンチャント？
しかも発動まで呪文詠唱のような時間を必要としない。オレ自身にしか効かないのが残念だ。
それに今回、牛頭も馬頭も何も残さなかった。いい傾向だ。次に遭遇した牛頭と馬頭は更に強くなっているに違いない。

ロックセンチピード　レベル3
魔物　討伐対象　アクティブ

次に出会った魔物は最初、ロックワームみたいな外見だった。但しより大きい。丸くなっていたその魔物は解《ほぐ》れてムカデの形になっていく。似て非なる魔物だったか！

外見から判断するとまた硬そうな奴だったが、問題なかった。戦鬼が何度か踏むと終わってしまう。正直、呆気《あっけ》なかった。

そしてこいつも何も残さなかった。今のオレは【解体】を控えに回している。何か持っているのかもしれないが、ここは我慢しよう。

坑道が続く。やや下へと傾斜した道は緩やかに曲がりくねっていた。時には上り坂にもなってるみたいだ。魔物の出現は少ないが狩りながら進んでいる。戦闘は退屈だったが問題なかった。

牛頭　レベル6
妖怪　討伐対象　アクティブ
戦闘位置：地上　火属性

馬頭　レベル6
妖怪　討伐対象　アクティブ
戦闘位置：地上　火属性

「練気法！」

期待通りだ！

早速、新たな武技を使ってみる。

さあ、どうなる？

《只今の戦闘勝利で召喚モンスター『護鬼』がレベルアップしました！》
《任意のステータス値に1ポイントを加算して下さい》

護鬼

鬼Lv6→Lv7（↑1）

器用値　19
敏捷値　15（↑1）
知力値　12
筋力値　18
生命力　18
精神力　12（↑1）

スキル

弓
手斧
小盾
受け
回避
隠蔽

今回も苦戦したが想定の範囲内だ。牛頭と馬頭は今回もアイテムを残さなかったが、護鬼がレベルアップした。実入りはこれだけで十分だ！

護鬼は後衛がメインだった筈なのだが、最近は前衛で戦う機会が増えている。今日もフロートアイ相手にはちゃんと弓矢を使っているのだが、そのイメージが薄い。何故《なぜ》かな？

護鬼のステータス値で既に上昇しているのは敏《びん》捷《しょう》値だ。任意のもう一点は精神力を指定した。これで護鬼もクラスチェンジまでもう一歩、楽しみが増えた。

それに今回は他にも収穫がある。新たな武技の練気法を実戦で試せた事だ。この武技、かなりいいと思う。何よりもフィジカルエンチャント系の呪文と効果が重なるのがいい。今後もその相乗効果に期待していいだろう。

そして牛頭と馬頭だ。次はレベル7になると思うが、果たしてどこまで行けるかな？

《只今の戦闘勝利で召喚モンスター『黒曜』がレベルアップしました！》
《任意のステータス値に1ポイントを加算して下さい》

牛頭　レベル7
妖怪　討伐対象　アクティブ
戦闘位置：地上　火属性

馬頭　レベル7
妖怪　討伐対象　アクティブ
戦闘位置：地上　火属性

坑道が二股に分かれている場所で牛頭と馬頭が待ち構えていた。レベルも上がっているようだ。

練気法も使って挑む。ＭＰバーだって半分以上残してあった。勝つ自信なら、ある。

いや、勝ってみせる！

黒曜
ミスティックアイLv1→Lv2（↑1）
器用値　13
敏捷値　21
知力値　21
筋力値　13
生命力　13（↑1）
精神力　20（↑1）

スキル
嘴撃
無音飛翔
遠視
夜目
奇襲
危険察知
天耳
水属性

黒曜もレベルアップだ。最近は出番が多いし妥当な所だろう。黒曜のステータス値で既に上昇しているのは精神力だった。任意のもう一点のステータスアップは生命力を指定、数字を揃《そろ》えにいく。

さて、先刻の牛頭と馬頭には苦戦させられた。

特に、オレが苦戦した。

それでも金剛力士のペアに比べたらまだ温い。練気法を使っているから尚更《なおさら》そう感じる。

この狭い坑道で戦うのにも慣れてしまった。馬頭は目を潰すまでが大変で、その後は楽になる。自滅させせて終了だ。

牛頭とも戦ってみた。これも目を潰したら楽なのだが、壁にぶつけると凄《すさ》まじい衝撃で落盤するかと思った！　でも真正面から挑むのはオレでは無理がある。利用しない手はない。

また広間に出た。その出口には鳥居がある。鳥居の両脇に獅子と狛犬がいた。正面にも同様の鳥居があり、獅子と狛犬が見える。これ、見覚えがあるような？

元の場所に戻っただけでした。即ち、ここは中継ポータルだ。つまり、先に進めるのはあの分かれ道の先、もう一方だけって事になる。今、先に進むのは止めておこう。昼飯にしたい。

ジーンを帰還させて文楽を召喚する。机と椅子を取り出し、鍋に水を満たすと料理を任せておく。今日は奮発して闘牛のサーロインだ！

うひょー！


「ゲ！」

「グゲ！」

サーロインだが三切れ余計に消費した。戦鬼、護鬼、そして黒曜も満足したかねえ？

さて、今後の予定は？　牛頭と馬頭に会いに行こう。人形の文楽を帰還させてゴーレムのジェリコを召喚する。大猿の戦鬼もいるから、オレ配下の双璧が揃う事になる。こいつは強烈ですよ？

無論、牛頭や馬頭と戦う前提の布陣だ。

これでどうなるだろう？　やってみなくちゃ分からない。すぐにでも判明して欲しいものだ。

坑道の先は一旦保留して、他に牛頭と馬頭がいそうな場所を巡った。最初に広場が行き止まりになっていた場所だ。

いました！

でも牛頭と馬頭じゃない。

牛頭鬼　レベル1
妖怪　討伐対象　アクティブ
戦闘位置：地上　光属性

馬頭鬼　レベル1
妖怪　討伐対象　アクティブ

戦闘位置：地上　闇属性

微妙に違う。気のせいか？

いや、気のせいじゃない。

武装こそ変わっていないが、装飾が増えている。基本、腰布だけで裸みたいな格好だが、装飾品とか必要なのか？

それよりその戦闘力が気になる。レベル１だから弱いとは限らない。それは戦い始めてすぐに実感した。ここまで強いとか、半端ないな！　金剛力士に迫る強さだよ！


戦闘開始から結構な時間が経過していた。馬頭鬼を何度、広間の壁に突っ込ませただろうか？

この戦い方も広間では使い難《にく》い筈だが、馬頭鬼は簡単にオレの安い挑発に乗ってくれる。

でもその先がいけない。パワー、スピード、タフネス、その全てがレベル７の馬頭よりも上だ。特にタフネス面がかなり上がっている。思ったようにＨＰバーが削れない。

そして思わぬ事態も起きている。

牛頭鬼だがジェリコだけで抑えきれない。戦鬼だけでもダメだ。両者が揃ってどうにか拮抗《きっこう》していた。オフェンス・フォールの呪文を使ってあるのに！

護鬼の放つ矢もなかなか通用しない。ディフェンス・フォールの呪文も使ってあるのに！

ジェリコのＨＰバーはジリジリと減っている。戦鬼のＨＰバーはそれ以上に減っていた。

このままではジリ貧だ。支援が要る！


「チェンジ・モンスター！」

護鬼を帰還させてスライムのリグを召喚した。

リグは早速、戦鬼の体を這《は》い上がっていった。

これで凌《しの》げるか？

「エンチャンテッド・ウェポン！」

リグにも支援をしておこう。

おっと、オレもまた危地にいるのだ。両手にトンファーを持ち馬頭鬼の攻撃を凌ぎながら壁を背にする。

ここから突っ込んでくる所を避けるだけでいい。

馬頭鬼がまたしても壁に突っ込んだ！

だがオレも馬頭鬼の体当たりを少し喰らっていた。掠《かす》った程度だ。それでもオレのＨＰバーは一割、減っている。こいつ、強い！

今度は後ろに壁は無い。

また馬頭鬼が突っ込んでくるぞ！

「マグマ・スクリーン！」

壁が無いなら作ればいいじゃないの。

馬頭鬼は溶岩の壁に突っ込んだ。

おお？　いい感じでダメージが入っている！

牛頭鬼はどうだ？　両手を戦鬼とジェリコに抑えられて、頭を黒曜に突《つつ》かれている。そのＨＰバーはたっぷりと八割、残っていた。

ではやってみようか？

牛頭鬼が溶岩で出来た幕に突っ込んでいく。戦鬼とジェリコがタイミングを合わせて投げた結果だった。プロレスだったら戻ってくるパターンなんだが、リングロープはない。牛頭鬼も馬頭鬼に続いて大きなダメージが入っていた。

突っ込んでくれる相手に壁呪文はいい。

今後も使う事になりそうだ。

溶岩の幕が消えた先に牛頭鬼と馬頭鬼が見えた。ＨＰバーは徐々に減っている。継続ダメージが入っているのだ。

今度は並んでオレ達に突っ込んでくる牛頭鬼と馬頭鬼。だから何で同じ事をするんだ？

「アイス・ウォール！」

今度は氷の壁だ。それを一撃で壊してしまう辺り、この両者のパワーは侮れない。

だが、大ダメージが入った。ついでに突進する勢いもなくなった。牛頭鬼がジェリコに、馬頭鬼が戦鬼に、それぞれ捕まってしまう。そのまま広間の壁に投げた！

単純明快、そして効果的だ。それでも立ち上がろうとする牛頭鬼と馬頭鬼、そこへジェリコと戦鬼が顔を蹴る。何故か動きが揃っていた。

プロレスかよ！

オレも参加させろ！

この場合は乱入かな？　オレはトンファーを持っているから凶器攻撃になる。反則攻撃だがここにレフェリーはいない。

先に馬頭鬼が潰れた。こうなると一気に楽になるだろう。牛頭鬼もジェリコと戦鬼に捕まると分が悪い。何度も広間の壁に突っ込む事になる。

オレと黒曜の攻撃だってある。ジリジリと、それでいて確実に牛頭鬼のＨＰバーが削れていた。

もう牛頭鬼に勝ち目はない。

《只今の戦闘勝利で【受け】がレベルアップしました！》

《只今の戦闘勝利で【闇魔法】がレベルアップしました！》

《只今の戦闘勝利で【光魔法】がレベルアップしました！》

勝因は？

色々とあるが、今回は練気法がいい感じで貢献している。呪文を召喚モンスター達に優先して使えるからだ。ＭＰバーの減りはフィジカルエンチャント系六種の呪文で消費するよりも多いが、強化する時間を短縮出来る。文句なしだ。

練気法か。強敵相手には今後も使えそうだ。

中継ポータルに一旦戻ることにした。オレのMPバーにはまだ余裕があった。練気法をすぐにでも使いたかった。確実に戦える相手がいるのだから丁度いい。

金剛力士の最初の一対、このペアは火属性と土属性だった筈だ。無論、事前に呪文で強化してから像に触れる。

《金剛力士像に挑みますか？》
《ＹＥＳ》《ＮＯ》

「練気法！」

ＹＥＳを選択してすぐにオレ自身を強化する。さて、やるぞ！

金剛力士・阿形　レベル３
天将　討伐対象　アクティブ
戦闘位置：地上　火属性

金剛力士・吽形　レベル３
天将　討伐対象　アクティブ
戦闘位置：地上　土属性

「レジスト・ファイア！」

おかしい。レベルが上がってますよね？

そう思いつつもオレ自身に対抗呪文を使う。

相手をするのは阿形と決めてあった。

それにしても金剛力士のペア、属性が以前と同じだったか。違ってたら呪文の無駄遣いになるから事前に使っていなかったのだ。運営よ、疑って済まない。

戦鬼が吽形を襲う。まだレジスト・アースの呪文を使っていないが問題はなさそうだ。吽形が持つ独鈷杵《とっこしょ》からは黒光りする不気味な刃身が伸びている。その刃身が戦鬼を襲う！

だがその刃身は戦鬼に届かない。

リグが完全に受け止めている。

亀の魔物の岩塊も防いでいたのだ。

出来ると信じてました！

一抹の不安はあったけどな！

「レジスト・アース！」


先にジェリコに対抗呪文を使っておく。

では後オレも阿形に集中しよう。

黒曜はオレのサポートだ。早速、阿形が水の針に貫かれていた。出遅れてはいけない！

戦っているうちに確信する。練気法にはエンチャンテッド・ウェポンの効果もある。多少ではあるが蹴りのダメージが大きくなってる！

阿形が持つ独鈷杵から伸びる炎の刃身は、近くで見ると凄まじい。地味に熱い。スキルの【耐暑】って効いてるよな？


「ディフェンス・フォール！」

先に吽形の防御力を落とそう。


今はオレの傍に黒曜がいる。阿形を牽制してくれているから呪文詠唱にも余裕があった。

トンファーを交差、阿形の手首を固定する。

そして捻《ひね》りながら、投げる。

これは上手《うま》く決まった。

何度も繰り返す。

そのうち阿形は独鈷杵を手放してしまった。

独鈷杵を失った金剛力士はどう戦うのか？

やはり相撲だよな！


勿論、真っ向勝負は出来ない。最初にカニ挟みで転ばせておいた。そこを黒曜が攻撃。

オレも馬乗りになって攻撃を加えたが、それも数撃で終わる。起き上がった阿形は何事もなかったかのように構え直す。

蹲踞《そんきょ》。そして拍手《かしわで》を打つ。

両腕を横に広げて立ち上がる。

四股《しこ》を踏んだ。右に、左に。

オレは呆気《あつけ》に取られてしまっていた。

両手を横に伸ばし、せり上がる阿形。

不知火《しらぬい》型かよ！


阿形が仕切りから突っ込んできた。

こいつもか！

オレの腋《わき》の下に右手を押し込もうとする。

ハズ押しだ。

阿形の手首を下から左腕で押さえた。

右腕で肘を抱え込む。

そのまま体を回転、腋の下を抜ける。

腕返し。

柔道で関節を極《き》めながら投げる技になる。

危険なので、若年層には教えないのが普通だ。

オレは少年時代に教わったけどな！

何故か？　危険な技は有効だからだ。

肘関節を極めはしたが投げと同時に折る事は出来なかった。だが体格に雲泥の差がある阿形を綺《き》麗《れい》に投げたし気分がいい。関節をもっと上手く極めるには、素手じゃないと難しそうだ。

転んだ所で裏三角絞めを仕掛けた。

右肘をトンファーで極めたままだ。

この技も力だけで外されそうである。黒曜がいなかったら本当に外れていただろう。左腕でオレの足を外そうとしているが、黒曜がそれをさせない。嘴《くちばし》で阿形の腕を何度も抉《えぐ》っている。

妖怪と同様、金剛力士も苦しむ様子を見せない。

でもＨＰバーは確実に減っている。

こういう感触は苦手だが、好き嫌いを言っている暇はない。首を絞め上げ続ける。

吽形はどうなっている？　順調のようです。

いや、もう終わってました。ジェリコの足元に吽形が倒れ伏している。

戦鬼がこっちの様子を見ていた。参戦したがっているのは間違いない。

ダメ。これはオレの獲物だ。いや、オレと黒曜の獲物だ。でも片手を押さえる位ならいいかな？

戦鬼が阿形の左腕を取る。

腋の下に手首を挟んで肘の辺りを持ち上げた。

おい！

それ、肘関節を極めてるよね？

ジェリコは阿形の胴体を踏んだ。黒曜は眉間を攻撃し始める。もう阿形に逃げ場はなかった。

《只今の戦闘勝利で【関節技】がレベルアップしました！》
《只今の戦闘勝利で【投げ技】がレベルアップしました！》
《只今の戦闘勝利で【回避】がレベルアップしました！》
《只今の戦闘勝利で召喚モンスター『リグ』がレベルアップしました！》
《任意のステータス値に1ポイントを加算して下さい》

リグ

スライムLv5→Lv6（↑1）

器用値　13
敏捷値　7
知力値　7（↑1）
筋力値　7
生命力　9（↑1）
精神力　6

スキル

溶解
形状変化
粘度変化
表面張力偏移
物理攻撃無効

地味だがリグもレベルアップだ。今後も地味に成長してくれるだろう。リグのステータス値で既に上昇しているのは生命力だった。任意のもう一点は知力値を指定する。

リグはステータス値だけを見ると貧弱だ。でもこいつは侮れない。物理攻撃に限れば非常に大きな戦力になるからだ。今回も戦鬼と組んで大きく貢献している。

他の召喚モンスターと組ませる事も考えたいが、いい組み合わせはあるか？　ゴーレムのジェリコとなら大丈夫だろう。空を飛ぶタイプ、小さいタイプの召喚モンスターは無理がある。狼のヴォルフだと機動力を削《そ》ぐかな？　ティグリスとかどうなんだろう？　ギリギリ、いけるか？

今回、金剛力士は何も残さなかった。牛頭と馬頭と戦う流れで【解体】を控えスキルにしたままじゃなかったか？　おバカさんなのはオレでした。

スキルの【解体】はセットし直しておこう。

《フレンド登録者からメッセージがあります》

少し落ち着くために中継ポータルに戻る。そこで丁度メッセージが来た。サキさんからだ！　すぐに開封しよう。

『防具一式が出来ました。受け取りは風霊の村でいいかな？』

これは最優先事項だ。メッセージでは迂遠《うえん》だし呪文を使おう。テレパス、テレパス、テレパス！

「すみません、今いいですか？」

『あれれ？　ウィスパー？』

「こちらキースです。少し離れた場所にいます」

『ああ、テレパスか。驚いちゃった！　今ならいいわよ？』

本当にすみません。

脅かせちゃって本当にすみません！

心の中で何度も謝った。

「メッセージは見ました。防具の受け取りは今から出来ますか？」

『いいけど、私ってばもう三十分程でログアウトしちゃうわよ？』

「十分です。風霊の村でしたら間に合います」

『えっと。ああ、転移出来るんだっけ？　本当に便利よねー』

「ええ、そう思います。ではまた後で」

『了解。待ってるわ』

よし。デートの約束ではないが、何かをやり切った充実感がある。ここは急ごう。

中継ポータルを出て広間を抜ける。リターン・ホームの呪文で転移した。

風霊の村に到着。リターン・ホームの呪文って本当に便利です。

時刻は午後二時を少し過ぎていた。さて、どんな装備に仕上がったのかね？


「ども、お待たせしました」

「そんなに待ってないわよ？」

サキさんもフィーナさんも呆《あき》れ顔《がお》だ。確かに推定で五分も待たせていません。


「出来はどうでしょう？」

「まあ見たら分かるわ」

机の上に並べられた装備一式を順に見ていく。

確かにその出来は素晴らしい。各々を【鑑定】してみたらこんな感じだ。

【防具アイテム:革鎧】

闘牛の革鎧+　品質C+　レア度4　Def+16　重量12　耐久値250　破壊力低減-1

闘牛の皮製の鎧。耐久性は高く、破壊力の低減効果がある。

［カスタム］

左肩に雪猿の皮を用いている。全面に邪蟻の甲を用いている。

【防具アイテム:革兜】

闘牛の革兜+　品質C+　レア度4　Def+8　AP+3　重量3　耐久値200　破壊力低減-1

闘牛の皮を加工した皮革製の兜。硬革部分と重ねて防御力を向上させてある。

［カスタム］

額部分に黒曜石を嵌め込んである。頭突きに対応。

【防具アイテム:腕カバー】

闘牛の腕カバー　品質C+　レア度4　Def+4　重量1+　耐久値110　破壊力低減-1

闘牛の皮製の腕カバー。皮は厚いが動きが鈍る程ではない。

【防具アイテム:垂帯】

闘牛の垂帯+　品質C+　レア度4　Def+7　重量3+　耐久値170　破壊力低減-1

闘牛の皮製の垂帯。非常に丈夫な造りである。

［カスタム］

垂部分に邪蟻の甲を用いている。邪蟻の甲は嵌めるだけで交換が可能。

【防具アイテム:ブーツ】

闘牛のブーツ+　品質C+　レア度4　AP+5　Def+5　重量2　耐久値150　破壊力低減-1

闘牛の皮製のブーツ。非常に丈夫な作りである。靴底は滑り難く運動にも向く。

［カスタム］

打突部分に邪蟻の甲と黒曜石を用いている。爪先、足甲、踵による攻撃に補正がつく。

【防具アイテム:肘当て】

闘牛の肘当て+　品質C+　レア度4　AP+5　Def+4　重量1+　耐久値110　破壊力低減-1

闘牛の皮製の肘当て。非常に丈夫な作りである。

［カスタム］

打突部分に邪蟻の甲と黒曜石を用いている。肘打ち攻撃に補正がつく。

【防具アイテム:膝当て】

闘牛の膝当て+　品質C+　レア度4　AP+5　Def+4　重量1+　耐久値110　破壊力低減-1

闘牛の皮製の膝当て。非常に丈夫な作りである。

［カスタム］

打突部分に邪蟻の甲と黒曜石を用いている。膝蹴り攻撃に補正がつく。

【防具アイテム:グローブ】

闘牛のグローブ+　品質C+　レア度4　AP+4　Def+3　重量1+　耐久値110

闘牛の皮製のオープンフィンガーグローブ。非常に丈夫な作りである。手先を用いる行動にペナルティはない。

［カスタム］

打突部分に邪蟻の甲を用いている。ナックルパートによる攻撃に補正がつく。

「いい出来だと思います」

「でしょ？　苦労した甲斐《かい》があったわ」

そんなサキさんもオレの後ろに佇《たたず》むジェリコと戦鬼には奇異な目を向けていた。戦鬼の肩口にはリグもいる。ゴーレムのジェリコはまだいいが、大猿の戦鬼は獣そのものだから仕方ない。

ああ、そうだ。依頼しておこう。


「サキさんに相談なんですが」

「あら、まだあった？」

「ええ」

オレが《アイテム・ボックス》から取り出したのは皮だ。疾風虎の皮である。

「フィーナはこれって初見？」

「ええ。中々いいアイテムみたいね。毛並みがいいわ」

「シュトルムティーガーの皮？　隣のマップにいるのは知ってるけど、よく狩れたわね？」

「まあそれなりに苦労はしてますから」

「それで、何を作りたいのかしら？」

「こいつの強化です」

オレが後ろにいる戦鬼を指し示す。サキさんは微妙な顔付きだった。


「必要そうに見えないけど？」

「でも、要るんです！」

「まあ、いいけど。サイズを測るわ」

「すみません。それにこいつ、今後も大きくなりそうな気がします」

強弁してみた。女性を口説き落とすには時に強引さも必要だ。実践して成功した事は稀《まれ》なんだけどな！　請けてくれたので良しとしよう。

戦鬼は召喚したばかりの頃と比べて筋肉量が増えている。背丈もやや伸びているようだ。そう考えると召喚モンスター達の装備はある程度サイズ調整出来る方が望ましいよな？

「動かないように言い聞かせてね？」

「ええ、大丈夫です」

「ゲヘッ」

戦鬼が軽く鳴く。

サキさんが一歩、下がってしまった。

「脅かすのも、ダメ！」

「あ、はい。すみませんでした」

戦鬼よ、動くな。

鳴くのも禁止！

戦鬼は何故かサイズ測定の間、上機嫌だった。

サキさんは戦鬼のサイズを測り終えた。その間にオレは新装備へと着替え終えていた。今までオレが装備していた革鎧《かわよろい》や兜《かぶと》等は売り払ってもいいのだが、勿体無いよな？


戦鬼を帰還させて文楽を召喚する。文楽の体格はオレとそう変わらずやや細めだ。装備出来るんじゃないかな？

「この装備、少し調整できますかね？」

「出来ると思うけど？　そんなに調整幅がある訳じゃないけど」

「ではお願いします」

野生馬の鎧は少しブカブカだったが、この場で調整して貰った。ブーツも同様だがベルト留めをよりキツめにすれば大丈夫だ。兜と垂帯はそのまま使えた。

問題は肘当て、膝当て、グローブだ。どう調整しても動きを阻害する。文楽の器用値を活《い》かせないのでは意味がない。これらは諦めてフィーナさんに売る事にした。

「精算はどうしますか？」

「次々と持ち込まれてる分があるし、今日はいいわ。後日まとめてやるから」

「へ？」

「マルグリッドの分もあるでしょ？　ハンネスのお手伝いの分だってあるし。後日でいいわ」

「はあ」

お任せしとこう。オレは今、新装備の感触を確かめたくて仕方なかった。


風霊の村の外れから平原を見渡す。プレイヤーの数は目に見えて増えた。村に出入りするパーティは勿論、狩りをしているパーティもオレの目で分かる程度に増えている。それは獲物と遭遇する機会が減るって事でもあるのだ。

やはり遠出しよう。南の洞窟に行くのもいいが、移動する時間が惜しかった。

陣容は総入れ替えだ。ティグリスの経験値稼ぎも兼ねて軽く狩りを続けたい。

馬の残月、隼のヘリックス、狐《きつね》のナインテイル、虎のティグリスを召喚した。新装備の確認もあるし、ゆっくりと狩りをしよう。


で、狩りなのだが。ティグリスが強い！

いや、知ってたけどさ。

狼のヴォルフが探索と戦闘の両方で活躍する猛獣であるならば、虎のティグリスは戦闘でより活躍する猛獣と言えるだろう。

性格も好戦的だ。その分、探索面でヴォルフより劣るようだが問題ない。今はヘリックスもいるしナインテイルだっている。他でカバーしたらいいだけだ。

無論、空中にいる魔物はヘリックスの獲物だ。フロートアイもアンガークレインも情け容赦なく地表に叩《たた》き落としてくれる。大抵は瀕死《ひんし》の状態だからティグリスは息の根を止めるだけでいい。

問題があるとしたら？　オレの出番が少ない。ラプターの頭を呵責の杖で叩いてるだけだ。

呪文を使う機会すらない。その上、残月に騎乗しているからＭＰが回復している。ナインテイルは完全に戦闘に参加していなかった。

これではいけない。北にある森に行こう。暴れキンケイでも狩ってみようかね？


森に到着した。夜が迫っているし、残月とヘリックスは交代だ。蝙蝠のジーンとスケルトンの無明を召喚する。虎のティグリスは当然このままだが、心配なのは狐のナインテイルだ。活躍して貰いたいんだが、大丈夫か？

早速、見つけた暴れキンケイ（メス）だが、既に小さな群れを形成しつつある。他にも気になった点があった。

暴れキンケイ（メス）　レベル２
魔物　討伐対象　パッシブ
戦闘位置：地上、低空

戦闘位置に低空があったんだ。飛んでいる所を見た事がないんだけど！

それはそれとして狩りだ。周囲に他のパーティの姿はない。存分に狩りを楽しもう。

《只今の戦闘勝利で【跳躍】がレベルアップしました！》
《只今の戦闘勝利で【登攀《とうはん》】がレベルアップしました！》
《只今の戦闘勝利で召喚モンスター『ティグリス』がレベルアップしました！》
《任意のステータス値に１ポイントを加算して下さい》

ティグリス

タイガーLv1→Lv2（↑1）	
器用値	9（↑1）
敏捷値	17（↑1）
知力値	10
筋力値	18
生命力	18
精神力	10

スキル
噛み付き
威嚇
危険察知
夜目
気配遮断

狩りの本番は暗くなってからであった。樹上に移動した奴を狙う。いや、キンケイの巣を急襲して卵を奪っていく。まさに強奪行為！　親鳥は地上に落とされてオレの召喚モンスター達の餌食だ。金鶏の極彩翼も矢の素材として十分な量を確保出来たし満足です。

ポルカドットフォックスも狩る。多少はダメージを喰らいはするが、ティグリスだけでも狩る事が出来るようだ。見通しは明るかった。

キンケイの卵狩りを再開、幾つもの成果を得た時点でティグリスがレベルアップだ。昨夜も狩りに参加しているけど成長が早くないか？　各魔物の経験値がどれだけになっているのか、分からないのだからどうしようもない。

ティグリスのステータス値で既に上昇しているのは敏捷値だった。任意のもう一点は器用値を指定する。器用値は知力値と精神力に揃えよう。

既に本格的な夜になっていた。アントマンが出現する時間だ。今のティグリスの相手に丁度いい。

ついでに新装備の性能も確認出来るだろう。

そのアントマンの相手なのだが、ティグリスはまるで苦にしない。節と節の間を噛み砕く。ヴォルフでは真似《まね》出来ない攻撃だ。おっかねえ！

狩猟者として虎は優秀だ。パッシブの魔物相手に気配を消して迫り、一撃で仕留めてしまう。獲物を見つけるのは蝙蝠のジーンが優秀で狩りはハイペースで進んでいた。

今日はアントマンの大量発生はないようだ。オレも呵責の杖を揮いながら、新装備の防具類の感触を確かめる。少し重く感じる。だが動きを阻害するような事はなかった。十分に満足できる出来だ！

一度だけアントマンの攻撃を受けてみた。ダメージはあったが問題ない。以前の装備より明らかに優秀だ。その直後、攻撃したアントマンはティグリスに殺戮《さつりく》されてました！

よし、決めた。明日は南の洞窟の探索は中止、ティグリスの経験値稼ぎをしよう。アントマンのいる洞窟を探索するのもいい。そのまま洞窟を抜けてＮ１Ｗ２マップに遠征するのもいいかな？

様々なプランが浮かんでくる。布陣にしても召喚モンスターの選択肢は多い。

戦力の底上げは急務だ。現状、牛頭と馬頭のペア、金剛力士と戦うのに、どの召喚モンスターでも対応出来る訳じゃない。より多くの選択肢が欲しい所だ。しかも連戦を経てより強くなっていく仕様であるなら尚更だろう。

マルグリッドさんに作製依頼している装備が揃うまで、時間を潰す必要もある。南の洞窟ばかりを攻略する必要もないのだ。


ログインした時刻は午前六時半であった。今日は少し出遅れたか？　昨晩は色々とお楽しみで風霊の村に戻ったのは夜半過ぎだったのだ。

文楽を召喚して、料理の道具と材料を渡しておく。今日の陣容はどうするか？　アントマンのいる洞窟での陣容は既に決めてあった。

まずは移動の布陣を確定させておこう。馬の残月、隼のヘリックス、妖精のヘザーを召喚した。


「おはようございます、キースさん」

「おはようさん」

ハンネスが並べている野菜の種類が増えた。その量も昨日を明らかに超えている。どれだけ収穫があったんだ？

ハンネスからは色々と渡されたが、もはや確認するのも諦めました。本当に色々と収穫出来るようになったんだな。

これで米があったら完璧か？　いや、加工品だって欲しい。例えばオリーブオイルとか？　実際にオリーブの木はあるのだし、いずれ流通するようになると思う。

【食料アイテム】
闘牛のサーロイン香草焼き+　満腹度+30%　品質B-　レア度5　重量0+　MP回復[微]の効果・約15分間
塩胡椒とハーブ類で焼いたシンプルな料理。
非常に腹持ちがいい。

【素材アイテム】
闘牛のサーロイン　原料　品質C+　レア度3　重量2
闘牛のサーロイン。
肉質が最高の部位で軟らかく甘みがある。

【素材アイテム】
変性岩塩（聖）　品質C　レア度3　重量0+
清めの儀式を経ている聖なる岩塩。
普通の塩としても使える。

文楽の許《もと》に戻ると朝食は既に出来上がっていたが、問題が発生した。闘牛のサーロイン香草焼きだが、奇妙な効果がある。ＭＰ回復？

　文楽が料理をしていた机の上を確認した。

いつもと同じ道具。

いつもと同じ材料。

いつもと同じ調味料。

いや、道具と材料じゃなく、調味料の一部がおかしかった。変性岩塩（聖）だ！　聖なる岩塩ってどういう事？

　この塩はあの金剛力士との戦いで得た筈だ。やはり相撲なのか？　土俵を清める儀式に塩を使うから無関係ではない。どうしよう。抱え込んでる情報が色々と増えている気がする。

　それはそれとして闘牛のサーロイン香草焼きを食べたのだが、実に旨《うま》い。いやあ、サーロイン肉っていいよね！

朝のミーティングではいつもの面子《メンツ》がほぼ揃っていた。今回は色々と報告が多い。オレと入れ違いになったようだが、鍛冶師パーティが南の洞窟で中継ポータルに到達したようだ。坑道の奥にある鉱石を求めて支援パーティを追加派遣する事が決定、攻略組も協力する事になった。

オレが洞窟に行く理由が一つ減った。牛頭と馬頭が相手ならば、苦戦はするだろうが突破出来る範疇《はんちゅう》だろう。金剛力士のペアだって同様だ。問題は連戦する事だと思う。

報告の多くは上の空で聞いてました。色々と聞き逃していたかもしれない。耳に残ったのはそこだけだったのだ。

「フィーナさん、少しいいですか？」

「あら、相談？」

「まあそんな感じですが」

横目でミオを見る。

澄ました顔付きだが油断ならん。

「実は色々と抱え込んでまして」

「一つからはもう解放されたかもよ？」

「え？」

「呪文目録の称号。それに【高速詠唱】の補助スキル。掲示板で情報が出てたわ」

ほほう、オレ以外にも魔法技能をとり過ぎたモノ好きがいたのか。まあいてもおかしくはない。

「【鞭《むち》】も出てたわね。【多節棍《たせつこん》】はまだだけど」

「ユニオン申請、いいですかね？」

「ミオ？」

フィーナさんが視線だけでミオを促す。彼女の表情は不服そうであったが、素直に従った。

『この格闘師範って称号、多分だけど近々取得するプレイヤーが出て来ると思うわ』

「そうなんですか？」

『ええ。似たようなものだけど、ウェポンエキスパートって称号が報告されてるのよ』

「何です、それ？」

『武器スキルのレベル合計が五十で取得らしいわね。取得スキル六種以上と予想されてるけど』

確かに素手による格闘戦をメインにしているプレイヤーは確実にいる。彼等が格闘師範の条件をクリアするであろう事は既定路線だとフィーナさんは断言した。

『より上位への強化が始まっていると思うわ』

「私から報告しなくても大丈夫ですかね？」

『多少の邪推はあるかもよ？　貴方《あなた》が魔法技能を取得しまくっているのって有名だし』

「もう今更ですかねえ」

『それで、ＭＰ回復効果のある食料アイテム？』

「はあ」

『そっちは困るわねえ』

そう、ＭＰに関する回復アイテムはある。但し数は少ないし高価だ。マジックマッシュルームを使ったＭＰポーションの量産は、まだ軌道に乗っていない。素材の調達が難しい事、ＮＰＣとの折衝が滞っている事も影響している。錬金術師に任せるしかないようだ。

しかしいずれは金剛力士も倒され変性岩塩(聖)が手に入る。いずれこの件も判明するのだ。

『貴方が苦戦するレベルじゃ死に戻りが大量発生しかねないわねえ』

「攻略組なら結構倒せそうな気もしますけど」

『そうかしら？』

「現時点では料理担当に塩の話をすべきかどうか

なんですけど」

『分かってるわ。ミオと優香には私からそれとなく話しておくけど』

「口は堅い？」

『あれで肝心な所では口が堅いのよ？　そこは心配してないわ』

まあいいか。変性岩塩（聖）についてはフィーナさんに丸投げって事にしよう。

ついでに昨夜の獲物も必要な分を残してあらかた売っておく事にした。精算は後日で。ユニオンを解除するとその場を早々に立ち去った。


風霊の村の外れに出る。今日はグロウ・プラントの呪文をかなり使ってからの出発だ。オレのＭＰバーは満タン、これから残月に騎乗する予定だ。移動する間にＭＰバーは自然に回復してしまうだろう。勿体無い。実に勿体無い！

召喚モンスターの布陣は移動優先、馬の残月、隼のヘリックス、梟の黒曜、狐のナインテイルとした。オレは当然、残月に騎乗する。得物は呵責の捕物棒だ。村の北にあるアントマンの洞窟に向けて残月を駆った。何かから逃げるようにだ。


移動中はラプターが面倒だったが、古代石も剥げたので良しとする。呵責の捕物棒を口の中に突っ込まれたラプターは気の毒だった。ああいうのを悶絶《もんぜつ》と言うのだろう。

それにしても今日は出発が遅れたから、あちこちに狩りをするプレイヤーがいる。ここの平原では少人数で狩りをするパーティが目立つ。ラプターもアンガークレインも、それにブラウンベアも、そう群れて襲って来ないからだろう。

森に突入しても移動速度は変わらない。残月にフォレスト・ウォークの呪文を使い先を急いだ。

早く、早く到着しないと。ＭＰバーがもう全快間近であった。

　アントマンの洞窟はもう目の前だった。ここで残月とヘリックスは帰還させる。虎のティグリスを召喚した。続けてスケルトンの無明も召喚する。ジェリコか戦鬼ならより安心だが、敢《あ》えて無明にした。何故か？　オレが前に出るからだ。

　無論、洞窟の中で呵責の捕物棒は使わない。呵責の杖を選択する。トンファーもいいが、杖も使っておかないと感覚が鈍るからだ。

　この洞窟の中は久し振りだ。アントマンは相変わらず統率が取れている。まあ追い掛けられてるんですけどね！

　他のプレイヤーがいない事を見越してのトレイン行為です。無論、一網打尽にするつもりだ。

　ティグリスも、無明も、当然オレも、フィジカルエンチャント・ウィンドの呪文で敏捷値を底上げしてある。その上でヘザーの支援で更に敏捷値の底上げがある。余裕はあった。

　但し目の前がマーカーで真っ赤な状況は危険と言える。そろそろ、いいかな？


「ファイア・ウォール！」

「マグマ・スクリーン！」


　連続で壁を築いた。

　そこに突っ込むアントマン達。

　単純な連中だ！

　マグマ・スクリーンを越えたとしても瀕死だ。そんな生き残りを片付ける。

　ティグリスが凄《すご》い勢いで屠《ほふ》り続けている。

　無明は淡々と戦い続けていた。

　オレは？　無論、杖で戦ってます。

全滅させるのはいい。後片付けが大変だった。

結局、アイテム類は速攻で剝ぎ取って、メインの洞窟から支道に入る。

いや、支道、というよりもアリの巣だ。壁の様相はメインの洞窟ともまた違う。奇妙な縞《しま》模様があるように見える。実に不気味です。

そして来た。

アントマンの群れだ！

今度は巣の中であり、連中の支配領域になる。姿は見えないが奇妙な音が聞こえていた。

実に耳障りだ！

アントマン達が姿を現した。壁や天井を移動しながら槍先《やりさき》を揃えてオレ達を襲う。

槍が邪魔になっていない。

塊のように身を寄せ合ったアントマン達はまるで移動要塞のようだ！

「グラビティ・バレット！」


では強行突破するとしようか。

いちいち付き合っていられるか！

ヘザーとナインテイルからも攻撃が放たれる。

風の刃、光の塊だ。

アントマンは堅守を維持し続けていた。

それでも攻撃を受けたら綻びは出来る。

そこにティグリスが突っ込む。

無明も続いた。

オレも追撃だ！

ここは並んで戦うには狭い。

ジェリコでは足元が定まらず戦えないだろう。

戦鬼が暴れるには手狭だな。

この布陣で良かった。


アントマンの妨害を排除しながら先を進んだ。

巣の奥ってどうなってる？

アントマンの反応は過激の一途であり、このまま済むとは思えない。

絶対、いるよな？　クイーンにキングだ。

いるよね？


広間のような場所に出た。ここの壁と天井には穴が幾つも穿《うが》ってある。フラッシュ・ライトに照らされて壁や天井のあちこちに光が反射していた。

床には無数の卵。楕円《だえん》形で乳白色、そして大きさが並じゃない。ここはアントマンの産卵場のようだ。

勿論、護衛がいる。アントマン・ポーンの数は多くなかった。だが、精兵であろう連中がいた。

アントマン・ルーク。

アントマン・ビショップ。

アントマン・ナイト。

勢揃《せいぞろ》いだ。

そして、やはりいた！

アントマン・クイーン　レベル4
魔物　討伐対象　パッシブ
戦闘位置：地上

アントマン・キング　レベル4
魔物　討伐対象　アクティブ
戦闘位置：地上

女王様は戦う気分じゃないらしいが、王様は違うようだ。アントマン・キングはアントマン・ルーク並みの体軀《たいく》で、体の各所に棘《とげ》を備えていた。

そしてアントマン・クイーン。

滅茶苦茶《めちゃくちゃ》、デカい！


「練気法！」

アントマン達の最優先事項は明白だ。

クイーンを、守る。

卵を、守る。

その為《ため》に闖入《ちんにゅう》者を排除する。

実に分かりやすい。

先陣は三匹のナイト、四匹のビショップが続く。

ルークはポーンを従えクイーンを守るようだ。

でもオレには関係ない。呪文は既に選択済み、実行するタイミングを図っていただけだ。


「ファイア・ストーム！」


炎が拡《ひろ》がる。

ヘザーからも風の刃が広間に放たれた。

後方のクイーンの傍に位置するキングに向けナインテイルが光の塊を撃ち込んだ。

産卵場は狂乱の戦場へと変貌した。


「ライト・エクスプロージョン！」


呪文を放つ。

同時に目の前のアントマン・ナイトを殴る。

既にこいつのＨＰバーは残り二割以下、瀕死に近い。それでもオレに迫る！

ナイトの首と胸の間、関節に杖を突き入れた。

梃子《てこ》の原理でこじ開ける。

関節部分で真っ二つになってしまった！

瀕死だったとはいえ脆いぞナイト！


もう二匹のナイトは？

無明とティグリスに屠られていた。

やはり脆い。

クイーンは？　ようやくアクティブになった。

重量級だけに動きが鈍い。その分、重圧感が半端ないな！

その一方でキングは？　混乱の状態異常か！

しかもルークと揉《も》み合いになっている。

ライト・エクスプロージョンの効果だな。

奥さんが戦ってるのに旦那はだらしないぞ！


「サンダー・シャワー！」

広間にいたアントマン全てに攻撃は当たってい
ただろう。いい感じで範囲が広い。
無明がルークに肉薄、攻撃を加えた。
続けてティグリスも参加する。
これで女王様の護衛が一匹、減った訳だ。

オレも杖でビショップを屠り続けた。
攻撃力が確実に上がっている。
それに防御力も向上していた。
アントマンの攻撃が何度か掠っているが、ダ
メージは殆《ほとん》どない。練気法の効果だろうが、新し
い装備の恩恵もあるだろう。

クイーンに、迫る。
確かにデカい。
だが隙だらけに見えた。
全体攻撃呪文は全て喰らっている筈だが、ＨＰ
バーの減りは少ない。まだ七割、残している。

女王の脚のつけ根を狙う。
呪文は既に実行済みであった。

「ディフェンス・フォール！」
そして杖で突く。
脚のつけ根の甲が破れた。だがまだまだ！
オレの後ろにルークが迫る。
だがティグリスが邪魔で攻撃は届かない。
無明も来た。これで女王様に専念出来る！

ヘザーの放った風の刃が、ナインテイルの放つ
光の塊が、クイーンを直撃する。
護衛のアントマン達は全て片付いていた。
キングも既に倒れ伏している。
クイーンは巨大な脚で攻撃するのだが、その動
きは鈍い。だがパワーはある。脚には鋭い鉤爪《かぎづめ》が
備わっているから油断ならない。
無明は一発、喰らっていた。

だが吹き飛んだだけで大して効いていない。
元々、効き難いし大丈夫だろう。

女王も呆気なく沈んだ。インフォはない。当然だがレベルアップはなかった。得られたアイテムも蟻人《ぎじん》の蜜蠟《みつろう》と蜜だけだ。

キングもクイーンも何も残さない。確かに強いのだろうが、南の洞窟に比べたら温い。

【素材アイテム】
蟻人の女王蜜　原料　品質C+　レア度3　重量0+
アントマン・クイーン専用の蜜。
食用にもなるが薬用としての需要が高い。
特定の幼生に与えると女王蟻になるとされる。
蜜袋は水筒に転用出来る

だが本命は巣の中にあったようだ。少しだけ指ですくって舐《な》めてみる。蜜だけに甘い。

そのオレの指を凄い勢いで舐めるのはナインテイルだ。舌！　舌が！　つか落ち着け！

いかん、ティグリスが何かを訴えかけるようにオレを見てます。ヘザーもだ。無明は？　スケルトンだけに興味を示していない。

奇妙な緊張を伴う睨《にら》み合いが続く。

仕方ない、舐めるのはちょっとだけだぞ！

オレは完全なる敗北を喫していた。


燃え残っていた卵は全て破壊した。食べる気分にはなれない。巣はここで行き止まりだった。ではこの洞窟のアントマンは全滅したのか？

多分そうじゃない。元の洞窟に戻ってみると、アントマンがちゃんといる。そもそもゲームだし延々と出現してもおかしくない。


他のパーティがアントマン相手に奮戦している様子も見た。別の群れが絶対にいる。巣があってもおかしくない。だから別の穴にも入ってみた。

アントマン・クイーン　レベル5
魔物　討伐対象　パッシブ
戦闘位置：地上

アントマン・キング　レベル5
魔物　討伐対象　アクティブ
戦闘位置：地上

やっぱりいた。微妙に強くなってもいるようだ。何よりも群れの規模がさっきのより大きい。

これは、いけるか？

全体攻撃呪文の範囲内で防御を固めているもの

だから悩みはない。ケンタウロスの群れよりもかなり楽です。それだけに一層哀れだ。

戦闘は先刻の群れと同様の展開になった。群れは全体攻撃呪文を確実に喰らってくれる。但しこっちに突っ込んでくるアントマン・ナイトは要注意だろう。呪文を叩き込む前に攻撃を受けたら呪文詠唱がキャンセルになる可能性が高いのだ。

ヘザーとナインテイルも群れが相手だと特殊能力を大いに発揮出来ていた。まあそうじゃないと困る。それだけにＭＰの消耗が進む。苦戦じゃないが、凡戦でもない。油断してはいけない。

《只今の戦闘勝利で【杖】がレベルアップしました！》

アントマンの群れは全滅した。それでいてインフォはこれだけでした。

オレが望んでいた結果と違う。どうもここのアントマン、オレとは相性が悪いのかね？

得られたアイテムも蟻人の女王蜜で同様だ。喜んだのは再び蜜を舐めている連中だけでした。

他にも巣がないか探してみたらまだあった。今度はかなりの規模だろう。メインの洞窟でアントマン・ポーンを繰り出さなかった群れか？　やたらとアントマン・ポーンが多い。

今回は数を頼りにしたのか、行動パターンが違う。十数匹の小集団単位で突撃してくる！

でもそれ、悪手だと思います。

壁呪文を二つ並べて一網打尽です。

数が減ったら減ったで行動パターンが元に戻るだけだ。楽でいいと思ったものです。

今度のアントマン・キングが強い。混乱状態になっていません。戦ってみたら普通に強い！

攻撃と防御のバランスがいい。体はルーク並みだが、速さでかなり上回っている。個人的な難易度で言えば金剛力士にまるで及ばないが、それでも楽しめた。体の各所にある棘が厄介であるが、それも気にならない。凡戦よりもマシだ。

結局、最後に残ったのはアントマン・クイーンでした。オレ、無明、ティグリスで脚をもぎながら攻撃を続ける。こっちの方が凡戦だった。

改めて思う。戦闘は適度に苦戦しないと困る。

《只今の戦闘勝利で【連携】がレベルアップしました！》

《只今の戦闘勝利で召喚モンスター『ティグリス』がレベルアップしました！》

《任意のステータス値に1ポイントを加算して下さい》

ティグリス

タイガーLv2→Lv3（↑1）

器用値	9
敏捷値	17
知力値	10
筋力値	19（↑1）
生命力	19（↑1）
精神力	10

スキル

噛み付き
威嚇
危険察知
夜目
気配遮断

アントマンとの戦闘で得る経験値はちゃんとあるらしい。いや、むしろティグリスの成長が早いのか？　毎度思うが、魔物の経験値ってどうなっているんだろう。ティグリスのステータス値で既に上昇しているのは筋力値だった。もう一点は生命力を指定する。

こうして数字を見ていて思う。前衛、だな。

アントマン達の死体から適当に蜜蠟と蜜を剝いでいき、巣の中の女王蜜も確保する。時刻は午前十一時にまだなっていない。次の群れを全滅させたら昼飯にしよう。そうしましょう！

アントマン・クラウン　レベル1
魔物　討伐対象　パッシブ
戦闘位置：地上　火耐性

次の巣を見付けた訳だが様子が違う。

変なのがいる！


表皮が赤い。数もそこそこ多かった。

全てが赤で統一されたアントマンの群れだ。

赤備えとかカッコイイな！

赤備えと言えば武田《たけだ》家の飯富《おぶ》虎昌《とらまさ》に山県昌景《やまがたまさかげ》だろう。それに徳川家の赤備え、井伊《いい》直政《なおまさ》。そして真田《さなだ》信繁《のぶしげ》。赤備えは猛将の代名詞だ。

おっと、それ所じゃねえ！

アントマン達がこっちに気付いた！


「サンダー・シャワー！」

アントマン達の脚は半分も止まらなかった。

でもそれで十分。

痺《しび》れて動けないアントマンが邪魔になる。


オレはトンファーで対抗する。

クラウンの強さは？
明らかに攻撃性が増している。
脚に付いている鉤爪の形状がエグい。
顎は大きく、噛まれたら大変そうだ。
でも倒し方に変わりはない。
噛み付きが多い。ならばそれを利用しよう。
交差法で頭を潰す。
頭を腋の下に抱えて捻り切る。
トンファーで挟んで挫《くじ》く。
言うほど簡単ではないが、呪文で数を減らしていたのが良かった。倒すのは問題ない。
外見が違うものの、同じアントマンではあるらしい。突然変異種とか？
いや待て。
どうも、変異しているのは群れ全体のようだ。
アントマン・マッドクイーン　レベル3
魔物　討伐対象　パッシブ
戦闘位置：地上　火耐性
キングは連れていない。
ナイト、ルーク、ビショップもいない。
ポーンすらいない。
率いているのはアントマン・クラウンだけ。
だがそれだけに一層、迫力があった。

「サンダー・シャワー！」

同時にナインテイルとヘザーからの攻撃も重なった。雨のように降り注ぐ雷、そこに風の刃、加えて光の衝撃。それでもアントマン達は統率を失わなかった。

確かに個体だけで比較しても強くなっている。

だが、真に恐るべきなのは群れが一体となる統率の取れた集団行動だろう。

複数のアントマン・クラウンがオレを襲う。

元々、武術の考え方の根幹は、戦争を前提としている。空手でもそうだ。多数を相手に生き残るにはどうするか？　その教えが確かにある。

抜刀術ですらそうだ。最初の一撃だけで終わる筈もない。抜いてから初撃だけの武術などあり得ないのだ。

トンファーを使う場合、多数に対抗する為に何が必要になるのか？　相手をいかに捌くのか、そこに集約される。どれほどの大集団でも全員が同時に攻撃は出来ない。基本は徒手空拳と同じだ。

一番端にいたクラウンを狙う。

頭を抑え込んで横合いに投げ飛ばした。

そこにいるのは別のクラウン。

巣の中はそこそこ広く、あちこちに痺れて動けないクラウンがいた。カオスだ。だからこそ有利に戦闘を進めねばならない。

ティグリスと無明も既に動いていた。

各々が殺戮者と化している！

「グラベル・ブラスト！」

全体攻撃呪文を使って群れの分断を図る。

マッドクイーンを中心に堅陣は変わらない。

つまり、まともにダメージを喰らっている。

いや、一斉に突撃か！

マッドクイーン自身も加わっての突撃である。

全員、攻撃性が高いのね？

「ウォーター・シールド！」

水の壁呪文で殺到する群れを迎撃する。

壁を越えてくる奴等を各個に叩き潰しながらマッドクイーンの様子を窺《うかが》う。

平然と越えてやがる！

「グラビティ・バレット！」

至近距離からマッドクイーンに直撃。

後方に吹き飛んでくれたのは助かった。

周囲にいるクラウンを片付けながら、マッドクイーンも呪文で牽制しよう。オレもダメージを喰らっていた。乱戦だから仕方ない。でもダメージはそう大きくなかった。新しい防具の恩恵だろう。

ついに動くアントマンはマッドクイーンだけになった。マッドクイーンは壁を背にして迎撃する構えだ。

でもね、こっちには呪文もあるのです！

ディレイ、オフェンス・フォール、ディフェンス・フォールを立て続けに使う。その上で接近戦を挑んだ。

マッドクイーンは得物を持っていない。脚の鉤爪だけだ。噛み付き攻撃は腹が大きく邪魔になるのか、上手く使えないようだ。

脚の根元、即ち胸部に攻撃を集中する。脚を四本もいだ所で事実上決着した。

確かに強かった。それでも金剛力士の域には至らないだろう。

《只今の戦闘勝利で召喚モンスター『ナインテイル』がレベルアップしました！》

《任意のステータス値に1ポイントを加算して下さい》

ナインテイル

赤狐Lv4→Lv5(↑1)
器用値　10(↑1)
敏捷値　20
知力値　20
筋力値　9
生命力　9
精神力　20(↑1)

スキル
噛み付き
回避
疾駆
危険予知
MP回復増加[微]
光属性

今回、オレのスキルにレベルアップはなかった。

ナインテイルのレベルアップだけだが、それでも十分だろう。ナインテイルのステータス値で既に上昇しているのは精神力だ。任意のもう一点は器用値を指定した。

ナインテイルも今回はかなり奮戦したと思う。

ＭＰバーはもう残り三割、ヘザーも残り二割と心許《こころもと》なくなっている。潮時かな？

巣の奥にあった女王蜜は確保した。ここで昼飯にしよう。インスタント・ポータルを展開する。

レベルアップしたばかりのナインテイルは帰還させて、人形の文楽を召喚した。

例の料理を作らせよう。オレのＭＰバーも残り半分、ＭＰの回復効果があるのなら今こそ作って貰うべきだよな？　材料は闘牛のサーロイン、それに野菜類と調味料だ。特に塩が大事だ。普通の塩ではなく、変性岩塩（聖）を渡す。後は出来上がりを待つだけだ。

地面に伏せたティグリスを枕代わりにしてオレは横になった。オレの顔を尻尾が撫《な》でる。その尻尾をヘザーが追い掛けていた。

ヘザーは全く休憩になっていない！

見てて楽しいけどね。

無明はおとなしく佇んだまま、ＨＰの自動回復を図っている。ヘザーもおとなしくＭＰを回復して欲しいのだが、じっとしていられないようだ。

料理はすぐに出来た。

メニューは串焼きとパンのようだ。

【食料アイテム】

闘牛のサーロイン串焼き+　満腹度+25%　品質B-　レア度5　重量0+　MP回復[微]の効果・約15分間

塩胡椒とハーブ類で串焼きにした料理。

やっぱりＭＰの回復効果が付いている。

だが待て。変性岩塩（魔）もある筈だが、アレだとどうなるのだろう？　何かありそうだ。

肉を凝視するティグリスを蜜で牽制しながら料理を片付けた。この料理の効果を短時間で確認するのは難しい。効果があると信じておこう。

インスタント・ポータルを出た。文楽は交代させずそのままだ。メインの洞窟へ戻る。

幾つかのパーティが行き来している。例のトレインは迷惑行為になるだろう。ここを出てＮ１Ｗ２マップに行ってみよう。


洞窟を出てＮ１Ｗ２マップに入った。目の前には森が広がっている。布陣は変えねばなるまい。

スケルトンの無明と人形の文楽は帰還させる。

大猿の戦鬼と梟の黒曜を召喚した。妖精のヘザーと虎のティグリスはこのままだ。

オレのＭＰバーはどうか？　召喚を終えても五割を超えていた。今後、変性岩塩（聖）を使った料理にはお世話になりそうだ。特に金剛力士のような強敵に挑戦する前に活用すべきだろう。

まあそれはいい。今日はティグリスの経験値稼ぎが優先だ。今日は既に一回、レベルアップしてるけどね！


森の中、例の蝶《ちょう》を警戒しながら進んだ。

スタブバタフライ、あいつのせいで死に戻ったのは忘れていない。

実は戦ってみたい相手がいた。報告にあった樹上のスタブクロウラーだ。

スタブクロウラー　レベル５
魔物　討伐対象　パッシブ
戦闘位置：樹上、地上

早速、黒曜が見付けていた。その姿は芋虫そのもの、但しサイズはかなり大きかった。

戦闘位置が樹上というのも頷《うなず》ける。樹木の枝と一体化して休憩中？

黒曜が枝から叩き落とせば問題ない。地面で蠢《うごめ》く芋虫は口から糸を出していたが、絡まる前に仕留める事が出来た。そしてこの魔物からはこんなのが剝げている。


【素材アイテム】

気絶虫の糸　原料　品質C　レア度2　重量1

スタブクロウラーが繭を作るのに用いる糸。

服地素材として利用されている。

確かにこれ、服飾関係で使えそうな素材だ。生産職の面々が欲しがるのも当然だろう。問題はどう確保するかだ。樹《き》の上に登るの、面倒だよね？

この森で警戒すべきなのはスタブバタフライだ。だが今日はなかなか遭遇しない。一匹見つけたのだがパッシブでした。黒曜が急襲、一瞬で片付けている。初見殺しの魔物も対策が分かっていたら楽な相手になる。死に戻ったのが不思議に思えてきたぞ？

だが真正面から戦うべき相手もいる。

ブラウンベアだ。

そしてこいつがティグリスにとって都合のいい相手だろう。つまり苦戦する相手だ。それだけに戦いを挑む価値がある。

森の中、N1W2エリアポータルの鎮守の樹に向かう。出来れば夕刻までに到着したい。フォレスト・ウォークの呪文を使い移動速度を上げてみた。それでも途中で魔物に遭遇するだろう。

ヘザーが何かに捕まった。蜘蛛《くも》の巣？　不用意に飛び回っているからだ。今後は気をつけてくれよ、と注意しようと思ったが、何これ？

蜘蛛の巣、デカ！　擬装もしてあったようでオレも気付かなかった。枯葉に隠された蜘蛛の巣の大きさはオレでも捕らえられそうだ。しかも地面近くに設置してあった。急に嫌な予感に襲われる。

蜘蛛の糸が更にヘザーに絡まってしまう。

これはいけない。

ジャイアントスパイダー　レベル2
魔物　討伐対象　パッシブ
戦闘位置：地上、樹上

やはり来た！

それにデカい！

急にアクティブになった蜘蛛がヘザーに急接近する。こっちを気にする様子はない。

やらせるか！

呵責の杖で叩いて牽制する。

ヘザーも必死だ。風の刃を繰り出したが、蜘蛛はダメージを喰らいながらもヘザーに迫る。

戦鬼が蜘蛛を殴るが、蜘蛛の巣がクッションのようにたわむだけだ。呵責の杖も同様だった。

つまり、呪文を使えと？

「ファイア・シュート！」

使いました。焼いてみよう。

これは効いたよな？　いや、効き過ぎた。

蜘蛛の糸は一瞬で収縮、焼け落ちてしまう。

蜘蛛が地上に降り立つ。さあ、来るがいい！

ようやくまともに戦えるだろう。

だが蜘蛛は意外な行動に出た。

逃げた。

逃げやがったのだ！

草叢《くさむら》の中に一瞬にして逃げ込んでしまった！

呪文を撃ち込んだのも無駄？　いや、ヘザーを蜘蛛の巣から助け出したし無駄じゃないけど納得出来ない。モヤモヤした感覚は消えなかった。

クソッ、逃がしたか！

次は逃がさん。そう心に決めた。

そこからの移動は順調だったように思う。ブラウンベアを狩り、スタブバタフライを狩る。ジャイアントスパイダーには遭遇しない。移動を優先していたので擬装している巣が分かり難かったしな。まあいい。次は本当に、逃がさん！

ブラウンベアとの戦闘では色々と試せた。呪文の底上げなしで戦えたのは収穫だろう。呵責の杖と呵責のトンファーはそれだけ強力な武器であり、新しい防具類も優秀と言える。

でも呪文の底上げが必要な相手もいる。大型の亀の魔物、フォレストトータスだ！

こいつは元々、甲羅もあって防御に秀でた魔物だ。その上、水の膜を使い更に防御を固める。攻撃では岩塊を撃ち込むような奴だ。長期戦を覚悟していたのだが、勝負は呆気なかった。

戦鬼が亀の首元を脇に抱えて絞め上げ続け、そのまま仕留めてしまった！

甲羅の中に首を引っ込めるのを防ぐ、それだけで良かったのだが意外な結果だ。オレは接近戦でどれだけダメージが通るか、試したかった。練気法まで使っていたのに無駄骨ではないか！

その上、亀の甲羅すらも得られない。

納得出来ないな！

こうなったら甲羅が剝げるまで、戦ってやる！

コール・モンスターを使ってフォレストトータスを呼んで連戦しよう。鬱憤晴らしが必要だ。

《只今の戦闘勝利で召喚モンスター『ヘザー』がレベルアップしました！》
《任意のステータス値に1ポイントを加算して下さい》

ヘザー
フェアリーLv4→Lv5（↑1）
器用値　6
敏捷値　20
知力値　21（↑1）
筋力値　3（↑1）
生命力　3
精神力　23

スキル
飛翔
浮揚
魔法抵抗[中]
MP回復増加[小]
風属性
土属性（New!）

亀と三戦した所でヘザーがレベルアップした。

そのヘザーは亀を相手にほぼ攻撃していない。風の刃は亀の周囲に展開する水の膜に遮られてしまうからだ。支援で味方の敏捷値を上げていたから活躍はしているけどな！　やはり解《げ》せぬ。

ヘザーのステータス値で既に上昇しているのは知力値だった。任意のもう一点は筋力値にする。

そして今回はスキルに追加があった。スキルの選択があったのだ。最初は空白、目を凝らすと魔法技能を選択出来るという仕様だ。

選択肢は光、闇、火、土、水の五択。

オレが選んだのは土だ。配下の召喚モンスターにまだ土属性持ちがいないからでもある。

どうしよう？　亀と遊んでいるうちに移動速度が落ちている。コール・モンスターで亀を呼ぶのはいいが、亀が来る速度は遅いのだ。こっちから迎えに行ってるけど、正直言って迂遠だ。

仕方ない、移動を優先させよう。今からコール・モンスターは禁止で！

時刻は午後六時、鎮守の樹に到着した。予定よりも遅くなったが、なんとかなりました。夕食を摂る必要もあったし、夜に向けて編制を変えないといけない。インスタント・ポータルは便利な呪文だが、出来ればＭＰは戦闘に向け温存しておきたかったのだ。

早速、梟の黒曜を帰還させて人形の文楽を召喚する。夕食を作って貰おう。もうサーロインはない。闘牛の外腿《そともも》肉で代用させよう。

今回使わせる塩は変性岩塩（魔）にした。やはり気になったからだ。メニューは串焼きで頼んで比較出来るようにしたい。

【食料アイテム】

闘牛の外腿肉串焼き+　満腹度+30%　品質B-　レア度4　重量0+　HP回復[微]の効果・約5分間

塩胡椒とハーブ類で串焼きにした料理。

今度はＨＰ回復の効果が付いた。どうも料理に何か効果が付くには法則があるように思えた。

素材のレア度から料理のレア度が上がっているのもそうだ。変性岩塩（魔）や変性岩塩（聖）にこの現象を後押しする効果があるのかもしれない。ところで変性岩塩（魔）ってどの魔物が持ってたかな？　思い出せない。

いや、思い出した！　スライムだな。

そういえばスライムにはここ最近、遭遇していない。もしかしてスライムってレアな魔物だったのだろうか？

食事を摂り終えたら夜に向けて布陣を変更する。虎のティグリスと大猿の戦鬼はそのままだ。鬼の護鬼、蝙蝠のジーンを召喚、より攻撃的な布陣にした。

夜は夜で恐ろしい相手がいる。ブラウンベアは二頭から三頭の小さな群れとなる。妖怪の火車は手強い。バイトラットは大きな群れを形成するから厄介だ。それに昼間は逃げられたジャイアントスパイダーだ。夜でも遭遇出来るかな？

もし遭遇したなら、逃がさん。今度は呪文を叩き込んで仕留めてやる！

【素材アイテム】
巨大蜘蛛の糸　原料　品質C+　レア度2　重量2
ジャイアントスパイダーの糸。
細いが非常に強靱。
蜘蛛の巣では移動する足場となる。

【素材アイテム】
巨大蜘蛛の粘着糸　原料　品質C+　レア度3　重量2
ジャイアントスパイダーの粘着糸。
細いが非常に強靱。
獲物を搦め捕るために使用される。

今度は逃がしませんでしたよ？　そしてこれらのアイテムを剝いでいるのだが、どうする？

糸の方はまあ分かる。粘着糸はどう使う？　思いつくのはハエ取り紙だった。

ダメだ。貧弱な思考能力が更に貧弱に思えてくる。こういうアイテムは生産職に任せてしまえばいい。夜の狩りを続けよう。

《只今の戦闘勝利で【魔法効果拡大】がレベルアップしました！》

《只今の戦闘勝利で【魔法範囲拡大】がレベルアップしました！》

夜の狩りを続けた。ティグリスは今日は既にレベルアップしているが、もう一度あってもおかしくない。それに他にもお楽しみはある。

レベル7になっている戦鬼と護鬼だ。次のレベルアップでクラスチェンジ、あるよね？

そう思いつつコール・モンスターも駆使して連戦しているのだが、レベルアップのインフォが来ない。今もブラウンベアを三頭仕留めたけどスキルのレベルアップだけだった。

思っていたのと違う。

いや、ちゃんと嬉《うれ》しいんですけどね！

火車炎　レベル1
妖怪　討伐対象　アクティブ
戦闘位置：地上　火属性

来た、妖怪の火車だ！

妖怪相手にコール・モンスターは効き難いからこれは逃したくない相手だが、様子がおかしい。

唯《ただ》の火車じゃないよな？

そもそも名前がおかしい。火属性持ちだ。

大きさは火車と変わらず、猫科の猛獣の姿に似ている。但し毛並みが違う。まるで燃え上がっているかのようだ！


「練気法！」

オレ自身も前に出る。

次の呪文は？　決まっていた。


目の前の妖怪から熱風が生じていた。

選択肢は至極当然のものだった。


「レジスト・ファイア！」

オレ自身に呪文を使った。

次の瞬間、妖怪が目の前に！

繰り出された前脚の爪を寸前で捌ききった。

いや、熱気だけでダメージを喰らった？

洒落《しゃれ》にならん！


トンファーで耳の後ろを叩いてやった。

まるで動じない。体勢を崩さずオレに正対していた。金剛力士並みの相手か？

「レジスト・ファイア！」

今度は戦鬼に呪文を使った。

だが火車炎は大きい。戦鬼でも組み合うには体格が見合わないだろう。

熱気で炙《あぶ》られるような焦燥感がある。

呪文による強化が果たして間に合うのか？

ジーンから黒い帯が撃ち込まれる。闇属性の特殊攻撃だ！　牽制になってくれている。

「エンチャンテッド・ウェポン！」

呪文で戦鬼を強化する。これで戦鬼の攻撃も妖怪に通るようになる筈だ。

オレは回復丸を口にする。こうなったら長期戦も覚悟すべきだろう。

戦いが思っていた以上に長引いていた。

間違いなく金剛力士に匹敵する強さだ。

攻撃力なら金剛力士の方が上だろう。

だがタフネスでは火車炎が上だ。

しつこい。

本当にしつこいのだ！

火車炎は放っておくとＨＰバーがジリジリと回復してやがる。その上、こっちのダメージも半端ない。ティグリスなどは一嚙みされただけでＨＰバーの半分を持っていかれたのだ。

もう、この戦闘で今日は終わりにしよう。

こいつは全力で、狩ってやる！

隙を作るのに攻撃呪文のグラビティ・バレットを惜しみなく注《そそ》ぎ込んだ。オレは前脚の関節をトンファーで打ち据え続け、機動力を削ぎにいく。

戦鬼は火車炎の頭を抑えようと奮戦している。

寸前までは上手くいきそうだった。

「ウォーター・シールド！」

間に合ったか？

火車炎に大きなダメージが入っている。

それでもオレに突進してくる火車炎！

だが隙は大きい。眼にトンファーを直撃させた。

戦鬼が頭を脇に抱えて振り回し始める。そして水の壁に放り投げた。どうだ？

火車炎のＨＰバーはまだ二割もある。

いや、もう二割しかない！

それに火車炎の両目が潰れていた。

片方はオレの仕業だ。

もう片方には矢が突き刺さっている。

護鬼だな？　いい戦果だ！


それでも火車炎は暴れ続ける。まるで目が見えているようにも思えたが、その動きは鈍い。

どうにか、仕留めた。引き換えにしたのは多量のＭＰって事になる。

遭遇戦闘は難しい。終わってみれば火車炎よりも金剛力士の方が強いと思う。だが事前に準備があればこそ、金剛力士の方が戦い易いのだ。

まあ当たり前だ。次に火車炎と戦う際にこの経験を活かせたらいい。何より勝って満足だ。

その一方で不満もある。これだけの難敵を倒したのはいいが、何もレベルアップがない。そしてアイテムも残さなかった。

もうオレのＭＰバーは二割も残っていない。

いい頃合だな。風霊の村に戻ってログアウトしよう。

第五章

ログインしてテントを出たら意外な光景がそこにあった。腕を組んで仁王立ちしているミオだ。

一旦、ログアウトしよう。

テントの中に戻ろうとしたが、ミオは中まで入ってくる！　よせ！　誰か助けて！

「塩！」

「はい？」

「全部寄越せとは言わない。実験に使わせて！　だから塩！」

「えっと」

「塩！」

ダメだこりゃ。

フィーナさんヘルプミー！

「ミオ」

「えっと、あの、ゴメンナサイ」

「もう、仕方ない娘《こ》ね」

助けの手はすぐに来た。フィーナ姐御《あねご》の登場です。その傍らには優香《ゆうか》がいる。彼女が呼んでくれたに違いない。目配せで感謝しておこう。

「ねえキース、個人的な依頼になるけどいい？　塩の入手なんだけど」

「えー」

「まあ依頼するにしてもそれなりに礼がないといけないわよね？　正式な依頼にするわ」

《個人指名依頼が入りました。依頼を受けますか？》

えっと、これってどういう仕組みなのかな？

プレイヤーからこの形で依頼が来るのはラムダ

くん以来だ。

「インフォが来てますけど？」

「報酬設定にボーナスポイントをベットするとそうなるみたいよ？」

「へえ」

「で、本題の方。大丈夫？」

変性岩塩の入手ですか？　金剛力士を相手にしなきゃいけないんですよ？

しかも確実に手に入るとは保証出来ない。オレの運の悪さも半端ないと思う。いや、まあいいんですけどね。南の洞窟で経験値稼ぎをするついでに依頼もクリア出来たらいいのだ。

「受けます」

「良かった。じゃあミオ、ここは一旦引きなさい」

《個人指名依頼を受けました！》

インフォには納期がない。成功報酬の有無だけって事かな？

フィーナさんはミオと話し込みながら立ち去ってしまった。時々、彼女を怖いと思う事がある。彼女に限らず、ああいった女性は敵に回したくないものだ。


朝食を摂《と》り終え、いつもの早朝ミーティングに参加、余分なアイテムをフィーナさんに売り払ったのだが、そこで事件が起きた。

矢を番《つが》えた弓がオレに向けられている。

朝からＰＫですか？

しかも堂々と？

リディア　レベル11
ソーサラー　警戒中

誰？

それに警戒中とか、冗談でしょ？

威嚇してますって！

「リディアよせ！　悪落ちする気か！」

「それはマズいってリディアちゃん！」

「放して！　あいつを殺して私も死ぬ！」

「それ、死に戻るだけ」

なんだろう。

オレが何かしたんだろうか？


リディアという女性プレイヤーは仲間に弓矢を取り上げられ、四人がかりで抑え込まれている。

極端にクールなプレイヤーがオレに一礼すると謝罪の言葉を述べた。

「お騒がせしました。彼女は興奮してるだけなので気にしなくていいです」

「いや、どうしたのかな、と思って」

「ああ、兜《かぶと》が邪魔ですからね。彼女の顔が見えないんじゃ分からなくて当然です」

リディアの兜が外された。まだ何か文句を言っているが、それよりも気になる。

見覚えがあるような？


「キースって言ったな！　対戦で勝負しろ！　それとも私が怖いか！」

せっかくの美人さんが勿体《もったい》ない。言葉遣いもよくないと思う。

いや、そうじゃなくて。

思い出した！

闘技大会でオレが泣かせちゃった、対戦相手じゃねえか！

しかしこうして怒ってる顔もいい。

美人は得だね！

そうじゃないだろ、オレってバカか！

殺されるかどうかの瀬戸際だったんだぞ？

「お気になさらずに。アレはこっちでどうにかしますので。ご容赦下さい」

やっぱりクールだ。ところで他のパーティメンバーが大変ですよ？

その言葉を信じておこう。その場を離れる事にした。いや、逃げるようにその場を後にした。


ハンネスの所に顔を出す。農作物が実っている光景はいいね！　先刻の件があったせいか、心が洗われるかのように感じられた。

畑の規模はかなり拡大した。今、オレの目の前には牧草地が広がっている。羊や牛といった家畜が殖えているから牧草地の規模も拡大し続けているのだ。グロウ・プラントの呪文があればこそ、早期に実現したと言っていい。農耕馬や農耕牛が畑を耕す風景も通常のものになってしまった。


「木魔法の使い手は増えている？」

「ええ。それでも人手不足ですけど」

ハンネスはどこまで事業を拡大するつもりなんだ？　まあ今後も頑張って頂きたいものだ。


オレも癒されたし、そろそろ出発しよう。

移動用の布陣は馬の残月、梟《ふくろう》の黒曜、隼《はやぶさ》のヘリックス、狐《きつね》のナインテイル、いつもの面々だ。

洞窟に到着するまでの間、幾つかのパーティを追い越した。プレイヤーの数は間違いなく増えている。まあプレイヤーが増えるのはいい事だろう。少なくとも、逆よりもいい。運営母体が破綻してゲームが出来なくなるのは困るしな！


洞窟の入り口で馬の残月、隼のヘリックスは帰還させる。すまない。お前達《たち》にもっと活躍の場を与えなきゃいけないな。心に留めておこう。

召喚するのは大猿の戦鬼とゴーレムのジェリコだ。牛頭《ごず》と馬頭《めず》のペア、それに金剛力士を相手に安定して戦える。狐のナインテイルも帰還させ、スライムのリグを召喚する。これで戦鬼の防御をより手厚く出来る。梟の黒曜はこのまま継続で探索役を担って貰《もら》う。前衛重視の布陣だ。その前衛には勿論《もちろん》、オレも入ってますが何か？


牛頭と馬頭が出現するポイントの前で全員を呪文で強化、肝心の【解体】スキルは控えに回して慎重に進む。

牛頭鬼　レベル2
妖怪　討伐対象　パッシブ
戦闘位置：地上　光属性

馬頭鬼　レベル2
妖怪　討伐対象　パッシブ
戦闘位置：地上　闇属性

良かった、牛頭鬼と馬頭鬼のペアのままだ。牛頭と馬頭のペアに戻っていたら大変だったぞ？

方針は変えなくていい。ジェリコを中心に牛頭鬼を抑え、馬頭鬼はオレが相手をする。またレベルが上がっているが、基本は変わっていないという確信があった。

それにパッシブの状況を利用した。オレは横合いから馬頭鬼に迫る。黒曜と戦鬼、リグは牛頭鬼だ。

真っ先に狙うのは得物を奪う事。先制の利を最大限活用したい。あ、ジェリコは遅れてもいいからな！

馬頭鬼の懐に入る。

足の甲を踏み腕の関節を取った。

そのまま腕返しへ。

無論、一発で投げる事は出来ない。

今回の目的は違った。

馬頭鬼を牛頭鬼にぶつけるのだ！

膝裏と足首を連続で引っ掛けて、崩す。

体重を利用して馬頭の腕を引き込んだ！

牛頭鬼は戦鬼に刺叉《さすまた》で攻撃しようとしていた。

そこに馬頭鬼が突っ込んだ。

いや、突っ込ませた。

互いにぶつかった所で後ろから膝裏を蹴る。

馬頭鬼の腰に取り付いて、投げた。

裏投げ。

体格がかなり違うがどうにかなったか？

錫杖《しゃくじょう》を持つ手の甲を踏み腕絡みを仕掛ける。

首に足を絡めて関節を極《き》めた。

惜しくも完全に極まる前に馬頭鬼が強引に立ち上がる！　だがその代償に錫杖を手放した。

計画通り！


牛頭鬼と戦鬼が組み合っている所にジェリコが間に合った。これで拮抗《きっこう》するだろう。あのペアのパワーならば任せて安心、黒曜とリグもいるのだ。

足を組んで馬頭鬼の首を捻《ひね》る。そうさせまいと馬頭鬼も動く。だがオレの方が速かった。

腋《わき》の下に馬頭鬼の口元を挟んで固定。

足を組んで極めていた首は放した。

パスガードして体重を移動、脇固めに成功。

普通なら痛め技にする所だ。しかし妖怪の馬頭鬼に痛め技は通用しない。だから、抑え込みながら呪文も使う。

「ディフェンス・フォール！」

左腕を両足で挟んで、馬頭鬼の首元に腕を回す。

無論、それで終わらせるつもりはない。

雪豹《ゆきひょう》の隠し爪を首元に突き立てる。

同時に首を絞めた。

攻めるのは飽くまでも左腕と首。

そうする事に意味があった。

馬頭鬼は痛がる様子を見せない。だがその動きは完全に封じていた。立ち上がろうとする度に首を捻る角度を変える。どんなに力のある者であっても、肩甲骨と腱《けん》を痛めつけてやればまともに動けなくなるのだが、馬頭鬼も同様であるらしい。

馬頭鬼の右腕は完全にフリーだが、立ち上がろうと腕を使う事だけはさせない。肘裏を蹴って対応した。オレの腕を外そうとしても完全にロックしてあるから無理だ。それでも足掻《あが》く馬頭鬼。

いいぞ、もっと暴れろ！

「リダクション・タッチ！」

この呪文は強制的にアルカリ反応を発生させる効果がある。本質的に攻撃呪文じゃない。それに馬頭鬼は妖怪、効くかどうかは不明だったのだが、これが効いた。手をかざし呪文を放った箇所の肉が徐々に焼けている。いや、溶けている！　水酸化ナトリウム水溶液で指の指紋が摩滅した事を思い出した。

それでも元気にオレを引き剝がそうとする馬頭鬼。オレはブランチ・バインドの呪文を使って動きを阻害しながら首元を絞め続けた。

この攻防は長く感じたが、そうでもなかったのかもしれない。結局、馬頭鬼は寝技だけで片付いた。いや、使った呪文は多かった。最初からまともにぶつかっていた方がＭＰ《マジックポイント》の消耗は少なかったかも？　でもこの方がリスクは少ない。

パワーを封じてテクニックで勝つ。

会心の出来だったと思う。

で、牛頭鬼は？　既にジェリコの足元に転がってました。もう片付いていたのか。

そうそう、忘れてはいけない。中継ポータルに至るまでにはもう一組と戦う事になる。今の牛頭鬼の戦い振りを見ていないが、馬頭鬼の感じで言えば金剛力士には及ばない。まだ【解体】スキルは外したままでいい。次もいけるかな？

牛頭鬼　レベル3
妖怪　討伐対象　アクティブ
戦闘位置：地上　光属性

馬頭鬼　レベル3
妖怪　討伐対象　アクティブ
戦闘位置：地上　闇属性

「ルート・スネア！」

今度は速攻だ。先刻、牛頭鬼と馬頭鬼との戦闘で使った呪文の効果はまだ残っている。

勿体ない。これを利用しなきゃ勿体ない！

牛頭鬼の足元に木の根が絡みつくが転んだりはしなかった。だが体勢は完全に崩れている。オレが足で払うだけで簡単に転んだ。

転んだ先には戦鬼とジェリコがいる。ジェリコは牛頭鬼の上半身に跨《また》がってマウントポジションを確保した。戦鬼は腕にストンピング攻撃を喰《く》らわせている。お前達はレスラーか！


馬頭鬼が錫杖を振り回す。

タイミングを合わせ、頭を下げて懐に入る。

腰に抱きつき体を反転して裏投げ。

投げる先は地面じゃない。壁だ！

大きな衝撃音、ダメージもあった筈《はず》だ。

それでも馬頭鬼は錫杖を手放さない。

天晴《あっぱ》れ！

だがその後ろ姿をオレに見せたままだ。膝裏を蹴り飛ばし後頭部に肘打ちを加える。

まだ呵責《かしゃく》のトンファーは使っていない。素手でどこまで出来るか、試したかったのだ。

振り返った馬頭鬼の表情は？

まるで変わっていません。

でもＨＰバーは正直だ。

既に二割近くを削った事になる。

一番の功労者は多分、壁だな！

また馬頭鬼が突進！

オレの望んでいた展開だ。

錫杖の下を抜けて右足にタックル。

そのまま足を絡めてスパイラル・ガード。

勢いがあるから、馬頭鬼は倒れてしまう。

爪先を脇に抱えて今度は足関節技を狙う。

ヒール・ホールドだ！

確かに馬頭鬼はパワーで上回るが、虚を衝《つ》けば技は通用する。使わせて貰うぞ！

極める。そして捻《ね》じり上げる。

折る。これは無理だったか？

それでも足首を使えなくするには十分だ。


強引にオレを引き剝がした馬頭鬼だが、まともに動かない右足で立とうとして失敗している。得物の錫杖はまだ持っているが、振り回せない。

右手首を蹴り上げる。

その錫杖も手放す事になった。


今度はもう片方の足を狙う。サイドに回り込んで左足の膝裏に蹴りを入れた。体勢を崩すのは簡単だった。右足が使えないのだから当然だ！

左足首を捕捉、そのまま持ち上げてスタンディングで足関節を極める。ついでに股間にも蹴りを入れるが、大して効いていない。いや、隙だらけだとやってしまうんだよ！

左足首を捻って破壊する。壊したのは足首ではなく、股関節だ。続けて膝を地面に叩《たた》きつけた。

これで両足をまともに使えなくなったか？

馬頭鬼は上半身だけで戦うつもりだ！

《只今の戦闘勝利で種族レベルがアップしました！　任意のステータス値に1ポイントを加算して下さい》
《ボーナスポイントに2ポイント加算されます。合計で19ポイントになりました》

だがオレの目には既に死に体だ。

ＨＰバーはまだ四割もあるけどね！

楽に仕留めてやった方がいいかな？

呵責の杖《つえ》を手にして一方的な滅多打ちだ。それはそれで悲しいものがある。相手が強敵であるだけにより一層そう思える。それに緊張感が一気になくなるのが困る。

結局、馬頭鬼はそのまま仕留めた。最後の方はともかく、関節技が上手《うま》く使えたのは良かった。

パワーの差や体格差をひっくり返す展開は気持ちいい。オレの場合、呪文の底上げがあればこそだ。現実ではこうはいかない。

《只今《ただいま》の戦闘勝利で【召喚魔法】がレベルアップしました！》

《同時召喚可能なモンスターの数が最大5匹に増えます》

ステータス
器用値　16
敏捷値　16
知力値　22
筋力値　16
生命力　16
精神力　22(↑1)

おお！　レベルアップが来ましたよ？

同時召喚は五匹、これでパーティの人数制限の上限になる訳だ。ようやく定数に達したとも言える。それに新たな召喚モンスターも喚《よ》べる。

オレ自身のステータスも何を上昇させるか既に決まっていた。精神力を指定、これで数字もきれいに揃《そろ》った。実に目出度《めでた》い。

中継ポータルに移動して休憩するとしよう。新しい召喚モンスターを何にするのか、ゆっくりと悩むのもいい。

塩？　ミオには悪いが後回しだ。金剛力士が逃げる事はないしな！

金剛力士・阿形《あぎょう》　レベル11
天将　討伐対象　アクティブ
戦闘位置：地上　風属性

金剛力士・吽形《うんぎょう》　レベル11
天将　討伐対象　アクティブ
戦闘位置：地上　水属性

中継ポータルの手前の広間だ。本当は中継ポータルに行きたいのだが、広間で戦闘中でした。

金剛力士のペアを相手に戦っているのは六名のプレイヤーだ。間違いなく、攻略組だろう。

かなり苦戦している。だがプレイヤー間で声掛けをしながらお互いフォローしている。中でも指示を出している後衛のプレイヤーが的確な判断をしていた。一見すると攻撃の手を止めているようだが、全体の動きを見ていると分かる。

プレイヤー側は大きなダメージを喰らいながらも回復を適宜行い戦線を維持している。注目すべきなのは壁呪文の使い方だ。土の壁で阿吽《あうん》を分断しながら戦っていた。

プレイヤーの前衛で壁役は二枚。良く耐えていると言える。その壁役二人の間で槍《やり》持ちが攻撃に徹する戦術だな。

そして後衛。中央に火力担当、兼任で戦況判断担当のソーサラー。その右脇に弓持ちエルフ、恐らくはハンターだ。

左脇には珍しいのがいる。楽器を演奏しながら歌っている。吟遊詩人、バードだ。闘技大会では見掛けたが、それ以外では殆《ほとん》ど見ない職業だ！

全滅しかねないようなら介入したかな？　だがオレの見た所、全員生き残って勝利出来そうだった。観戦するのもいいが、時間が惜しい。金剛力士像はもう一対いるのだ。挑むとしよう。

おっと、その前に新しい召喚モンスターを何にするか、決めておきたい。リストだけでも見ておくか。

ウルフ
ホース
ホーク
フクロウ
ウッドパペット
バット
ウッドゴーレム
ビーストエイプ
鬼
赤狐
タイガー
バイパー
スケルトン
スライム
ミスト
ライオン
大亀
フェアリー

ギガントビー
ビッグスパイダー

増えてる。また増えてる。蜘蛛《くも》も召喚出来るのかよ！　また悩ましい事になったが、さっさと召喚してしまえば悩みは消えるのだ。

追加してしまえ！

クリープ	
バイパーLv1(New!)	
器用値	10
敏捷値	14
知力値	12
筋力値	10
生命力	16
精神力	10
スキル	
噛み付き	
巻付	
匂い感知	
熱感知	
気配遮断	
毒	

バイパーにしました。以前からイリーナが召喚して一緒に狩りもしているから見知った姿だ。

そのクリープなんですが、ジェリコの体を這《は》い上がっていく。

では準備はいいかな？

呪文で全員を強化していく。

そしてオレも**【解体】**スキルを控えから戻し、セットし直した。さあ、挑むとしよう。

《金剛力士像に挑みますか？》

《ＹＥＳ》《ＮＯ》

ＹＥＳを選択、即座にオレ自身も強化する。

「練気法！」

さあ、来なさい！

金剛力士・阿形　レベル２

天将　討伐対象　アクティブ

戦闘位置：地上　火属性
金剛力士・吽形　レベル2
天将　討伐対象　アクティブ
戦闘位置：地上　土属性

レベルが下がってやがる！

だが侮れる相手ではない。

オレが正対したのは阿形だ。独鈷杵《とっこしょ》からは炎を纏《まと》った刃が伸びている。

同じパターンだ。この辺りはもう読めてる。だからこそレジスト・ファイアの呪文は事前に使ってあった。それでも熱い！

召喚モンスター達は黒曜を除いて吽形に向かわせた。レジスト・アースの呪文は使ってある。

オレは呵責のトンファーを使っていた。こうして正対してみると金剛力士は大きい！　顔への攻撃なんか当たりゃしない。

それに独鈷杵を落としてくれない。黒曜も牽制《けんせい》を続けているが、まるで気にしていない。今も手首を極めようとしたが、阿形がもう片方の手でブロックしていた。

学習してる？　そんな訳ないか。

足元が隙だらけになった。足を払い転がす。

すぐに立ち上がり独鈷杵で突いてきた。

カウンターは狙わず手首を狙う。

トンファーで挟む。

外側に、捻る。

右腕を肩に担いで逆関節を極めた。

無論、それで終わらない。

投げた。同時に阿形の関節が有り得ない方向に曲がる。折れた、いや、折った！　それでも独鈷杵を手放さない阿形、いい根性してる！

だがその独鈷杵もまともに扱えない。オレは脇腹に攻撃を集中させる。阿形への攻撃手段、残るは左腕に蹴り、頭突きに体当たりだ。まだ油断出来る状況じゃない！

前蹴りが飛んできた。体を開いて避け、膝裏を持ち上げた。それだけで簡単に転ぶ。

股間に蹴りを入れ、脇腹にもトンファーを叩き込んだ。阿形はすぐに立ち上がる。

左腕で裏拳だと？　今のは危なかった！


阿形のＨＰバーはまだ半分以上ある。そしてオレが恐れる攻撃方法を見せ始めた。

体当たり。そして頭突きだ。

地味？　そんな事はない。

体格で優位なら、来ると分かっていても防ぎきれない、そういう技なのだ。


「ルート・スネア！」

阿形の足元に木の根が絡みつく。転んでくれない。パワーで引き千切られた！


こうなると身を削るしかない。足元へ超低空で潜り込む。阿形の膝が直撃、これは耐えた。

ダメージは当然、喰らう。それと引き換えに攻撃の機会を得た！

馬頭鬼と同様、足を潰しにいく。ヒール・ホールドだ！　トンファーを持ったままだ。

だが阿形は馬頭鬼よりも強い。

左足の筋力だけでオレの体重を支え、振り回してくる！　吹き飛ばされてしまった。

格が違う？　その通りだ。


吹き飛ばされる前に左膝と股関節は半ば破壊してある。もう体当たりは威力半減だろう。

阿形は独鈷杵を左手に持ち替えた。そこに活路を見出《みいだ》すのが正解だろう。予想の範囲内だよ！


「グラビティ・バレット！」

攻撃呪文を放つ。

黒曜からも水の針が何本も撃ち込まれていく。

今度はこっちから仕掛けた。

呪文による衝撃にこいつは耐えるだろう。

オレの突進などまるで問題にしないだろう。

だがそれが続いたら、どうかな？

　独鈷杵の刃先はオレに届かなかった。呪文の衝撃が突きを鈍らせたようだ。

黒曜も眉間に攻撃を撃ち込んだ。

オレは再びトンファーで手首を捕らえる。

そのまま捻って肘関節を極めて背負った。

綺麗《きれい》に折れたようだ。

左手に持つ独鈷杵が地面に落ちる。炎を纏った刃が消えた。ようやく熱さから解放された。

　もう阿形は死に体だ。頭突きをしてくるが好都合だ。トンファーで殴れる間合いになる。阿形は程なく仕留めた。


　で、吽形は？

また奇妙な事になっている。

戦鬼は吽形にフロントスリーパーを喰らっているようだ。ジェリコが腕を取って固定、なんとか耐えているが、拮抗しているのか？

黒曜が参戦、吽形の頭頂を突く。

吽形の首にはクリープが巻き付いたまま噛《か》み付いています。無茶しなくていいんだぞ？

リグはどうした？　ああ、ちゃんと戦鬼に張り付いているようだ。

戦鬼の左手が吽形の股間に差し込まれた。

吽形を横にして持ち上げる。

そして地面に叩きつけた。

ボディスラムだ。抱え投げ、とも言う。

ある意味、投げ技はどれも地面を凶器とする。

この技もプロレスではお馴染《なじ》みで大した威力はない印象があるだろう。

これが極めて危険だ。体を鍛えてあって、マットの上、しかも技を仕掛ける方が受身をとりやすいように投げるから成立するのです。

ここの床面は石造りだ。凶器です！


その一撃は効いた。一気に吽形のＨＰバーが削れてしまう。クリープは平気か？　ああ、ジェリコの肩に移動してました。

そこからはもう技とか関係なかった。ストンピング攻撃が延々と続いた。何故《なぜ》だろう、楽しそうに見える！

オレも参加してみました。オレの脚力では大して効かないだろう。それでも付き合いは大事だ。

吽形は踏み潰されて終わった。

《只今の戦闘勝利で召喚モンスター『戦鬼』がレベルアップしました！》
《任意のステータス値に1ポイントを加算して下さい》
《召喚モンスター『戦鬼』がクラスチェンジ条件をクリアしました！》
《クラスチェンジは別途、モンスターのステータス画面から行って下さい》

戦鬼

ビーストエイプLv7→Lv8（↑1）

器用値　11
敏捷値　20
知力値　6
筋力値　26（↑1）
生命力　26（↑1）
精神力　6

スキル

打撃
蹴り
投擲
受け
回避
登攀
投げ技

さあ、来ましたよ？　戦鬼をクラスチェンジさせないと！　その前に済ませないといけない事もある。戦鬼のステータス値で既に上昇しているのは生命力だ。任意のもう一点のステータスアップは筋力値を指定した。

よし、中継ポータルに行こう。

待て、何か忘れているような？

おお、そうだ！　阿吽の金剛力士ですが、ちゃんと変性岩塩（聖）を残してました。フィーナさんの依頼はこれでクリアだ！

改めて広間に入ってみた。金剛力士のペアは石像と化している。いや、元通りになっていた。

どうやら先程のパーティとの戦闘は終わったようだ。そのパーティはもう広間にいない。勝っていると思うけど、中継ポータルにいるのかな？

中継ポータル内には四つのパーティがいた。そのうちの一つは先刻戦っていたパーティだ。こちらを気にする様子もあったけど、気にしていられない。オレにはお楽しみがあるのだ。戦鬼のクラスチェンジが待っている。

候補は？　二つあるようだ。

クラスチェンジ候補
シルバーバック
レッサーオーガ

オーガが来た！　オレでも知ってるファンタジー世界の暴れ者だ！

クラスチェンジ後のステータス変化やスキルの追加を確認するまでもなく、心はレッサーオーガに傾いていた。それでも一応、確認はしておこう。

戦鬼

ビーストエイプLv8→シルバーバックLv1(New!)

器用値　11	敏捷値　22(↑2)
知力値　6	筋力値　28(↑2)
生命力　28(↑2)	精神力　6

スキル

打撃	蹴り
投擲	受け
回避	登攀
投げ技	噛み付き(New!)

【シルバーバック】召喚モンスター　戦闘位置:地上

猿獣。主な攻撃手段は手足による格闘と噛み付き。
ビーストエイプのボス。体格は人間を上回る。
タフで力も強く身軽で前衛戦闘に向く。背中に灰色の毛があるのが特徴。

《クラスチェンジしますか?》

《Yes》《No》

戦鬼

ビーストエイプLv8→レッサーオーガLv1(New!)

器用値　11	敏捷値　20
知力値　6	筋力値　27(↑1)
生命力　27(↑1)	精神力　6

スキル

打撃	蹴り
投擲	受け
回避	登攀
投げ技	自己回復[微](New!)

【レッサーオーガ】召喚モンスター　戦闘位置:地上

鬼獣。主な攻撃手段は手足による格闘。
オーガの下位種で自己回復能力がある。体格は人間を上回る。
タフで力も強く身軽で前衛戦闘に向く。

《クラスチェンジしますか?》

《Yes》《No》

さあ、どうする？
いや、もう決めてましたけどね。
レッサーオーガにしました。
だが問題発生、体格が大きく変わった。これはサキさんに相談しておかないとダメだな。既に戦鬼の装備を依頼してあるんだが、変更は間に合うのだろうか？

サキさんにメッセージを送ったら少し落ち着いた。改めて周囲を見回す。オレ以外のパーティは昨夜ここに泊まっていたようだ。四つのうち三つのパーティは共に行動しているらしい。話し合いをしているようだ。

まあ、気にしなくていいか。こっちはもう依頼を済ませた。戻って塩を渡せばいいだけだ。今日はこの後、好きなように経験値を稼ぐのもいい。牛頭と馬頭に挑むのもいいかな？

そう言えばあの牛頭と馬頭、日を跨《また》いだら復活するんだろうか？　もっと近場に数多くいてくれたらいいのに！

しまった。先程とはまた別の二つのパーティが中継ポータルを出た。慌てて追いかけてみると、広間では既に戦闘が始まっている。彼等《かれら》の相手は獅子《しし》と狛犬《こまいぬ》だ。スピードのある相手に苦戦しているようだが、どうにかなりそうでもある。

ここは放っておこう。大きく広間を遠回りして戦闘を避けた。まだ昼飯にするには早い。牛頭と馬頭のペアに戦いを挑むとしよう。

いや、牛頭鬼と馬頭鬼だ。それに【解体】をどうしようか？　牛頭鬼と馬頭鬼も手に余る可能性がある。セットしたままにしておこう。

ここで梟の黒曜は蝙蝠《こうもり》のジーンと交代だ。黒曜のＭＰバーは半分を大きく割り込んでいたからだ。

お疲れ様でした！
すぐ傍《そば》の支道の奥にいる筈の牛頭鬼と馬頭鬼はいなかった。先客がいたのか？
まあいい。他にも出現するポイントはある。
二つの支道がメインの洞窟に繋《つな》がっている所はどうか？　いた。いました！

牛頭鬼　レベル４
妖怪　討伐対象　パッシブ
戦闘位置：地上　光属性

馬頭鬼　レベル４
妖怪　討伐対象　パッシブ
戦闘位置：地上　闇属性

まだこっちに気付いていない。
では先制しよう。その前に全員を呪文で強化するのも忘れちゃいけません！

《只今の戦闘勝利で【身体強化】がレベルアップしました！》
《只今の戦闘勝利で召喚モンスター『クリープ』がレベルアップしました！》
《任意のステータス値に１ポイントを加算して下さい》

クリープ

バイパーLv1→Lv2（↑1）

器用値	10
敏捷値	15（↑1）
知力値	12
筋力値	11（↑1）
生命力	16
精神力	10

スキル

噛み付き
巻付
匂い感知
熱感知
気配遮断
毒

クリープのステータス値で既に上昇しているのは敏捷《びんしょう》値だった。任意のステータスアップは筋力値を指定する。こうして見ると地味にステータス値が均等だ。特徴を出すにはどこかを突出させた方がいいのだろうが、スキルで十分なのかな？

それにしてもクリープは新たに召喚したばかりだ。たった二戦、勝利したらレベルアップ？　それだけ経験値を得ているって事なんだろう。但しそれだけの活躍をしているかどうかは疑問だ。

戦闘そのものは実に単純に進んだ。オレの戦い方はより単純化していた。馬頭鬼の攻撃を避け、通路の壁に頭から突っ込ませる。錫杖を奪う過程を省略したのだ。

当然だけど楽じゃなかった。錫杖は避けたつもりでいたが、数発喰らっていたようだ。掠《かす》っただけで減っている！　無論、呪文で強化してあったし、防具も以前より性能が上がっている。

強かった。金剛力士に迫っていた。

牛頭鬼の方は簡単に片付いていた。戦鬼のクラスチェンジによる影響が大きい。パワーではまだ負けていたが、体格は互角以上になっている。その上でリグがカバー、防御しているのだから優位に戦えて当然とも言える。

それでも多少はダメージを喰らっている。そのダメージを戦鬼自身が回復しているのだ！

敵に回したくないスキルだよな、あれって。味方だと実に頼もしい。

さて、妖怪達は何を残したかな？　確かに何かが残されている。おかしいぞ？　かなり大きい。

【道具アイテム】

地獄の釜　品質C+　レア度5　重量12

地獄で亡者を煮て呵責を与えるための釜。
素材は鉄に近い特性がある。
地獄の炎で鍛えられている。

つまりその、何だ。地獄のアイテムでシリーズ化してる訳だな？　しかもオレは金属アイテムを渡されても嬉《うれ》しさ半分なんですけど！

それに重い。

重いよ！

ジェリコと戦鬼がいるから運ぶ事は出来るけどね。それに《アイテム・ボックス》に空きがあって良かった。本当に良かった。何に利用出来るかはオレが考えなくていい。フィーナさん達に任せてしまえ！

さて、次の牛頭と馬頭のペアと遭遇するとどうなる？　検証の機会はすぐに訪れた。

牛頭　レベル1
妖怪　討伐対象　パッシブ
戦闘位置：地上　火属性

馬頭　レベル1
妖怪　討伐対象　パッシブ
戦闘位置：地上　火属性

最初に戻ったみたいだ。納得ではある。でも失望もあった。理由は単純、弱いのだ！

いや、十分に強いのだが、牛頭鬼と馬頭鬼のペアと比べたら格が違う。

実際、戦ってみたら凡戦に近かった。戦闘は五分も続かなかっただろう。三分あったかさえ微妙だ。

落差が激しい。こっちが強くなっているのだ、と強引に納得するしかない。そして獄卒の鼻輪が残されました。あれ？　レベル2でもこれが残らなかったたか？

昼飯までに牛頭と馬頭のペアを更に二対、狩ってみた。レベル3の相手には【解体】をセット、得られたアイテムは獄卒の鼻輪だ。

確定か？　レベル4のペアからは地獄の閂《かんぬき》を得ている。レベル3までのペアからは獄卒の鼻輪になるものと考えるべきだろう。

温《ぬる》い戦闘を続けても仕方ない。牛頭と馬頭のペアを相手に連戦するにしても、心当たりのある居場所はもう少ない。あるにはあるが、遠征になってしまう。次の相手は金剛力士にしよう。

金剛力士・阿形　レベル3
天将　討伐対象　アクティブ
戦闘位置：地上　火属性

金剛力士・吽形　レベル3
天将　討伐対象　アクティブ
戦闘位置：地上　土属性

「練気法！」

目の前では金剛力士像が動き始めていた。

私は帰ってきたぞ！

既に全員、呪文で強化済みだ。

目の前で各々の独鈷杵から刃が伸びていく。

炎を噴き上げる阿形の火の刃。

黒曜石に似た岩で磨かれた吽形の石の刃。

またしても激闘の予感がした。その予感が外れる事はない。その筈だ。

ついでに塩も狙えるかな？　複数持って帰っても文句ないよね？

戦いが始まった。

それはお楽しみの時間の始まりでもあった。

《只今の戦闘勝利で職業レベルがアップしました！》

《プレイヤーがクラスチェンジ条件をクリアしました！》
《クラスチェンジは別途、ステータス画面から行って下さい》
《只今の戦闘勝利で召喚モンスター『ジェリコ』がレベルアップしました！》
《任意のステータス値に1ポイントを加算して下さい》
《召喚モンスター『ジェリコ』がクラスチェンジ条件をクリアしました！》
《クラスチェンジは別途、モンスターのステータス画面から行って下さい》
激戦だった。それだけに経験値も大いに稼げただろう。それにジェリコがレベルアップ、これでクラスチェンジになる訳だ。何にしようか？
そうじゃない。いや、嬉しいのは間違いないが、そうじゃない。クラスチェンジ？
誰が？　オレもか！　本当に？
上の空で残された変性岩塩（聖）を拾う。
落ち着け。少しは落ち着け。
そうだ、中継ポータルに移動しよう。
ついでに昼飯にしよう。
そうしよう。

中継ポータルには誰もいない。坑道攻略に出発したのだろう。これなら気が散らなくて済む。いや、助かった、だな。

蛇のクリープを帰還させて人形の文楽を召喚、闘牛の外腿肉《そとももにく》に野菜類、そして変性岩塩（聖）を渡して昼食の用意を任せる。

オレが今、優先してやるべきなのはクラスチェンジ操作だ。では、どっちから？　悩ましいがジェリコからにした。ジェリコのステータス値で既に上昇しているのは筋力値だ。任意のもう1ポイントは生命力にしておく。

ジェリコ

ウッドゴーレムLv7→Lv8（↑1）
器用値　5
敏捷値　6
知力値　5
筋力値　36（↑1）
生命力　36（↑1）
精神力　5

スキル
打撃
蹴り
魔法抵抗[微]
自己修復[微]
受け

では次だ。

クラスチェンジ先には何があるんだ？

クラスチェンジ候補
クレイゴーレム
マッドゴーレム
ブロンズゴーレム

クラスチェンジ候補が三つもあるのか！

これまた悩ましいが落ち着け。クラスチェンジは初めてじゃないのだ。普段通り進めたらいい。

ジェリコ

ウッドゴーレムLv8→クレイゴーレムLv1 (New!)

器用値	5	敏捷値	6	知力値	6(↑1)
筋力値	37(↑1)	生命力	37(↑1)	精神力	6(↑1)

スキル

打撃	蹴り	魔法抵抗[小](New!)
自己修復[微]	受け	土属性(New!)

【クレイゴーレム】召喚モンスター　戦闘位置:地上

土製のゴーレム。主な攻撃手段は手足による格闘。
動きは鈍く細かな作業は不得手。タフで力が強く前衛での戦闘に向く。疲れを知らない忠実な従僕。

《クラスチェンジしますか?》

《Yes》《No》

ジェリコ

ウッドゴーレムLv8→マッドゴーレムLv1 (New!)

器用値	5	敏捷値	6	知力値	5
筋力値	35(↓1)	生命力	35(↓1)	精神力	5

スキル

打撃	蹴り	魔法抵抗[小](New!)
自己修復[微]	受け	液状化(New!)

【マッドゴーレム】召喚モンスター　戦闘位置:地上

泥製のゴーレム。主な攻撃手段は手足による格闘。
動きは鈍く細かな作業は不得手。タフで力が強く前衛での戦闘に向く。
泥状に変化が可能。疲れを知らない忠実な従僕。

《クラスチェンジしますか?》

《Yes》《No》

ジェリコ

ウッドゴーレムLv8→ブロンズゴーレムLv1 (New!)

器用値	5	敏捷値	7(↑1)	知力値	5
筋力値	38(↑2)	生命力	38(↑2)	精神力	5

スキル

打撃	蹴り	魔法抵抗[小](New!)
自己修復[微]	受け	

【ブロンズゴーレム】召喚モンスター　戦闘位置:地上

青銅製のゴーレム。主な攻撃手段は手足による格闘。
動きは鈍く細かな作業は不得手。タフで力が強く前衛での戦闘に向く。
金属製で回復呪文は効き難い。疲れを知らない忠実な従僕。

《クラスチェンジしますか?》

《Yes》《No》

悩む。悩んでしまう。他に気になる事があるから集中出来ていない。ハードコピーを保存している間も意識がそっちに向く。サモナーからクラスチェンジって、何に？

だからさ、こっちを先に片付けるべきだ！

どれにするんだ？

悩んだけど、マッドゴーレムにしました。どれも前衛の壁役として優秀に思えたが、液状化というスキルに注目だ。スライムのリグが防御面で大きく貢献し続けていたのも大きかった。

ジェリコの外見の変化はどうか？　元々、顔の表情がないのだが、益々《ますます》分からなくなった。近くで見ると体は泥そのものだが、触るとちゃんと硬いのだ。

液状化を使わせてみた。まるでスライムのように自在に変化する。どうやって形状を維持しながら移動しているのだろう？　スライム同様、粘着しているのだろう。この状態のまま前衛でどう戦うのか、面白そうだ。

これで一つ、悩み事は消えた。

次はオレ自身、サモナーからのクラスチェンジだが、どうなるんでしょう？

ステータス画面を開いて確認。現在の職業はサモナー（召喚術師）、レベル15となっている。その項目に目を凝らすと、クラスチェンジ候補が表示された。

グランドサモナー（召喚魔法師）

ネクロマンサー（死霊術師）

セージ（賢者）

その他

四つもあるのか。

いや待て、四つ目の『その他』って何？

先に『その他』を選択してみたら、様々な職業が表示された。注目は一番上の注意文だ。

『これらの職業はサモナーの上位職ではありません。クラスチェンジ後は技能等にペナルティがあります』

はい、選択肢が一つ消えた。一応、どんな職業が選択可能なのか見てみよう。

クラスチェンジ候補
ファイター
アルケミスト
ファーマシスト
ウッドワーカー
グラスワーカー
ソーサラー

リストでは他の基本職になるようだが、全てを網羅していない。サモナー時に取得したスキルが影響しているのか？　そうでなければ行動を通して選択可能になっているのか？

いずれにしてもスルー決定だ。本題へ行こう。サモナー上位職ってクラスチェンジ後の変化はどうなっているんだ？

キース

種族　人間　男　種族Lv15（↑1）
職業　サモナーLv15→グランドサモナーLv1（New!）

ステータス

器用値	17（↑1）	敏捷値	17（↑1）	知力値	24（↑2）
筋力値	16	生命力	16	精神力	24（↑2）

【グランドサモナー】
召喚魔法師。サモナー上位職。
一定以上の評価を得たサモナーのみが就く事が出来る。

《クラスチェンジしますか?》
《Yes》《No》

キース

種族　人間　男　種族Lv15（↑1）
職業　サモナーLv15→ネクロマンサーLv1（New!）

ステータス

器用値	16	敏捷値	16	知力値	24（↑2）
筋力値	17（↑1）	生命力	17（↑1）	精神力	24（↑2）

【ネクロマンサー】
死霊術師。サモナー上位職。
アンデッドを使役する事に長けたサモナーのみが就く事が出来る。

《クラスチェンジしますか?》
《Yes》《No》

キース

種族　人間　男　種族Lv15（↑1）
職業　サモナーLv15→セージLv1（New!）

ステータス

器用値	16	敏捷値	16	知力値	25（↑3）
筋力値	16	生命力	16	精神力	25（↑3）

【セージ】
賢者。サモナー上位職。
魔法技能に長けたサモナーのみが就く事が出来る。

《クラスチェンジしますか?》
《Yes》《No》

全てハードコピーして保存っと。オレはグランドサモナーへのクラスチェンジを選択した。

何故かって？

サモナーだからさ！

ステータス値の数字の並びが崩れたけど気にならない。クラスチェンジしなきゃ損だよな？

それにしても気になる。師匠はサモナーのままじゃなかったか？


まあいい、次だ。クラスチェンジ後の変化はどうだ？　何かが変わってるような感じはしない。召喚モンスター達のようなスキルの追加もない。勿論、どれだけ強くなっているのか実感出来る筈もなかった。実戦で確かめておくべきだ。


文楽が作った料理はうどん、トッピングは豪勢に肉が大盛り、例の塩を使って焼いたのだろう。

貪る様に食べ進めた。

同時に戦う相手を何にするのか、考える。

金剛力士のペアがいい。

場所が分かっているし、確実に挑める。

強さも申し分ない。

何度か戦っているから比較も出来る。


「ゴフッ！」

むせた。

考え事をしてるうちに思わず笑ったせいだ！


食事を摂り終えたら早速だが布陣変更だ。人形の文楽は帰還させ、鬼の護鬼を召喚する。

狙いは明白、護鬼も次のレベルアップでクラスチェンジになるだろう。梟の黒曜も蝙蝠のジーンと交代だ。どうせ経験値稼ぎにもなるのだし、楽しみは多い方がいい。

金剛力士のペアは二組いるが、広間の前にいる金剛力士の像を選んだ。阿形は火属性、吽形は土属性である事は分かっている。もう一方は阿形が風属性、吽形が水属性であるのだが、選んだ理由は特にない。気分だ。いずれも対抗策は確立されているし、戦い方の基本も変わらない。

それでも油断は出来ない。

金剛力士はそういう相手なのだ。

金剛力士・阿形　レベル2
天将　討伐対象　アクティブ
戦闘位置：地上　火属性

金剛力士・吽形　レベル2
天将　討伐対象　アクティブ
戦闘位置：地上　土属性

「練気法！」

全員を呪文で強化し金剛力士に挑む。


今回、阿形はオレとジーンで相手をする。

ジェリコ、戦鬼、護鬼、そしてリグが吽形を相手にする訳だ。戦力は、落ちていない。同時召喚は五匹になっているのだから確実に戦力は上がっているのだ。勝てて当然だろう。

慢心ではなく、確固とした自信があった。

《只今の戦闘勝利で召喚モンスター『リグ』がレベルアップしました！》
《任意のステータス値に1ポイントを加算して下さい》

リグ

スライムLv6→Lv7（↑1）

器用値	14（↑1）
敏捷値	7
知力値	7
筋力値	7
生命力	9
精神力	7（↑1）

スキル

溶解
形状変化
粘度変化
表面張力偏移
物理攻撃無効

戦闘内容は想定の範囲内だったと思う。少なくともオレと阿形に関してはそうだ。

クラスチェンジしても印象は変わらない。格闘戦をしたけど感触はまるで変わっていません。

攻撃呪文の威力は少しだけ上がっている気がする。それに呪文の使用によるＭＰバーの減りが少ない気がする。その程度で正直言ってよく分からない。変わっているとしても僅かなものなのだろう。どうせ大きく変わっていたとしても、いずれはそれが普通になる。そうなったらもう違いなど分かる筈もない。日常の感覚の中に埋没するだけだ。気にしないでおこう。

それよりもリグがレベルアップだ。ずっと戦鬼の防具と盾として地味に活躍していた筈だ。

それにリグは次でレベル８になる。こいつはクラスチェンジでどうなるんだろう？

リグのステータス値で既に上昇しているのは器用値だった。任意のもう一点は精神力を指定する。

周囲を見回すと様子がおかしい。十名を超えるプレイヤー達が遠巻きにこっちを見ている。

あらやだ、恥ずかしい。

いや、違うな。

彼等も金剛力士像に戦闘を挑みたいのかもしれない。順番は守るべきだろう。今回、幸運にも変性岩塩（聖）が手に入っている。この場所から早く去る事にした。


さて、オレがクラスチェンジした事による変化については確認出来た。それはいい。ジェリコの方はまともに見ていない！　マッドゴーレムになってどうなったのか？　分かる筈もなかった。

ではどうする？　戦う所を観戦するしかないだろう。そう、オレが前衛から退けばいいのだ。

戦う相手はもう一対の金剛力士像にした。こっちの阿形は風属性、吽形が水属性になる。

大猿の戦鬼とスライムのリグ、それに鬼の護鬼は阿形が相手だ。ゴーレムのジェリコと蝙蝠のジーンは吽形の相手をさせよう。

情勢によってはオレも介入すべきだ。勝負でもあるのだから負けるつもりはない。

それにしてもこういった戦い方はやってこなかったが大丈夫か？　なんとかしよう。

あれ？

これって本来のサモナーの戦い方？

うん、そこは気にしないでおこう。

金剛力士・阿形　レベル1
天将　討伐対象　アクティブ
戦闘位置：地上　風属性

金剛力士・吽形　レベル1

天将　討伐対象　アクティブ
戦闘位置：地上　水属性

今回の金剛力士はレベル1でやや弱かった。不満に思う必要はない。戦力の確認をするには都合がいいと思えばいい。


戦闘は終わった。結論を先に述べよう。

マッドゴーレムがエグい。

確かにダメージは喰らっている。回復呪文の効きも依然として良くない。これまでは主に戦鬼と組んで戦わせていたから今回の負担はより大きかった筈だ。それなのに割と簡単に勝っている。

液状化、恐るべし。接近戦でこれ程の効果があるとは思いませんでした！

液状化出来る時間は長くない。液状化中はＭＰバーがジリジリと減り続けるからだ。貴重な特殊能力って事になる。

使い所はどうであったか？　吽形が独鈷杵を突いてくる所を、液状化して受ける。無論、ダメージは喰らう。だが独鈷杵は肩まで通過、そこで液状化を解除していた。結果、吽形は固定され身動きの取れない有様だった。

なにこれ。

格闘技涙目。

オレが金剛力士相手に関節技を極めるまで、どれ程の手順を踏んでいただろう？

簡単に表現するならば、ゴーレムが一時的にスライムみたいな動きをするのだ。まあ見てて面白かったからいいんですけどね！

ジーンは援護、というよりも、動けなくなった吽形を攻撃する事に専念していた。

オレの介入？　その必要はなかった。回復呪文を使っただけだ。

阿形の方はどうか。こっちは真っ向勝負、いや、リグという生体アーマーがいる時点で不公平だ。

最初の攻防で独鈷杵を奪えたのも良かったが、殴り合いは手数で勝っていた阿形の方が優位だっただろう。但し、その攻撃の殆どをリグが受け止めていた。この場合のダメージはほぼない。

数少ない直撃もあったが、戦鬼はスキルの恩恵で戦闘中もジリジリ回復しているのだから、これも不公平としか言いようがない。その上、護鬼が後方から矢を射掛けるのだ。

オレの介入？　そんなものはない。支援としてディフェンス・フォールを一回、使っただけだ。

戦闘終了後、変性岩塩（聖）も拾って戦果も上々、不満があるとしたらレベルアップが何もなかった事だけだ。


つまらん。

つまらんぞ！


これでいいのか？

まるで達成感が、ない！

だから、戦いを挑む事にした。

おかわりを要求する！

金剛力士・阿形　レベル3
天将　討伐対象　アクティブ
戦闘位置：地上　風属性

金剛力士・吽形　レベル3
天将　討伐対象　アクティブ
戦闘位置：地上　水属性

そんな訳で再び金剛力士に挑んだ。

いいか、皆の衆。

吽形は任せた。

阿形はオレの獲物だからな！

《只今の戦闘勝利で【摑み】がレベルアップしました！》

《只今の戦闘勝利で【二刀流】がレベルアップしました！》

《只今の戦闘勝利で【解体】がレベルアップしました！》

戦いは満喫出来たかって？

ええ、満喫しましたとも！

吽形は早い段階で退場、召喚モンスター達はギャラリーと化していた。オレは一人、阿形との格闘戦を楽しんだ。

この阿形がまたいい相手なのだ。風属性であるからか、金剛力士の中で最もスピードがある。パワーは一番ないが、オレに比べたら遥《はる》かに上だ。

打撃戦をしてよし。

投げ技を使ってよし。

関節技を仕掛けてよし。

オレによし。

動きがやや単調なのが気になる程度だ。

最後はトンファーを使っての打撃戦になりました。実に濃密な時間だったと思う。

だが思わぬ事態が発生。召喚モンスター達が観戦しているのは、まあいい。プレイヤー達までギャラリーに加わっている！　緑のマーカーから判断して少なくとも十人以上いるだろう。

あらやだ、恥ずかしい。

今度は中継ポータルに逃げ込む事になった。

ここも人が多くなってきた。好き勝手に狩りを進めるのはもう無理と考えるべきだ。今も中継ポータルから坑道奥へと向かうパーティがいる。

今から金剛力士像に戦いを挑むにしても、ＭＰ

バーの残量からもう二戦出来るかどうかだ。

次は獅子と狛犬のペアを相手にしてみよう。

「どうも。先程はお見事でした」

「？」

声を掛けられた。

誰？

そう思ったらメッセージが来ていた。

《フレンド登録者からメッセージがあります》

メッセージを開けてみるまでもなかった。表題は『目の前にいます』となっている。差出人はラムダくんでした。どうも別の変装らしい。念のため、ウィスパーで会話を続ける事にした。

「別人にしか見えなかったな」

『そうじゃないと困ります』

「ＰＫ職狩りは順調かな？」

『昨夜は二人、狩りました。風霊の村にもう一人潜伏している筈ですが、情報収集中です』

「ここにも来ているかな？」

『どうでしょう。一応、ここにはレベル上げメインで来てます。ついでにプレイヤーの動向調査をやっている所でして』

ラムダくんの視線の先には五人のプレイヤーがいる。オレの【看破】はセットしてあり、効いている筈だが、怪し気な者はいない。

ファイター三人、ハンター一人、ソーサラー一人に見える。ラムダくんだってトレジャーハンターにしか見えない。

デルタ　レベル10
トレジャーハンター　待機中
緑のマーカーを何度見てもこうだ。

見事に騙《だま》されている！

『キースさんを狙うとは思えませんが、お気をつけて。特にＭＰバーが少ないプレイヤーは狙われますから』

「ほう」

『それにしても凄《すご》い戦いでした。僕には出来そうもないです』

いやいや、ラムダくんなら力押しでいけそうな気もするぞ？　正直、呪文の強化なしで本気のスパーリングをやれば、明らかにオレの方が劣勢になるだろう。

『クラスチェンジしてますよね？』

「つい先刻だったんだけどね」

『凄いじゃないですか！』

少し雑談する事になった。ラムダくんはＰＫＫ職だけで組んだパーティで風霊の村を拠点にして活動しているそうです。今、目の前にいる面々がそうだ。他にも二つのパーティが風霊の村にいると聞かされた。つまり、それだけＰＫ職がいたって事になる。全然、気付かなかった。

ラムダくんとはまた一緒に稽古をする約束をして別れた。彼のパーティは坑道の奥に向かうようだ。

彼も頑張っているみたいだ。

こっちも負けていられないな！

広間ではまた別の戦闘が繰り広げられていた。

相手は獅子と狛犬のペアだ。

戦っているパーティは二つ、ユニオンを組んで挑戦しているらしい。オレは壁際を通って戦闘を避けつつ広間を出た。ここなら広いから問題ないのだろう。

扉の先でもまた戦闘が行われていた。無論、相手は金剛力士のペアだ。やはり邪魔をしないようにその場を去る。

仕方ない、牛頭と馬頭を相手にしよう。


午後の残りの時間は他の支道を回り尽くす事になった。そのうち牛頭と馬頭のペアが残っていたのは五箇所。今まで踏破していなかった支道も回ったが、断罪の塔へのルートに先客がいなかったのは助かった。

牛頭と馬頭のペアの存在を把握している地点で遭遇出来できなかったのは三箇所ある。いずれ時間が経過したら遭遇すると思うが、確信はない。

坑道を加えると十箇所になる。多いんだか、少ないんだか、判断に苦しむ所だ。オレとしては無論、多いに越した事はない。

牛頭　レベル5
妖怪　討伐対象　アクティブ
戦闘位置：地上　火属性

馬頭　レベル5
妖怪　討伐対象　アクティブ
戦闘位置：地上　火属性

で、断罪の塔への支道を進んで五対目の牛頭と馬頭と戦ってます。レベル1では物足りないが、レベル5では警戒すべき相手に変貌していた。

戦鬼とジェリコが互角に渡り合えるレベルはどの辺なのか？　牛頭と馬頭のペアならレベル4辺りだろう。そう、レベル5の牛頭と馬頭が相手では呪文による強化がないと苦しい。

生体アーマーのリグがいる場合、戦鬼は問題ないのだが、ジェリコが苦しいようだ。牛頭相手では問題はない。馬頭相手でもＭＰバーが全快であれば問題はないだろう。液状化のスキルを使えば優位は動かないからだ。

でもジェリコのＭＰバーが一割まで減ると、液状化が使えなくなるようなのだ。ＭＰの回復を図るか、交代を考えないとダメだな。

無論、オレも参戦した。観察する事よりも勝利する事の方が大事だしな！

今回、牛頭と馬頭は倒した後に何もアイテムを残さなかった。ここまで【解体】を控えにしたまま連戦してきている。

では、移動しよう。次はレベル６になる筈だ。


支道を抜けて断罪の塔に到着した。牛頭と馬頭のレベル６のペアとは戦っていない。遭遇する前に到着してしまったからだ。ポイントがどこかにあると思うのだが戻るのは止《や》めておいた。時刻は午後七時過ぎ、夕飯の時間だ。


断罪の塔では気になった事がある。ここにも攻略組が来ている。六人組のパーティが出て行くのを見掛けたのだ。恐らくだが、他にもこの周辺で活動しているプレイヤーがいる事だろう。

トレイン行為もやり難《にく》くなっている。

あれ、効率がいいんだけどな。


そうだ、トレインを利用して狩るのもプレイヤーが少ないうちがいい。

アントマンの巣は？　既に数多くのプレイヤーを見掛けるようになっている。そうなるともう一つの候補になってしまう。

闘牛だ。馬の残月で移動、それも朝早くであれば他のパーティと遭遇する事はあるまい。レベルアップもしているし、オレだけでもトレインを利用して狩りを進められそうな気がする。

懸念材料は当然ある。以前、闘牛を大量に狩った時はアデルとイリーナがいた。得られた大量のアイテムを持ち運べるかどうか、そこが問題になるだろう。

計算してみよう。

あの当時、オレの種族レベルは12だった。

暴れ馬のベルトがあるから《アイテム・ボックス》の収納単位は十三の二乗で百六十九単位になる。それが二つだから三百三十八単位あった訳か。

現時点でオレの種族レベルは15だ。

暴れ馬のベルトがあるから《アイテム・ボックス》の収納単位は十六の二乗で二百五十六単位になる。それが二つあるから五百十二単位になる。

あれ？　随分と増えた。

いや、それでもまだ不利じゃないか？

種族レベル10のプレイヤーが六人のパーティの場合、六百単位を持ち運べる。それにアイテムの剝ぎ取り作業が膨大になるから、その点でサモナー職は明らかに不利だ。

まあそれはいい。サーロイン狙いで闘牛を狩るのもいいじゃないか！　目的が定まったら気分も楽になった。

明日は闘牛狩りにしよう。そうしましょう。

サーロインが欲しいだけ？　その通りだ！

文楽の作ったパスタをゆっくり食べ進める。明日に向けての計画も頭の中を駆け巡っていた。

馬の残月と隼のヘリックスは確定だ。

残月の速度に追従出来るのは？　空を飛ぶ梟の黒曜、蝙蝠のジーンはいける筈だ。だがジーンは昼間の平原では相性がよくない。

他に有力なのは狼《おおかみ》のヴォルフだ。虎のティグリスでは残月に追いつけないからダメだろう。残月に便乗出来るのは狐のナインテイルと妖精のヘザー、それにスライムのリグ、蛇のクリープだ。

ヘザーとナインテイルは支援能力が高い。リグとクリープは闘牛相手だと相性がよくないように思える。

ヴォルフ、残月、ヘリックス、黒曜、これにヘザーかナインテイルだな。これでいい。


こうなると今日のうちに他の召喚モンスター達に活躍の場を与えておきたくなる。夜の狩りで暴れさせてあげよう。但しここはＳ１Ｗ２マップ、特にレベルアップが進んでいないクリープには負担が大きいよね？　風霊の村に戻ってホーンテッドミスト狙いで狩りをしよう。

パーティ編制は？　護鬼は残そう。もうすぐレベルアップ、そしてクラスチェンジするかもしれない。ジーンも残した。明日は夜まで出番がないだろう。戦鬼、文楽、リグは帰還させた。

スケルトンの無明、虎のティグリス、蛇のクリープを召喚した。

「リターン・ホーム！」


風霊の村へと跳ぶ。

さあ、夜の狩りをしよう！


風霊の村の周辺はこれまでになくプレイヤーの姿が多かった。近場だと獲物の取り合いになるし、少し遠くへ移動した方がいいだろう。

コール・モンスターの呪文を利用してホーンテッドミストの多そうな方角を目指す事にした。

西だ。西へ向かおう。


群れを呼び寄せて、殲滅《せんめつ》する。その繰り返しは単調だし、オレには物足りない点もあった。ホーンテッドミストを殴っても手応えは皆無だ！

それでも召喚モンスター五匹が暴れる様子を見ているると楽しくなる。ところで連携はちゃんと出来てますか？

「ゲゲ？」

胴体に絡みつくクリープに護鬼が不思議そうに声を掛けた。無論、返事はない。だってクリープは蛇なのだ。

そう、連携面ではクリープが面白い。イリーナ配下のトグロもそうだったが、他の召喚モンスターのフォローが上手かった。貼り付いてMPを吸い取ろうと動くホーンテッドミストを優先して片付けていた。護鬼は無音で這《は》い寄るクリープにビックリしていた。

オレも同様だ。何度か助けられている。同時に何度か、驚かされていた。

《只今の戦闘勝利で召喚モンスター『無明』がレベルアップしました！》

《任意のステータス値に1ポイントを加算して下さい》

無明

スケルトンLv5→Lv6（↑1）	
器用値	16
敏捷値	15
知力値	12
筋力値	12
生命力	13（↑1）
精神力	12（↑1）

スキル
槌
小盾
受け
物理抵抗[微]
自己修復[中]
闇属性

護鬼よりも先に無明がレベルアップしてしまったが、まあいいか。召喚モンスター達の経験値稼ぎに来ているのだから望む所だ。無明のステータス値で既に上昇しているのは生命力だ。任意のもう一点は精神力を指定した。

惜しい。実に惜しい。

敏捷値が上がってくれていたら数字を美しく揃えられたのに！

なに、まだ先がある。レベルアップもそうだが、クラスチェンジでステータス値がどうなるか、分かりゃしないのだ。狩りを続けよう。

《只今の戦闘勝利で【識別】がレベルアップしました！》

《只今の戦闘勝利で【精密操作】がレベルアップしました！》

《只今の戦闘勝利で召喚モンスター『クリープ』がレベルアップしました！》

《任意のステータス値に1ポイントを加算して下さい》

クリープ

バイパーLv2→Lv3（↑1）

器用値	11（↑1）
敏捷値	15
知力値	12
筋力値	12（↑1）
生命力	16
精神力	10

スキル

噛み付き
巻付
匂い感知
熱感知
気配遮断
毒

これで幾つの群れを殲滅したかな？　多分、七つ目だ。時間を忘れて狩りをし続けていたけど時刻はもう午後十一時半だ。クリープのレベルアップもあったし、今日はここまでだな。

クリープのステータス値で既に上昇しているのは筋力値だ。任意のもう一点のステータスアップは器用値を指定する。

今夜の連戦では不思議な事があった。ホーンテッドミスト、それに少数だがホーリーレイスの攻撃がキャンセルされていた。

オレが使っていたのは終始、呵責の捕物棒だった。間合いが長い分、効率的な攻撃が可能だったからだ。気付いたのは偶然だった。

呵責の捕物棒を使い連続で攻撃している間、魔物の特殊攻撃が止んでいた。

火炎も、雷撃も、氷雪もだ。

何が起きていたのか？　呵責の捕物棒による特

殊効果と思われる。

確かにホーンテッドミストもホーリーレイスもアンデッドだし、亡者の範疇《はんちゅう》と言える。呵責シリーズの説明文にもあるけど、亡者に対してより効果的な武器なのかもしれない。

フロートアイでも試してみた。

やはり何かある。

目を閉じた所を突くとフロートアイは目を更に強く閉じてすぐに開けるのだが、攻撃はしてこない。何度も繰り返したから間違いないだろう。

改めて呵責の杖を【鑑定】してみても結果は変わらない。何かがあると考えるべきだろう。そのうち分かるかもしれない。

特別章

「……出来た」

これでキースから請けた仕事は完了！　仕上げ作業は単純で、しかも長い時間を必要としたけど苦しいとは思わない。

十分以上に楽しめたわ！

実際、現実で宝石カットの仕事に就くのは難しい。日本国内でも数える程度でその門戸は狭いからだ。そもそも日本では宝石の原石は産出されていない。例外的に真珠があるだけで、宝飾関連の仕事はジュエリーの制作が一般的だ。

宝石のカットは主に人件費の安い海外で行われている。しかも分業制を徹底しているから、宝石のカットに最初から最後まで、一貫して関わるなんて無理な話だ。職業病ともいえる塵肺《じんぱい》症や白蠟《はくろう》病に罹患《りかん》する可能性だってある。


でもここならその心配はない。

アナザーリンク・サーガ・オンライン。

ここなら私の夢を実現出来る。宝石の原石を好きなように、カット出来る！

勿論《もちろん》、いきなりダイヤモンドを加工出来るとは思っていない。始まりの町でもあるレムトでは一体どれだけの数の水晶球を研磨したか！　宝飾ギルドには逆らえない。ＮＰＣの出す課題を幾つかクリアしないと冒険にすら行けなかったのだ。ただ課題を全部クリアするのと同時に称号を得る事が出来た。これで隣接するマップにすぐ行けたから結果的には良かったと言える。

依頼で請けた分は終わったけどまだお楽しみは残っている。私の目の前には紫水晶、紅水晶、黄水晶、それに幾つかの琥珀《こはく》がある。これらは私が個人的に買い取った物でどう加工してもいい。

「さあ、どうしましょ？」

水晶は全部、球体にしちゃおう。琥珀は？　彫り物をしてもいいし、宝石カットの練習台にしたっていい。硬度が低くて力加減が難しいけど問題はない。失敗しても容易に入手可能だ。

でもそれは明日以降にした方がいい。もう少しでログアウトする予定の時間だ。そしてログアウト前には皆で対戦をする事になっている。

私は宝飾職人、ラピダリーのマルグリッド。

でも今からソーサラーのマルグリッド。

本職には敵《かな》わないから劣化版だけどね！


「今日は、ここまで！」

「乙です！」

「また明日！」

今日もいい一日だった。風霊の村の周囲は荒れた土地が広がっていたが、徐々に整備されつつある。畑からは早くも主食穀物の小麦や野菜類が収穫され始めている。区画整理が先行していて収穫量はそう多くないが、今は問題にならない。この村の人口はまだ少なく、しかもプレイヤーが大半だ。いずれはＮＰＣが増えると思うけど、その頃には村の設備も充実している筈《はず》だ。畑の方も今のペースなら問題ない。いずれ風霊の村は拠点として十分に機能すると思う。

何しろ農地開発には魔法という反則的な手段が用いられている。僕の場合は【木魔法】の呪文、グロウ・プラントがそうだ。一気に促成栽培が進むから種蒔《たねま》きから収穫までの期間が短い。それにこの呪文は樹木の生長にも効果があり、村の中には早くも果樹園が出来上がりつつある。本当に便利だ。問題は使い手の数だけだ！

但しこの呪文に頼ってばかりではいけない。この村に定住するＮＰＣが増える事を前提とし、普通のペースで収穫しても十分な量を見込める広さの畑が欲しい。だから耕す。ひたすら耕す日々だ。

でもこれだけじゃなかった。

「ハンネスさん、これから対戦ですか？」

「ああ」

「頑張って！　応援しますから！」

僕は生産職で普段から農作業に従事する事が多い。時間に余裕があれば村の周囲で狩りもするが、十分じゃなかった。戦闘関連のスキルを鍛えるにはそれなりの行動が伴わないと難しい。それがこのアナザーリンク・サーガ・オンラインというゲームだ。不足しているなら補うしかない。

だからログアウトする前に対戦をする。今回はパーティ戦、事前に時間は決まっていた。但し一緒にパーティを組む面々は決まっていない。生産職ギルドのメンバーで、適当に組む。いつも同じ面々でパーティを組まない理由は単純で、普段もそうだからだ。各々が生産活動に従事している以上、そちらを優先する事はよくある。実際、最近は同じメンバーで狩りをしていなかった。

僕は農夫、ファーマーのハンネス。

でも今からファイターのハンネス。

ああ、忘れちゃいけない。パーティ戦が終わった後、もう一戦ある。ここ最近、毎日のように与《よ》作《さく》と一対一で対戦をしているのだ。しかもお互いに得物なしの格闘戦、これもまた楽しい時間だ。

問題があるとしたら？　ギャラリーの数だと思う。風霊の村の恒例行事だね、とリックなどは言うが、それはどうだろう？　リックも参加したらいいのに、と思う。

気になるのは与作だ。明らかにキースを意識しているのだけど、まだ迷いが見え隠れする。彼はキースに闘技大会で勝っているけど、色々と思う所があるようだ。僕などは単に楽しめばいいと思うだけだ。だってこれはゲームなのだから！

「サキ姉！　剝ぎ取りは終わったよ！」

「レイナ、そっちは？」

「こっちも終了！」

「了解、じゃあ村に戻るわよ！」

「「はい！」」

　今日は時間に余裕があったので、対戦が始まるまでの間、村の周囲で狩りをする事にした。私とミオ、それにレイナの三名だけでだ。夜は危険だけど、夕方までなら問題は少ない。風霊の村の周囲は平原で見通しがいい。遠出せずともそれなりに魔物もいる。主にラプターが相手になるけど、一頭だけなら苦戦しなかった。

　では二頭なら？　それなりに苦戦する。

　三頭なら？　連携が上手《うま》くないと勝てない。

　四頭なら？　最初から相手にせず逃げる。昼間に四頭のラプターに遭遇するのは稀《まれ》だけど六名のパーティで挑むべき相手だ。

　それ以上に危険な存在もいる。アンガークレイン。こいつは鶴の魔物で空を飛んでいるから厄介な相手だ。前衛でも魔法技能を取得していたら対応は可能だけど効率は良くない。後方から奇襲してくる事もあるから周囲への警戒も要る。

　レイナは弓使い、私達《たち》の中では最も魔法を得意としている。種族もエルフなので【精霊魔法】という切り札もある。他に補助スキルの【気配察知】も取得、相応にレベルも高いから高確率で奇襲を事前に察知出来る。彼女がいなかったらもっと苦戦していただろう。

「ミオ、今日の対戦、参加者の数は？」

「事前希望で十三名、かな？」

「じゃあ一人余るから審判役が出るわね」

「私、審判やりたくないよー」

「クジ引きの結果には文句言わない！」

「でもアレ、私は三回もやってるし！」

「飛び入り参加がいる事に期待なさい」

一つのパーティを組む際、プレイヤーの上限数は六名だ。十三名ではどうしても一名、余る。もう一名いたら三対三、四対四で二つのパーティ戦が出来る。


「今回は誰と組む事になるかな！」

「レイナちゃんは今連勝中よね？　いいなー」

「苦戦続きで勝った気がしない！」

「最後まで生き残っているんだからそれだけでも大活躍じゃない」

「逃げてるだけ、とも言うね！」

毎回、違う面々でパーティ戦を行う事には大きな意味がある。お互いのスキル構成を事前に教え合う事で大まかな特徴を把握出来る。でも普段の行動パターンは把握出来ない。

例えばレイナの場合。彼女はサブの武器技能として【手斧《おの》】を持っているけど、それは木工職人として有用だからで、狩りや対戦で使う事を前提としていない。飽くまでも弓と魔法技能で勝負、距離を置く。最近、補助技能の【ダッシュ】を取得した。今はまだ大した底上げになっていないだろうけど、レベルアップを重ねたら逃げ足に磨きが掛かるに違いない。

例えばミオの場合。彼女は料理人で槍《やり》使いではあるけど、サブの武器技能に【小刀】も所持している。料理では包丁を使うから、という理由なのだけど【槍】技能のレベルを超えてしまっていた。最近、レア度の高い肉素材を次々と捌《さば》き続けた結果、そうなったのだと愚痴をこぼしていた。それ、もうサブじゃなくてメインよね？　普段の狩りでは槍がメインだけど、狭い洞窟では【小刀】に切り替えている。合理的だ。

私もメインは【小剣】と【剣】で、【二刀流】も所持している。パーティのメンバー構成によっては【盾】も併用、戦い方の幅が広がりつつあった。

でも最近、もっと大事な役目を担う事が多くなっている。パーティのリーダー、指揮官役だ。

本来この役目はフィーナがやるものだと思っていたし、フィーナがいない場合はリックがやるものだと思っていた。だけど対戦ではこの両者が同じパーティにいない事も多い。その場合、誰かが指揮官役を担う事になる。では私は適任だろうか？　そもそも私は前衛だ。戦いながら指揮するとか、器用な事は無理！　そう言って抵抗したけど無駄だった。フィーナもリックも前衛なのよね！

フィーナも後衛に指揮官役を担わせる事を考えているようで、色々と試している。レイナ、篠原《しのはら》、不動《ふどう》、ヘルガ、そしてマルグリッド。特に最近、風霊の村に合流したマルグリッドは有望株だろう。

彼女は理詰めで戦術を定め、堅実な戦い方を好む。これはフィーナと同じ傾向で、ガンガン攻め込むだけのミオとは真逆だ。

私も彼女と一緒にパーティを組んで狩りや対戦をしているけど、フィーナが指揮するのとそんなに違わない。ただ彼女は杖《つえ》持ちの後衛かつダメージ源であり、どうしても呪文詠唱に時間を割かねばならない。指示を出す時間をどう捻出するかが課題だ。まあそこは、他のメンバーが協力するしかない。それだけに連携が重要だ。

今日はクジ引きなのでパーティ構成がどうなるのか分からない。私が指揮官役を担う事もあるだろう。即席でどう戦うべきか、考えないといけない。

私は皮革職人、レザーワーカーのサキ。

でも今からはファイターのサキ。

対戦となったら妹のミオとだって真剣に戦う事を厭《いと》わない。姉同然のフィーナも同様だ。ゲームであっても全力でやる。いいえ、全力で楽しむ。そうでなければいけないわ！

「間に合ったか？」

「ギリギリ、でしょうねえ」

そうか、ギリギリか。ドワーフはパワーがありタフでもあるが、足は遅い。洞窟内を探索するのに時間が掛かる。体重もあるから馬車にとって人間二人分に近いお荷物になる。遠征で得た獲物はアイテム・ボックスに収納してあるが、それでも入りきらない分は馬車で運ぶしかない。その上ドワーフが同乗するのだ。負担でしかない。

荷物は洞窟で切り出した安山岩が主で中には花崗岩《こうがん》まである。石工にとって垂涎《すいぜん》の素材だ！

これまで砂岩や石灰岩を相手にしてきたが、花崗岩は初めてだ。安山岩だってそう多くない。風霊の村は半壊状態、石材の再利用で幾つかの建屋は再建出来たが、施設不足は深刻だ。住居ならログハウスで十分だが、堅牢《けんろう》な施設にするには石材の方がいい。鍛冶関連施設は特にそうだ。石材不足はこれからも続くだろう。

それに今回は石炭もある。洞窟の奥に採掘出来るポイントがあるのだ！　そこに到達するには困難を伴ったが、それに見合う成果だろう。これまではレムトの町を経由して調達していたのだから、その意味は大きい。

困難とは？　そのポイントに到達するまでの間にあの牛頭《ごず》と馬頭《めず》のペアを相手に何回も戦わないといけない事だ！

いや、問題ない。生産職のみのパーティではあるが、十分に戦える。実際に全員が無事に生還出来ているのだ！

ランバージャック、樵《きこり》の与作。

マーチャント、商人のリック。

コック、料理人の優香《ゆうか》。

ブラックスミス、鍛冶師の不動。

アルケミスト、錬金術師のヘルガ。

そしてストーンカッター、石工の東雲《しののめ》、つまり私だ。自分で言うのもなんだが、冒険を主目的とする攻略組にも引けを取らないと思う。

だが今回、最も活躍したのは優香だろう。長期間の遠征中、皆の胃袋を満たしてくれた。無論、彼女の料理は美味《おい》しかった。こういう点で生産職は優遇されている。いや、これがこのゲームの面白い所だろう。バーチャルであっても現実と変わらない、いや、現実以上の体験が出来る！

「東雲さん、明日はどうします？」

「素材は当分、これで凌《しの》げる。北に行って木材の調達だな。私も付き合おう。リックはどうだ？」

「同行しますよ。馬車はまだ要るでしょうし」

「頼む。与作もいいか？」

返事がない。どうした？

後ろを見ると与作は物思いに耽《ふけ》っていた。その視線の先に何かあるのか？　馬車の幌《ほろ》があるだけだ。今、魔物に襲われたらどうする？　馬車だと襲われる確率は減るがゼロにはならないのだ。

「与作、少しいいか？」

「うん？」

御者席から馬車の中に移動、与作の肩を叩《たた》く。様子がおかしい。いや、今日は普段とは明らかに違っていた。あの牛頭と馬頭を相手に格闘戦を挑むなんて、どうかしていると思う。勝ったからいいが、下手したら全滅する所だったぞ！

「どうした？　悩みでもあるのか？」

「いや、悩みは無い。ちょっと戦っていたんだ。脳内シミュレートだけどね」

「おい、誰とだ」

「キースだよ」

ああ、キースか。与作にとって闘技大会の彼との対戦は衝撃であったようだ。結果は与作の判定勝ちだが、本人は違うと思っていると聞く。対戦内容が問題だそうだ。

　体格では与作が上。

　パワーでも与作が上。

　それでいて対戦内容では拮抗《きっこう》、いや、主導権を握られていたという。私も実際に対戦を見ているし、動画で何度も見返しているけど、そんなに差があったようには思えない。だが、実際に戦った本人がそう感じているのだ。それなりの根拠があるのだろう。


「今日、牛頭や馬頭と格闘戦をやってたが、それが影響しているのか？」

「そうだ。すまない、我が儘《まま》な行動だった」

「勝っているからいいさ。それよりシミュレートの結果はどうなんだ？」

「キースなら、あの牛頭や馬頭とどう戦っているかな、と思ってね。彼も多分、勝ってる」

そっちかよ！　与作とキースの対戦かと思った。いや、誰だってそう思うに違いない。

「牛頭も馬頭も体格は上でパワーだって格上、実際に戦ってみると技が通じなくて難しいよ」

「まあ、そうだろうな。だからこそ武器を使えばいいし、パーティだって組む。魔法も使う。それじゃいけないのか？」

「いや、それでいいとも思うんだが」

　歯切れの悪い返答だった。与作が悩む原因は色々あるだろうが、問題はこのゲームそのものにもあると思う。

　仮想現実。バーチャル・リアリティ。言い方はどうであれ、意味は同じだ。ここアナザーリンク・サーガ・オンラインでは五感の全てを現実同様に再現出来てしまう。

　視覚、聴覚までなら昔からあった。これに嗅覚、味覚、触覚と五感を揃《そろ》えるには端末機器と頭脳との接続が必須であり、非常に高いハードルだったと聞いている。研究者の中にはこの技術の出現そのものが奇跡と断言する者もいるらしい。私にはその原理を全く理解出来ないが、こうやってその恩恵を受けている。私はそれで十分だ。


「難しく考えるな。キースが牛頭や馬頭と戦っている所に出くわすかもしれん。何なら同行したっていい」

「うん、確かにそうなんだが」

やはり歯切れが悪い。いい傾向じゃないな。

風霊の村に到着したら対戦の予定がある。パーティ戦だ。与作と同じパーティになるにせよ、対戦相手になるにせよ、こんな調子の彼では困る。

全力で戦わねば楽しめない。

私は石工、ストーンカッターの東雲。

だがもうすぐ、ファイターの東雲。

ドワーフを選んだ理由は単純、殴るのが好きだからだ。その相手が石であってもいいし、岩盤であっても構わない。無論、魔物だって容赦はしない。対戦となったら知り合いだって殴り飛ばすだけだ。余計な考えなど無用！　これで楽しめているのだから、これでいいのだ。


「リック達が帰ってきたようね」

「これで予定の人数は揃いました。対戦の飛び入り参加を募ってみましたけどいません。やっぱりクジ引きで審判役を決める事になりますか」

「何よ、ハンネス。公平でしょ？」

「神の見えざる手が小細工をしているように思えるんですがねえ」

ハンネスの言いたい事も分かる。彼はこれまでに二度も審判役を引き当てている。しかし上には上がいてミオは三度もやっているのだ。因《ちな》みに私はまだやった事がない。日頃の行いを神様も考慮しているのかしらね？

「今回も前衛と後衛、分けないので？」

「ええ。公平でしょ？」

「前回のような対戦は勘弁して欲しいんですが」

　ああ、前回の対戦でハンネスは唯一の前衛として奮戦したのよね？　防戦一方になっている間に後衛の火力でフォローする形だったけど、結局は間に合わなかった。でもそこから得た教訓はある。前衛は重要よね！


「フィーナさん、もうすぐ対戦ですか？」

「ええ。後でアデルちゃんとイリーナちゃんもやるんでしょ？」

「うん！」

「勉強させて貰《もら》いますね」

「それ、こっちの台詞《せりふ》じゃないかしら？」

　アデルもイリーナもサモナー職、この二人は一緒に行動する事が多い。狩りもそうだし、料理をする時もそうだ。だが対戦となるとお互いに全力で戦う。互いが率いる召喚モンスターも同様だ。


「こないだの話、どう？」

「私達とフィーナさん達で対戦かー」

「明日にでもやってみます？　面白そう！」

　これにも大きな意味がある。彼女達の召喚モンスターを魔物に見立てて戦えるからだ。対戦ではどうしても対人戦に偏ってしまう。村の外に出て狩りをしたらいいのだけど、私達のような生産職では魔物相手の戦闘経験はどうしても不足してしまう。彼女達と対戦が出来るなら有り難い。

　本音を言えば理想の対戦相手はキースだ。彼が率いる召喚モンスターは強い。何より彼自身が強い。暴走気味と思える程、先行して冒険を進めているから当然だ。対戦で得られるものは大きいだろう。無論、経験値も含めてだけど！

それに彼が生産職にもたらす恩恵も大きかった。彼が持ち込む素材はどれも今の私達には貴重であり、加工する事で大きな経験値にもなるからだ。無論、彼にも相応の見返りがある。後方支援、特に装備の新調で貢献出来ている筈だ。お互い、いい関係を保っていると言える。但し、彼が先行する地域にまで、私達のような生産職が拠点を構築出来るかどうかが問題だけどね！

私は商人、マーチャントのフィーナ。

対戦では臨時だけどファイターのフィーナ。

パーティの編制次第だけど、今日はどういった対戦になるかしら？　勝ち負けはどうでもいい。ログアウト前でもあるし思いっきり楽しめたらいいと思う。

「また審判役ぅぅぅぅぅぅ！」

「ミオちゃん、残念！」

「審判役も大事だと思いますよ？」

「これで四回目って多いよー！」

審判役を引き当てたのはミオちゃんだ。アデルちゃんが慰めている、というよりモフモフな召喚モンスター達が慰めていた。癒し効果はどう？

「ミオ、始めるわよ！」

「うん、分かってる。もう少し！」

「アデルちゃん、イリーナちゃん、動画の方をお願いね！」

「「はい！」」

左手ではフィーナさん達が円陣を組んで対戦前のミーティングをしている。制限時間は一分間と短い。そのメンバーは？

フィーナさんは手斧に盾。

東雲さんは鎚《つち》に盾。

リックさんは長剣に盾。

レイナさん、篠原さん、不動さんは弓。

対戦相手は？

与作さんは両手斧。

優香ちゃんは刺突剣。

マルグリッドさんとヘルガちゃんは杖。

そして見所はサキさんとハンネスさんだ。この両者は左手に小剣、右手に長剣を持っている。

二刀流スタイル、いいえ、二剣流？

確かに両者共に【二刀流】のスキルを持っているし、二刀流で対戦している所も見ている。でもこの編制で二刀流を使う理由が分からない。

フィーナさんのパーティは前衛の三名が全員、盾を装備している。これに対してサキさんのパーティには全くいない。もしかしてサキさん、攻撃を優先して速攻勝負を狙っているの？

「イリーナちゃん、どっちが勝つと思う？」

「編制で見たらフィーナさん達かしら？」

「どっちも応援しないとね！」

「ええ」

その狙いはすぐに分かる。それに忘れてはいけない。この後、私達も対戦しないと！


「本当にこのままでいいのか！」

「ええ！」

「了解だ！」

「与作はそのまま前進して！」

指揮をしているのはサキではない。

マルグリッドだ。

彼女が提示した方針は？

単純に力押しだ！

但し武技は控える。ＭＰ《マジックポイント》の消耗を抑制する為《ため》だと聞いたが果たしてそうだろうか？　早期決着を狙うなら武技も出し惜しんでいられない。

だが、武技にも欠点がある。モーションが画一的で動きを読まれ易《やす》い。彼女もそこを指摘してい

た。確かに納得出来る。

問題は？　マルグリッドの位置取りだ。前衛三名のすぐ後ろで前に出過ぎだって！

「ダーク・ヒール！」

「ッ？」

思わずＨＰバーを見てしまった。

フル回復している、だと？

続けて後方を振り返った。目の前に東雲が迫っているのに！　そこには笑顔のマルグリッドがいた。そうか、そういう事か！

「ムンッ！」

「ッ！」

斧を大上段から振り下ろす。だが東雲は盾を使って受け切った。痺《しび》れるような感覚が両手に残るが気にしていられない。

東雲が距離を詰める。奴《やつ》の間合いだ！

鎚が腹を直撃する寸前に斧の石突きで弾《はじ》いた。

奴がこっちを見上げる顔はどうだ？

最初は驚き、そしてすぐに笑顔になった。

そうか、そうだよな。

どうやら早期決着になりそうにない。

対戦を満喫出来そうだ！

「優香、今よッ！」

「オッケー！」

マルグリッドは具体的な指示を出していない。個々が戦況を見て、何をすべきかを判断出来ているからだ。優香がハンネスと優香の横から飛び出して並ぶ。リックはハンネスと優香の両者と相対する事になる。いや、優香は更に移動、回り込むようだ！

東雲の視線が動く。気になるか？

だが、お前の相手はこっちだ！

このパーティではマルグリッドが要だ。彼女が脱落すると一気に形勢が逆転、ＨＰバーが消耗し続ける事になる。

但し彼女の抱えるリスクは大きい。一歩間違えば東雲の一撃だけで彼女は沈んでしまう。それだけ対戦相手の前衛との距離は近い。相手のパーティに槍使いがいない事が救いだろう。

では、やるべき事は何だ？

回復と指揮は彼女に任せ、攻め続ける！

同時に彼女を庇《かば》う位置をキープする。体を張ってやるべきだ。矢が何本突き刺さってもやる価値があるぞ！


「リック！　大丈夫？」

「正直、厳しいですね！」

最初は速攻勝負に見えた。

でもこれは違う。長期戦になる事も視野に入れて攻勢に出ている！

要になっているのは？　間違いなくマルグリッドだ。彼女が指揮をしているのも最初は驚きだったけど、もっと驚くべき事があった。

彼女の位置が近い。与作のすぐ後ろにいる。

その狙いは？

回復呪文のダーク・ヒールを使う為だ！

この【闇魔法】の呪文は少々特殊で接触が必要となる。但し、回復対象者のＭＰを消費するから呪文を使う本人の消耗は無い。

前衛に位置する面々も、全員が魔法技能を持っている。そして全員が回復呪文を使える。だがその回復量は前衛向けの職業である程、少なくなる傾向なのだ！

それに与作もハンネスも、サキさんまでもが武技を使っていない。これはＭＰを温存していると考えたら合点が行く。

しかもマズいぞ？

後方で支援に徹していた優香が前に出た。

いや、ハンネスと並ぶ。正直、ハンネスの攻勢を盾で凌ぐのにも難儀しているのに！

いや、待て。優香が攻撃しない？

回り込もうとしている！

まさか、こっちの後衛に肉薄するつもりか？


「不動！　前に出て！」

「了解！　リックの左に付きます！」

フィーナさんも気付いたか。

恐らく、後ろでは不動が弓から鎚に持ち替えている事だろう。でも確認するのは無理！　目の前にはハンネス、その攻撃を凌ぐのも大変だ！


「そらっ！」

「ッ？」

いきなり視界が変わった。

いや、空を見上げていた！

続けて背中に衝撃、転がされたのだと分かる。


しまった！


「シールド・ラッシュ！」

「うおっ！」

立ち上がった瞬間、ハンネスは東雲に突き飛ばされていた。東雲が武技を使い、庇ってくれた？

だが東雲も危ない。

横合いから与作が迫っている！


「シールド・ラッシュ！」

こっちも武技を使った。

盾を与作に向けて突進、手応えあり！

だが東雲と位置を入れ替えた形だ。

このまま与作と相対、その攻撃を凌げるか？

自信は皆無。

でも逃げられない。逃げる必要はない！

「後衛、優香に集中！」

「『スナイプ・シュート！』」

心配ない。今はフィーナさんの指示に従えばいい。彼女の判断は多くの場合、正解であるからだ。これまでの実績が証明している。


「リック、大丈夫か？」

「大丈夫そうに見えるか？」

「見えないな！」

与作相手に無駄口を叩いていられるうちはまだ大丈夫だ。死地に近い状況だけどね！

彼の持つ両手斧を盾で受けても弾き飛ばされるか壊されるだけだ。回避が基本だけど果たして可能だろうか？


「フィジカルエンチャント・ファイア！」

恐らく篠原からの追加支援だ。

最初に不動が掛けてくれていた呪文だが、効果が途切れていたらしい。


これで筋力アップ、与作との差は縮まった筈！

でも残念、上回る事はない。

彼は筋力値極振り、その上でフィジカルエンチャント・ファイアも使ってある筈なのだ。対抗するにはドワーフである東雲でないと、無理！

その東雲はハンネスに足止めされている。

どうやらこのまま戦い続けるしかない！


「フィジカルエンチャント・アース！」

一番後方から見ているから分かる。

皆さん、頑張ってる！

そして一番頑張っていないの、私だ！

サキさんからもマルグリッドさんからも、その場で判断して動いていいと言われてるけど、今のこの状況は困る。選択肢が多くて選べない！

序盤は簡単だった。向こうの弓使い三名は最初のうちマルグリッドさんを狙っていたけど、与作さんが壁になって出来なかった。武技のスナイプ・シュートも射線が通っていないと使えない。そこで目標を私に変更、集中砲火を浴びる事になったけど問題なかった。私だって当然、対策を講じる。ウィンド・シールドの呪文で風の盾を展開、矢を防いだ。その上でパーティメンバーの支援、主に筋力値と体力値の底上げを行い、次は攻撃呪文の出番よ！

でもね、前衛の戦いは白熱し過ぎて攻撃呪文を打ち込む機会を中々見出《みいだ》せない。

向こうの後衛とは距離があって攻撃呪文の効果は望み薄、それでも射程のあるウィンド・カッターは使っているわよ？　確かにダメージは全然稼げていないけど！

マルグリッドさんは杖持ちのラピダリー、宝飾職人だ。本来、魔法使いに相当する役目で、あんなに前衛と近い位置で戦うのは不自然！　せめてあと数歩、後ろに下がって欲しいけど、それだとダーク・ヒールを使うのに不利だ。

この戦術は確かに理に適《かな》っている。

では私が今、やるべき事は何？

こっちは対戦場を押している立場、ならばそれを手助けせねばならない！

「フィジカルエンチャント・ウィンド！」

自分自身に呪文を使う。そして前に出る！

マルグリッドさんだけにリスクを背負わせてはいけない。私も背負うわよ！

「サキさんの後ろに付きます！」

「了解！　助かるわ！」

私も【闇魔法】を持っていてダーク・ヒールも使えるけど、まだレベルが低くて回復量はマルグリッドさんに及ばない。それでも使い手が増えたら個々の負担は減る。減る筈、よね？

「サキさん！」

「回復を頼むわ！　フィーナの盾に注意！」

「はい！」

フィーナさんの得物は手斧だけど、間合いを一気に詰める攻撃手段ならある。

盾の武技、シールド・ラッシュ。

でもこの武技は発動前に動きが止まるから避けるのは不可能ではない。発動の兆候を見落とさない事が重要だ。

対戦フィールドの端まではまだ距離がある。でもそこまで追いやって場外に出来ればこっちの勝ちになる。今の勢いであれば不可能じゃない！

やれる。

いいえ、やるのよ！

「時間です！　判定に入りまーす！」

「お疲れ様！」

「今日は熱戦でしたね」

「場外になる寸前で焦りましたよ！」

ええっと。

双方、最後まで脱落者はいない。この場合はHPバーの残存率、その積算になる訳ね！

もう、面倒！　これまでの審判役では場外判定だけで済んでたんだけど、今回は誰もいなかった。脱落者に差があれば判定も楽なのに！

「えっと、えっと、これで合ってる？」

「ミオちゃん、それで合ってるわよ？」

仮想ウィンドウで判定結果を表示、イリーナちゃんに確認して貰っちゃった！　でもこれってズルじゃないわよね？

「判定の結果、サキ姉チームの勝利！」

反応がない。

対戦を終えた全員、声を出すのも忘れたの？

「いや、何だか勝敗とかどうでもいいかな？」

「スキルのレベルアップ、あったしなあ」

「疲れたけどな！」

「痛覚設定をカットし忘れてたよ。もう痛いのなんの！」

こら、雑談を始めるんじゃない！

ちゃんと私の話を聞け！

「えっと、えっと、反省会はやる？」

「ええ、ミオ。やるけどログアウト後に動画を見てからにしましょう。長かったものね」

「じゃあ、反省会は明日、ログインしてからって事で！　各自、解散！」

「あ、ミオちゃん！　私達の対戦もあるよ！」

「し、しまった！」

そうそう、アデルちゃんとイリーナちゃんの対戦もあったんだっけ。その後は恒例の与作さんとハンネスさんの対戦も！

あ、そっちは見学しなくてもいいかな？　どうせ格闘戦だから参考にならないし！

「じゃあ動画はアップロードしときますね」

「それが終わったら私達も対戦！」

「観戦させて貰うわね」

それにしてもおかしい。今回も私が仕切っている感じが全くしないってどういう事？　やっぱり審判役って面白くない！

「レン＝レン、男衆が集まって何してるの？　対戦、始まってるんだけど！」

「ちょっと、ね」

マズい。不動と篠原に視線を送る。だが彼等《かれら》は首を振るだけ、どうやらお手上げのようだ。

与作、ハンネス、東雲、リックといった面々は虚空を見ているかのよう。無論、視線の先には仮想ウィンドウがある。彼等が見ている動画が何であるのか、私は知っている。彼等に視聴を勧めたのが私だから当然だ。

その動画はこの村への移動中に掲示板で見付けたもので、この村の南にある洞窟での戦闘の様子を記録している。では誰が戦っているのか？

キースと彼の召喚モンスター達が戦っている所だった。相手は金剛力士が二体。南の洞窟のボス級と思われる強敵だ。

その戦っている様子を一言で表現するのは難しい。キースの異様な戦い振りが際立っている、としか言えない。そう、異様だ。彼の口元には笑みが浮かんでいた。これは気のせいじゃない。

確かに、笑っていた。

これはゲームであるのだし、楽しめるのはいい事だと思うけど尋常な様子とは思えなかった。

それにこれまでの掲示板の書き込みが正しいとするなら、攻略組も現時点では単独パーティであの金剛力士二体に勝てていない。私達生産職ギルドの面々も二つのパーティによるユニオンでしか勝利出来ていない。風霊の村に来ているギルドメンバー全員があの扉を通過する為に数回挑んでいるけど、単独パーティでは勝てる気がしない。辛勝なのだ！　現時点では攻略組も辛勝の筈。あの金剛力士二体はそれ程の難敵だ！

キースはそんな相手に対して、格闘戦を挑んでいる。召喚モンスターの支援もあるんだけど、なくても勝てそうに見えた。


「また牛頭と馬頭を相手に連戦せねば！　与作、お前さんも格闘戦でやってみたいだろう？」

「ああ。いずれにしても採掘現場に行く必要がある。牛頭と馬頭には連戦するしかない」

「出来れば斧を使って欲しいけどな」

ハンネスの言葉に与作は無言の笑みで応えた。

どこかキースの笑みに似ている。

「途中で負けるようじゃ金剛力士に勝てそうもないしね。いい経験値稼ぎになるんじゃない？」

「君達は戦いたくて仕方ないようだね。しかも素手で！　リック、お前が言うな！」

「こっちは忙しいのに」

男衆の視線が交錯する。そして笑い声が響き渡った。もうダメ、彼等は明日にでも行くつもりだ！　この風霊の村でやるべき事は多い。特に商人のリックには今日到着した商隊の荷物を捌いて貰わないといけないんだけど！

「男共！　明日やりたい事が出来たなら今日のうちに済ませるべき事を済ませなさい！」

「フィーナさん？　いいんですか？」

「いいのよ、レン＝レン。但し、作業を放って黙って行ったらお仕置きだけど」

フィーナさんの表情は見えない。男達に向けられていた。確認したいけど、男達の顔からは笑みが消えている。一体どんな顔をしているんだろう？

「与作、単独で金剛力士に挑むのはいいわ。でも危なくなったら介入を認める事が条件。いい？」

「あ、ああ」

「ユニオン編成で行きましょう。村に一名、居残りが必要だけど、それは作業の進み具合で決めます。これには異議を認めないから」

男達は無言で頷《うなず》くのみだ。それに与作さんの腰が引けている。あの与作さんが！

「あ、留守番なら私が」

「リックも行っていいのよ？」

「いや、明日ここでやりたい事もあるし」

「今日のうちに片付けたら？　私も手伝うわ」

どうやら男達に退路はないらしい。不動と篠原に視線を送る。彼等は完全に巻き込まれた形になる。気の毒に思うけど救いの手を差しのべる勇気はない。そもそも、ユニオン編成で行くのであれば参加する全員が巻き込まれるのだ！　それにきっと、明日の遠征はハードになる。その確信があった。私だけ居残りにならないかな？　そんな事を考えていたけど、私が請けた依頼は昨日までに済ませてあった。きっと私は遠征に同行する事になる。それも確信出来ていた。

「うわ、エグいな！」

「おいおい、マジかよ！」

確かにこれは凄《すご》い。そうとしか言えない。

でも必ず隙はある。そこを衝《つ》く。

相手に全く気付かれずに、これを為《な》す。

私がプレイヤー・キラーの醍醐味《だいごみ》を言い表すならこうなる。どんなプレイヤーが相手でも自信はあった。常時、警戒を解かずにいられる人間などいない。問題はその機会を見逃さない事だ。

実際、今は別の意味で好機だった。同行者のアイテムを幾つか盗んでいる。スリ行為は軽微な犯罪でプレイヤーを傷付ける事はないが、ＰＫ職にとってこの悪事は基本だ。戦果は上々、でもアイテム・ボックスに収納しているであろう貴重品は盗めない。それを得るにはプレイヤーを文字通り殺さないとダメだ。しかも得られるアイテムはランダムで、いい思いが出来るとは限らない。

正直、割に合わない。

今はまだ、割に合わない。

スキルのレベルアップが進んだら？　楽しめるのはまだ先だと思う。実際、所持金に関してはる事で増えている。先々でより多くなるのは既定路線だ。但し相手に【保護】スキルがある場合が

【スリ】スキルとプレイヤーの種族レベルが上が

あるから要注意だけどな！

　一方でレベルアップに関しては問題が生じている。ＰＫ職関連のスキルだが、レベルアップのペースが遅くなっていた。いや、遅くなるのは当然だが、他のスキルに比べて遅い。

　結論は既に出ている。よりレベルの高い相手にＰＫ行為を成功させる事が重要なのだ。つまり目の前で戦っている俗称サモナーさんのような存在は実にオイシイ対象な訳だ！

　だから私が今、観戦しているのも情報収集の一環だ。スキル構成の一部でも解明出来たらいい。

「トップページの動画より凄いんじゃないか？」

「スキルも上がってるだろうしな」

「俺にも同じ事が出来るかも？」

「で、金剛力士と取っ組み合いか？」

「無難に何か武器を使った方が楽だって！」

　全く、気が散る。近くにいる騒がしい連中、今すぐ消えてくれないかな？　いや、今すぐ消してやりたい。私とパーティを組んでいる面々は全てＰＫ職だが、静かにサモナーさんの戦い振りを見ている。彼等を見習って欲しいものだ。

　ここを離れたい所だが、それも叶《かな》わない。今日はこの騒がしい連中とユニオンを組んで金剛力士のペアに挑まないといけないからだ。通常のプレイヤーと同様、関門を突破しておかないと行ける場所が限られてしまう。今はまだ我慢だ。

　それにしても凄い。サモナーさん、強い！

　いや、確かに強いと思うが接近戦を好むのってどうなんだ？　まあいいけど。こっちにとっては好都合だ。遠距離から毒矢によるスナイプ・アローを連射、状態異常に陥った所を仕留める。基本、これでいいと思う。問題は召喚モンスター達だ。こっちの奇襲攻撃に感づかれたらいけない。

　いつ、どこでやるのか？　これも問題だ。

　パーティメンバーと視線が交錯する。彼等もまたサモナーさんを獲物として見ている筈。きっと同じ事を考えている筈。大丈夫、皆で協力すればやれる筈だ。

あとがき

お久しぶりです。初めてこの本を手にする方々は初めまして！　本作の作者のロッドと申します。本巻で七冊目、主人公のキースは普段通りではあるのですが……本巻からファンタジー系小説ではそう多く見掛けない仏教系の敵モンスターが登場します。ゲームではそう珍しくないと思いますが、小説では珍しいかもしれません。やってみたかったシチュエーションです。キースにとっては大好物な相手もいて楽しめていることでしょう。

さて、ｗｅｂ版では本編は完結していますが蛇足編と番外編を投稿しています。本編が長くて心苦しいのですが、本編を読み終えた後にお楽しみ頂きたく存じます。既に読了しておられる読者様、もう少し書き足すことになると思いますので気長にお待ち下さい。

今後とも拙作、『サモナーさんが行く』を何卒宜《なにとぞよろ》しくお願い致します。

サモナーさんが行くⅥ

発行　2020年9月25日　初版第一刷発行

著者　ロッド

イラスト　四々九

発行者　永田勝治

発行所　株式会社オーバーラップ
〒141-0031
東京都品川区西五反田7-9-5

校正・DTP　株式会社鷗来堂

印刷・製本　大日本印刷株式会社

ISBN　978-4-86554-744-3 C0093

【オーバーラップ　カスタマーサポート】
電話　03-6219-0850
受付時間　10時～18時（土日祝日をのぞく）

作品のご感想、ファンレターをお待ちしています

あて先：〒141-0031　東京都品川区西五反田7-9-5 SGテラス5階　オーバーラップ編集部
「ロッド」先生係／「四々九」先生係

スマホ、PCからWEBアンケートにご協力ください

アンケートにご協力いただいた方には、下記スペシャルコンテンツをプレゼントします。
★本書イラストの「無料壁紙」　★毎月10名様に抽選で「図書カード（1000円分）」

公式HPもしくは左記の二次元バーコードまたはURLよりアクセスしてください。
▶ **https://over-lap.co.jp/865547443**
※スマートフォンとPCからのアクセスにのみ対応しております。
※サイトへのアクセスや登録時に発生する通信費等はご負担ください。

オーバーラップノベルス公式HP ▶ **https://over-lap.co.jp/lnv/**

異世界で土地を買って農場を作ろう
Let's buy the land and cultivate in different world
ラクラク
最強の《至高の担い手《ギフト》》で
農場開拓ライフ！
人魚やドラゴンの
美少女と送る
賑やか
スローライフ！
岡沢六十四
イラスト：村上ゆいち